原罪 2

暗夜使徒

一曲东风 著

云南人民出版社

图书在版编目（CIP）数据

原罪 . 2, 暗夜使徒 / 一曲东风著 . -- 昆明 : 云南人民出版社 , 2020.10（2024.6 重印）
ISBN 978-7-222-19532-5

Ⅰ . ①原… Ⅱ . ①一… Ⅲ . ①长篇小说－中国－当代
Ⅳ . ① I247.5

中国版本图书馆 CIP 数据核字 (2020) 第 150947 号

责任编辑：刘　娟
策划编辑：仪雪燕
装帧设计：仙　境
版式设计：聚贤阁
责任校对：陈　迟
责任印制：李寒东

原罪 2：暗夜使徒
YUANZUI 2：ANYE SHITU
一曲东风　著

出版　云南人民出版社
发行　云南人民出版社
社址　昆明市环城西路 609 号
邮编　650034
网址　www.ynpph.com.cn
E-mail　ynrms @ sina.com
开本　710mm × 1000mm　1/16
印张　16
字数　229 千字
版次　2020 年 10 月第 1 版　2024 年 6 月第 2 次印刷
印刷　三河市新毅彩色印刷有限公司
书号　ISBN978-7-222-19532-5
定价　68.00 元

如有图书质量及相关问题请与我社联系
审校部电话：0817-64164626　印制科电话：0817-64191534

云南人民出版社公众号微信号

目录

Contents

第一章　习俗

轰动一时的“黄狼诡影”案终于结束了。

结案的第三天，郑祺召集大家在重案组会议室内开了一场简短的会议。

苏叶、冉潇、马浩然、拳王、影帝和程稳露，以及数名重案组的老警员，全在一张椭圆形的巨大会议桌四周落座，而坐在主位的正是队长郑祺。

郑祺叼着香烟，双腿搭在办公桌上，随意地将手中的一沓资料扔到桌上，这才笑眯眯地扫了众人一眼，道：“我们重案组这次成功侦破了‘黄狼诡影’案，粉碎了牛鬼蛇神在民间所引发的恐慌，也树立了我们警察在民间的正面形象。对此，上面给予我们高度的肯定，还特别批准了我们重案组全员放假三天，假期从现在开始！”

郑祺话音一落，会议室内立刻爆发出一阵热烈的欢呼声，唯独马浩然，他仿佛没有听见郑祺的话一般，只是自顾自地低着头，盯着手机……

坐在马浩然左手边的拳王欢呼过后，便憨憨地对马浩然问道：“老大，咱们这三天假期要怎么过？”

“卢倩约我去郊游，老大，不如你们也一起？”马浩然右手边的影帝也凑了过来，笑吟吟地对二人说道。

“郊游……”马浩然锁了手机的屏幕，忽地扬起嘴角，露出一抹略显僵硬的微笑，“那我们就一起去荷花村郊游吧！”

“荷花村？”

听了马浩然的话，影帝和拳王纷纷一愣，二人几乎不约而同地轻喊出了那三个字。

下一瞬间，影帝仿佛想起了什么，全身猛地一震，用一种不可思议的目光望向马浩然，呢喃问道："老大，我记得，荷花村是金陵市下属的小村子，离金陵市区一百多公里，而且，那里是他的家乡……"

"没错，他回来了！"马浩然扭头望向影帝，露出了本不应该出现在他那张冷漠脸上的微笑表情，"鲁兴国回来了！"

"大国！"拳王闻言，不由得握紧了拳头，"两年没有他的消息了吧？"

"被训导主任开除之后，大国去当兵了，这次是打着退伍的旗号回乡奔丧，他爷爷去世了。"马浩然一边说着，一边晃了晃手机，"大国刚刚给我发了微信，邀请我们去荷花村小聚！"

"那还等什么？马上出发！"影帝兴奋地低吼起来，"两年不见，我以为这家伙把我们这三个室友给忘了呢！"

"现在是中午，天黑之前肯定能到荷花村。"拳王也十分激动，脸上尽是笑意。

"大国让我们明天去找他，今天是他爷爷的头七，说是农村的习俗比较多，怕吓到我们。"马浩然淡淡地说了一声。

头七，是指人死后的第七天，又叫作回魂夜。

民间传说，头七那天，死者的灵魂会回家看一眼活着的亲人，而亲属应该在当天的子时之前，在家里准备一顿饭，之后回避，不能让死者的灵魂看到家人，不然的话，会让死者挂念，既影响死者投胎轮回，也会影响家人之后的运气。

还有说法称，头七当天的子时，家属应该在烟囱旁边给死者烧一些梯子类的东西，意喻死者可以顺着梯子到天上。

还有一种说法，只要在头七当天，在家里的进户门前撒上石灰、面粉之类的粉末，第二天，粉末上便会出现死者属相的脚印，比如属狗的会出现狗的脚印，证明死者的灵魂回来过。

"吓到我们？"影帝嘿嘿一笑，颇为得意地说道，"大国怕是还不知道我们最近解决的几件大案吧？区区头七回魂夜，怎么可能吓到我们？被他这么一说，我还偏偏要今天去荷花村，见识见识所谓的回魂夜了。”

“就是！”拳王附和了一声，难得他会与影帝站在同一阵线。

马浩然没有说话，只是耸了耸肩，朝着影帝和拳王递去了一道“无所谓”的眼神。

“我这就回家准备，顺便去接小倩。老大，你和拳王也准备准备，一个小时后出发！”影帝说完，便不由分说地站起身，和大家道了一个别，就匆匆地跑出了会议室。

影帝的离开，好像是吹响假期的号角，众人纷纷离席。一时间，会议室好不热闹。

这时候，郑祺朝着没有起身的马浩然招了招手：“小马，假期准备怎么度过？要不要和我去健身打拳？”

“他不会和你去打拳的！”苏叶挑衅地瞥了一眼马浩然，略微有些不爽地说道，“估计，他会趁着假期去和美女医生约会。”

“就他这小身板，郑队，你认为还有什么可塑性吗？”程稳露也是很不屑地撇了撇嘴，针对起了马浩然，那双美目还从上到下，再从下到上地来回打量起了马浩然，“就他这种选手，三招之内我就能把他打趴下！”

苏叶和马浩然的关系从“血腥玛丽”开始就不太和睦，苏叶看不上马浩然的冷酷，而马浩然对此却是毫不在意。

而程稳露则是不爽马浩然的头脑和思维，在“黄狼诡影”一案，程稳露几乎没有展露出任何才华，当然，除了砸门的过人力量之外，反之，马浩然却是一鸣惊人。程稳露心里不爽也是正常的，毕竟大家都是实习警员。

尤其是在办案过程中，马浩然还对程稳露说教，这就让程稳露更不爽了，被同龄的冷面男说教，心高气傲、脾气火暴的程稳露，根本没有理由忍，也根本不会忍。

这边，苏叶和程稳露你一言我一语地暗讽起了马浩然，可马浩然却好像没听见似的，双目直视郑祺，完全无视了二女：“我和影帝他们去荷花村，和另外一名大学室友鲁兴国小聚几天。”

“既然你们有安排，那我就不拉你们去和我打拳了，下次有机会再去吧！”郑祺站起身，活动了一下筋骨，“走吧！好好享受你们的假期吧！”

郑祺笑了笑，便叼着香烟，晃晃悠悠地走出了会议室。

郑祺走后，剩下的苏叶等人也都陆续离开了会议室。

短短几分钟之内，会议室内便只剩下了马浩然和拳王。

众人走后，拳王才小心翼翼地对马浩然低声问道：“老大，你说，今天晚上，大国爷爷的鬼魂，该不会真的回来吧？”

马浩然淡淡地瞥了拳王一眼，冷漠地说道：“经历了这么多案件，你还相信世界上有鬼吗？”

“我……我也不知道……”拳王一时语塞，只能不好意思地挠了挠头。

“走吧！”马浩然一边说着，一边站起身，朝着会议室外迈出了步子，“我们去外面等影帝，估计他很快就回来了！”

“好！”拳王应了马浩然一声，随后二人也离开了会议室。

一个小时后，公安局外。

马浩然和拳王百般无聊地站在路边，一边有一搭没一搭地闲聊，一边等着影帝的到来。

忽地，一辆拉风的越野车速度奇快，朝着马浩然和拳王这边驶来。待距离马浩然和拳王只有不足五米之际，那辆越野车突然发出了一道刺耳的“吱呀”声，在地面上画出一道圆润的半圆形，以漂亮的漂移收尾，最后稳稳地停在了马浩然和拳王的面前。

“老大，拳王，上车！”车窗降了下来，影帝帅气地打了一个响指，朝着马浩然二人喊了一声。

“浩然哥，大全哥，好久不见！”卢倩也从副驾驶的位置探出头，朝着马浩然二人打了声招呼。今天的她格外漂亮，本就精致的五官，也化了一层淡妆，格子衬衫外面还系着一个蝴蝶领结，显得十分洋气。

马浩然和拳王二话不说，分别拉开了越野车的两扇后门，坐上了汽车的后排。

待到马浩然二人坐定，影帝狠踩一脚油门，越野车便发出凶狠澎湃的咆哮声，随后，直接冲入了车流之中，朝着荷花村的方向行驶而去。

中午的金陵市内，交通倒不太堵，越野车很顺利地离开了金陵市区，驶入了环城快速公路。

外面的天气很炎热，而车内的气氛也很热烈。

打从马浩然和拳王上车之后，卢倩便开始询问有关“黄狼诡影”案的细节……

“浩然哥，虽然你已经毕业了，但你现在仍是我们学校的风云人物，‘黄狼诡影’案轰动全城，最后被你侦破了。现在，这件案子已经被教授们搬到课堂上，开始讲解了！”卢倩侧过身，满眼都是小星星地望着马浩然，那眼神就像是在看偶像。

“小倩，‘黄狼诡影’案可不是老大一个人的功劳，如果没有我打探来的线索，老大也不会这么快破案……”影帝争辩了一下。

影帝话音未落，拳王立刻拆台道：“你算了吧！等你把王辅的资料打探出来的时候，王辅都死了！”

卢倩没有理会拳王和影帝的争吵，她只是满脸兴奋地望着马浩然，似乎很期待地问道：“浩然哥，我听家辉说，我们这次要去荷花村见你们另外一位室友大国哥。大国哥的爷爷去世了，今天是头七，你说，大国哥爷爷的灵魂真的会回来吗？”

卢倩的话音刚刚落地，车内突然安静下来。

回魂夜在民间有着数不尽的传说，而各式各样的传说也为这神秘的时辰披上了诡异的纱衣，尤其是对卢倩这种没有经历过什么大事的小女生来说，更是有着致命的吸引力。

俗话说得好，看不见的永远是最令人好奇的，就比如鬼神之说。

车内突然安静下来，没有人回答卢倩的话——马浩然根本不需要表态，他就是一位坚定的无神论者，而拳王则不知道该如何回答。最后，只能由影帝来回答卢倩的问题了。

“老大是坚定的无神论者，自然认为世界上没有鬼了，而拳王这家伙最近也改变了不少，那本有关民间五大仙的书，已经被他丢进了垃圾堆！”

影帝笑吟吟地说道，“之前的深山鬼楼案，你也亲身经历了，哪来的鬼神？头七回魂，只是生者对死者的缅怀罢了！”

“这么说来，我们这次去荷花村，哪怕碰巧赶上回魂夜，也见不到鬼了？”卢倩略微失望地叹了一口气。

“你很想看见鬼吗？”马浩然面无表情，语气中更是没有任何的情绪。

还不待卢倩回答，影帝便不满地撇了撇嘴，抢先说道：“老大，你是不知道，小倩一听说我们要去荷花村，而且今天还是头七回魂夜，便叫嚷着立刻启程，就好像她特别期待见一次鬼似的。”

“人对于未知的事物，总是会抱有过度的好奇心，可以理解。”拳王好像摇身一变，变成了哲学家，煞有介事地说道。

影帝瞄了一眼后视镜中一脸正经的拳王，不屑地嗤笑道：“你这家伙最近不研究五大仙了，开始研究哲学了？”

“老大家里全都是这类的书，闲来无事，我也只能看这类书籍了。推理那种书，我一翻开就头疼。”拳王无奈地耸了耸肩，憨厚地笑了一下。

众人被拳王的话逗笑了，就连马浩然也不由得扬起了嘴角，气氛很融洽。

越野车平稳地行驶在环城公路上，没多久便驶离了环城公路，进入了好似羊肠一般弯曲的乡间小路。

还好这次影帝开的车是越野车，如果是轿车之类的，恐怕这一路上免不了颠簸。

车内众人有说有笑，气氛融洽。在这种情况下，众人自然感觉不到时间流逝的速度。直到下午六点整，影帝驾驶的越野车才缓缓驶入一处村落。

一块饱经岁月摧残的石碑立在村口，上面刻着“荷花村”三个大字。

车内的马浩然等四人，自然看到了这块石碑，不过，众人的视线并没有在石碑上停留太久，便被石碑之后那片占地面积极大的荷花池吸引了。

此时，正是夜幕降临前，太阳散发最后余晖之际。在火红色的光芒映衬下，绿粉相间的荷花几乎铺满湖面，与夕阳最后的余晖遥相呼应，相互衬托，形成了一幅犹如梦境一般的画卷。

不知不觉间，车内的马浩然等人竟然看呆了，就连影帝都下意识地将车停在了荷花池边，几人一言不发地遥望荷花池。

足足过了半晌，感性的卢倩才长长舒出了一口气，打破了这份沉闷。

“我现在知道为什么这里会叫荷花村了！”卢倩莞尔而笑，轻轻撩起了额前青丝，遥望荷花池，恬静地说道，“这里是最接近大自然的地方，尤其是这片荷花池，比市区里面的人造景点美上无数倍！”

没有人去接卢倩的话，因为，大家心中都认可了她的话，更加没有人注意到，荷花池边，一个体型不弱于拳王的青年，正一路小跑地朝着越野车这边奔来呢！

这名青年短发，国字脸，皮肤黝黑，那双深邃的目光炯炯有神，好像隐藏着许多故事。

直到短发青年跑到了越野车前，车内几人的注意力才从荷花池转移到来人的身上。

“大国！”影帝惊呼一声，直接蹿出越野车，二话不说，便与那短发青年抱在了一起。

马浩然、拳王和卢倩三人也纷纷下了车。自然而然，马浩然和拳王也相继与短发青年拥抱起来，四人相互捶打嬉闹，就连几乎不会出现任何表情的马浩然，此时的嘴角都是微微上扬的。

至于卢倩，则是笑吟吟地站在旁边，似有感触地望着嬉闹在一起的四人。

“对了，大国，给你介绍一下，这是我女朋友卢倩！”闹够之后，影帝便亲昵地拉起了卢倩的小手，“他叫鲁兴国，我们寝室的第四位成员，当初因为揍了训导主任的亲侄子，被开除了。这家伙前脚被开除，后脚就去参军报国了！”

“兴国哥，你好！”卢倩乖巧地和鲁兴国打了声招呼。

“你好！”鲁兴国一脸微笑地朝着卢倩点了点头，便对马浩然三人说道，“别在这站着了，先去我家吃饭，饭菜酒肉都准备好了。我陪你们喝到十二点，然后去给爷爷烧天梯，把爷爷送走再继续喝！”

几人一边开怀大笑，一边坐上了越野车。

十几分钟后，影帝驾驶的越野车便稳稳地停在了村中央一座老旧大院之外。

马浩然等人陆续下了车，与鲁兴国一起站在老旧大院外，并没有走进去，只是好奇地朝着里面望了几眼。

院落之内，荒草丛生，耸立在大院正中的老旧瓦房，同样也是外墙斑驳，就像一座荒屋。很显然，这是许久无人打理的缘故。

“我爷爷脾气很怪，不喜欢外人来打扰他的生活，一直以来都是独居，而且爷爷他又上了年纪，没有精力再打理院子了，所以，爷爷住的院子很乱……”鲁兴国指着老院，耸了耸肩，似乎又想起了脾气古怪的爷爷，颇为无奈地说道，“先去我家老院吧，就在隔壁。这里，你们还是不要进去了，按照村里的习俗，死过人的宅院，会给除亲属之外的人带来晦气！”

鲁兴国言罢，便引着马浩然等人走到了老旧大院左侧另外一座并不太大但却很整洁的小院内。

小院与大院，虽然只有一墙之隔，但却给人两种截然相反的感觉，一边是生机勃勃，干净整洁，另一边则是老旧颓败，死气沉沉。

马浩然等人才刚走进那座小院，小院中的瓦房之内便走出一名衣着朴素、皮肤黝黑的中年人。

“这是我二叔鲁卫，离婚之后，便从江北搬回到我家老院来住。这么多年，爷爷一直都是由二叔照顾的。”鲁兴国为马浩然等人介绍道。

马浩然等人刚想同鲁卫打招呼，鲁卫却只是淡淡地扫了马浩然几人一眼，根本不给几人打招呼的机会，便开口对鲁兴国说道：“我去村东那边看看老王头的纸扎活做没做好。”

言罢，鲁卫便大步流星地走出了小院。

“我二叔遗传了爷爷的脾气，才导致和二婶离了婚，你们别见怪。”鲁兴国见怪不怪地和马浩然等人解释了一声，随后便招呼几人走进瓦房，“我父母还在金陵市。我怕他们触景生情，就没有让他们回来，头七就由我和二叔来烧……对了，家里没有其他人，你们不要拘谨见外。”

瓦房内是标准的农村格局，空敞的厨厅非常大，两侧是东西屋。厨厅正中的桌子上摆了十几道菜，几乎将桌子铺满了。桌子下还放了几箱啤酒，显然，这些都是早就准备好了的。

“二叔知道你们今天下午要来，就提前做好了一桌子的菜。”鲁兴国指了指桌子上还冒着热气的饭菜，淡笑一声道。

“卫叔还真是外冷内热！”影帝哈哈一笑，也不客套，直接上了桌。

影帝的话倒是引起了马浩然等人内心的共鸣，最初对鲁卫的那些偏见也都烟消云散了。

当即，几人便围着圆桌坐好，开始胡吃海塞起来。一路颠簸，大家早就饿了。

觥筹交错之间，马浩然四人聊了许多，从鲁兴国不在的那段大学生活，一直聊到了加入重案组屡破奇案，引得鲁兴国惊呼不断。

席间，一直都是影帝在说他们三人的奇异经历，而鲁兴国对他在部队的经历却是绝口不提，只是随口说了一句保密，便搪塞了过去。

但这并不影响酒桌上的热烈气氛，许久不见的四人开怀畅饮，就连冰山脸的马浩然时不时都会发出笑声。

至于卢倩，则是笑吟吟地坐在一旁，成了一名满分的倾听者。

不知不觉，外面的天已经彻底黑了下来。

就在这时候，屋内的老钟一口气发出了十一道响声……

“你们先喝着，我去隔壁院子把天梯烧了！”待到钟声落地，鲁兴国便站起来，丝毫没有醉意地说道，“十一点是子时的开始，十二点之前把天梯烧了，回魂夜就算完成了！”

“那个……大国哥，我们能一起去吗？”卢倩怯生生地问了一句，好像怕触碰到回魂夜的禁忌似的，小心翼翼地说道，“我很好奇回魂夜，想去看看……”

“既然好奇，那就一起去看看吧，其实也没什么。”鲁兴国无所谓地耸了耸肩，大大方方地招了招手，示意几人一起去。

有些微醉的马浩然等人，自然不会多说什么，既然卢倩想看，那就一起去看看吧！

当即，众人便纷纷离席，向隔壁的老旧院落走去。

午夜时分的农村十分地静谧，就连家畜都被这种静谧所感染，纷纷停止了叫声，整个荷花村仿佛被黑暗包裹，家家户户都熄了灯，显然，劳碌一天的人们已经睡去了。

若说荷花村还有哪户人家没有熄灯，恐怕也只有鲁兴国家这两处相邻的院子了。

马浩然等人跟着鲁兴国离开小院，没走几步，便走进了颓败荒废的大院中。

大院内，正房的灯光还亮着，从里面隐约传来一阵阵闲聊之声。

马浩然等人走进正房，便见正房的厨厅之中，鲁兴国的二叔鲁卫，正与四名衣着各异的中年汉子围在圆桌四周，一边闲聊，一边饮酒。算上鲁卫，五人皆是面色微红。

见马浩然等人进来，五人纷纷放下各自的酒杯，其中一个身穿西装的中年汉子则是老神自在地坐到了一旁的凳子上，另外一个胖子和一个瘦子，再加上鲁卫，三人则开始收拾桌子。没多久，一桌的下酒菜就变成了鸡鸭鱼肉四道贡菜。

“二卫，时辰差不多了，可以开始烧天梯了！”四人之中，最后那名穿着大褂、留着山羊胡的中年人，看了一眼墙上的老旧时钟，对鲁卫说道。

鲁卫朝那山羊胡中年人点了点头，便扭头对鲁兴国说道：“大国，你去给你爷爷烧吧，你爷爷生前最挂念的就是你了！”

“好！”鲁兴国应了一声，四下扫了一眼，在厨厅的左墙那里找到了用纸扎成的梯子，随后，便小心翼翼地将纸梯提了起来，直接朝房外走去。马浩然等四人自然是紧随其后。

几人离开了正房，一边走向房侧的烟筒处，影帝一边好奇地开口问道：“大国，你不是说你二叔脾气不太好吗？怎么还有这么多朋友来陪他喝酒？”

“朋友？我二叔在村里可没什么朋友，而且还经常和村里人发生矛盾口角呢，那几个人也不例外，他们是二叔花钱请来帮忙的。”鲁兴国不以为然地说道，“留着山羊胡的那人，是村里的大先生，红白事都由他来掐时辰，管流程。胖子是厨师，贡菜就是他做的。还有干瘪瘦的那人，是纸扎店老王头的儿子，估计这天梯就是他扎的。最后那个西装革履的家伙，别看他人模狗样的，就他最坏，是村里的混子，哪家有事，他都要到场，说是维持秩序，其实就是来要钱的，为了我爷爷的丧事，我二叔还和他吵了好几次。”

“好复杂！”卢倩嘟了嘟嘴，随意地应了一声，这才好奇地对鲁兴国问道，“大国哥，烧了天梯，你爷爷的灵魂就会回来了吗？”

“这我就不知道了。”鲁兴国笑了一声，说道，“我听我爷爷说过，很久以前的回魂夜，真有鬼魂回来的事件发生过，撒在门口的石灰或者面粉上面，出现过生肖的脚印……不过那都是几十年前的事情了，我爷爷那时候才几岁大，刚刚记事罢了。”

鲁兴国话音落地，一阵微凉的夜风便毫无征兆地平地卷起，吹得纸梯“沙沙”作响，气氛不由得变得诡异起来……

“先别说这些了。”卢倩下意识地缩了缩身体，朝着四周那无尽的黑暗张望了一番，这才说道，“还真有点害怕！”

“天梯还没烧呢，大国爷爷的灵魂暂时不会回来。”影帝哈哈一笑，搂住了卢倩的香肩，并且轻轻地拍了拍她的莲藕玉臂，以示安慰。

说话之际，几人已经走到了老房侧面的烟筒前了，当即，鲁兴国掏出打火机，“扑哧”一声，打火机便冒出了一缕微弱的火苗，在摇曳火光的映衬下，拿着纸梯的鲁兴国，那张本来很和善的脸庞却显得有些诡异……

鲁兴国将天梯放到了烟筒旁边，将其点燃，火苗顿时蹿了起来，在夜风的催助下，没多久便烧遍了整个纸梯。

徐徐升起的黑烟，伴随着夜风，缓缓飘上了天际，仿佛预示着鲁兴国爷爷的灵魂也会随着这一缕黑烟，登上天堂一般……

鲁兴国重重地叹了一口气，不由分说地跪在了熊熊燃烧的纸梯前，重重地磕了三个响头，马浩然等四人虽然没有跪地磕头，但也都恭恭敬敬地鞠了三躬，借此来表达对死者的缅怀。

伴随着一阵“噼里啪啦”的火苗燃烧声响起，纸梯正在以肉眼可见的速度化成灰烬，追逐着夜风吹拂的轨迹，形成了一道又一道的小型旋涡……

纸梯烧完了，鲁兴国也从地上站了起来，招呼众人道：“先去看看二叔那边怎么样，然后我们就回隔壁院，今夜这里是不能留人的，就算留宿这里，也要马上用被子将自己蒙起来睡觉。村里有民俗，回魂夜当天，如果让死者见到亲人，会让死者产生留恋的情绪，这会影响死者投胎的！”

“大国哥爷爷的灵魂，真的会回来吗？”卢倩小声嘀咕了一句，俏脸上尽是紧张的神色，由始至终，卢倩都没有忘记回魂夜的典故，以及她想见一次鬼的初衷。

“这个我就不知道了！”影帝拍了拍卢倩的肩膀，望着已经化成灰烬的天梯，轻声说道。

“回与不回，都不重要了。”鲁兴国叹了一口气，颇为伤感地说道，“爷爷已经去世了，这是事实！”

说完这句话，鲁兴国又长叹了一口气，旋即，他便转身朝着正房迈出了步子……

当鲁兴国和马浩然等人从烟筒处走回到老宅正门的时候，碰巧，胖子、瘦子、穿西装的中年人和大先生四人，也从老宅内走了出来，这四人皆是面色发红，脚步有些打晃，显然都有些喝大了。

马浩然等人倒是没有去看那四人，而是将注意力转移到了老宅内……

厨厅正中的圆桌上，已经摆满了贡品，唯一能够走进正房的正门内的落脚点，也已经撒满了雪白的面粉，正常人想要进屋，只能大步跨进去或者干脆跳进去才行。

大先生朝着站在屋里的鲁卫断断续续地嘱咐了一句，道：“二卫……刚刚死去的人……灵魂还没有神志……避免让仙逝者找不到出去的路……窗户今晚就开着吧！”

说完这句话，大先生还打了个酒嗝。

“知道了！”鲁卫含糊地应了大先生一句，看样子，鲁卫也喝大了，连舌头都开始打结了，随后，鲁卫又转头对鲁兴国说道：“你和你的同学们就去隔壁院住吧，这里睡不下这么多人，今天晚上我睡这里。”

“好！”鲁兴国点了点头，“二叔，如果你今晚留在这里住，别忘了在回魂的时辰把被子蒙上，毕竟这是习俗，还是遵守的好。”

“我知道！”鲁卫朝着鲁兴国摆了摆手，催促众人离开老院。

鲁兴国见状也不废话，直接招呼马浩然等人离开这里。

一切都进行得很顺利，虽然气氛有些诡异，但并没有出现所谓的鬼魂，为此，卢倩不免有些失望。

回到老宅隔壁的小院之后，马浩然几人并没有睡觉的打算，而是继续围到了圆桌旁，准备新一轮的畅饮。

马浩然四人喝了几杯酒之后，鲁兴国便对坐在影帝身边、已经有些睁不开眼皮的卢倩说道：“小倩，你要是困了的话，就去睡西屋吧，被褥二叔已经准备好了，都是新的，我们几兄弟睡东屋。”

“嗯！那我先去睡了，你们也少喝点。”卢倩有些没精神地揉了揉脸颊，一边打着哈欠，一边走进了西屋。

西屋的房门关上之后，影帝便轻笑一声道：“这小妮子还打算见识见识回魂夜呢，结果什么也没见到，肯定很失望，估计明天就得嚷着要回金陵市。”

“我们明天可以再去看看荷花池，那地方真是太漂亮了！”拳王举着一瓶刚刚打开的啤酒，笑着说道，“能见到这么漂亮的荷花池，我们也算不虚此行，尤其是我们还见到了大国，来，干一个！”

“我和你们一起回金陵市，部队给我安排了新的工作，三天后去报到！”鲁兴国举起手中的酒杯，与拳王碰了一下之后，浅饮了半杯，若有所思地说了一句。

“现在退伍还给安排工作？”影帝惊讶地低呼一声。

“我的情况比较特殊……”鲁兴国讪讪地笑道。

“早知道我也去当兵了！”拳王有些懊恼地说道。

“谁让你揍的不是训导主任家亲戚呢？”影帝打趣道。

几人相视一笑，连干数杯，仿佛又回到了几年前的大学时光……

“我去上个厕所。”

“我也去！”

“一起吧！”

四人一边说着，一边放下酒杯，组团出了正房。

当四人走出正房之后，几乎是下意识地朝着隔壁院看了一眼……

“现在都凌晨一点多了，子时已经过了，大国爷爷的灵魂应该已经顺利投胎去了吧？”朴实耿直的拳王轻声嘀咕了一句。

“回魂夜只是民间的一种习俗而已，世界上怎么可能真的有鬼魂存在呢？对吧，老大？”影帝朝着马浩然说道。

马浩然没说话，这种问题对于马浩然这种无神论者来说，还需要回答吗？

“对了！”影帝突然提议道，“我们几个两年没见，估计也都睡不着，今天晚上肯定要喝到天亮，既然大家都不睡，那我们不如把卫叔叫来一起喝？何必让卫叔独自在老宅睡呢？”

“好！”鲁兴国轻笑了一声，言罢，便走到了墙边，因怕吵到卢倩休息，便压低了声音，朝着老宅低喊道：“二叔！”

鲁兴国喊了几句，没人应他，但他也没想太多，手掌一撑，纵身翻过了不算太高的砖墙，稳稳地落到了隔壁院的地上。

“我去喊二叔！”鲁兴国朝马浩然几人说道，“可能是刚才喝得有点多，没听见我的喊声。”

“去吧！”影帝朝着鲁兴国点了点头，嘿嘿一笑地说了一声。

说话之际，鲁兴国已经跳进了老宅的厨厅之内，因为这里是农村，每家每户都认识，基本不存在什么深夜入室抢劫的事件，尤其是老宅今夜是回魂夜，哪个匪徒有胆子来抢？

在农村，这种迷信传说的可信度简直高到了一个离谱的程度！

所以，老宅的正门和窗户都没关。

为了避免踩到门口的面粉，鲁兴国选择跳进厨厅，这也是正常的，只不过……

老宅的灯亮了，又过了几秒钟的时间，老宅内突然爆发出一道凄厉的吼叫声，是鲁兴国的声音！

“二叔！你怎么了？快醒醒！”

鲁兴国的声音中充满了无尽的震惊与悲痛，好似一道闪电，打破了深夜的宁静，甚至划开了寂静的夜空！

“出事了！”马浩然双目一瞪，顿时醒酒，学着鲁兴国的样子，跃进了隔壁院落，“影帝，叫醒卢倩，大家不要分开！”

声音落地，马浩然已经冲到老宅的正门外了。

不过，马浩然并没有直接冲进老宅内，而是一动不动地站在门前，借着灯光，凝视着正门地上的一摊白面……四道深浅不一但大小却几乎完全相同的脚印，清晰地印在了上面，就像是鸡的脚印！

前三后一，只不过，后面的那一道印记略微浅一些，而前面的三道印记有规律的分叉，就像是三叉戟。这不是鸡的脚印，又是什么脚印？

鸡脚印！

生肖脚印！

马浩然根据眼前的四道脚印，完全可以联想出一幅场景，就是那种一只鸡大摇大摆地从外面走进来，然后在铺满了面粉的门口，留下了四道脚印，最后走进老宅的屋内的场景。

想到这里，马浩然的剑眉不由得微皱，当即，他便蹲下身体，仔细地观察起了地上的四道鸡脚印……很生硬，完全没有纹理，也没有爪痕，简单地说，这就是四道模仿鸡脚印而勾勒出的图案。

这时候，拳王也赶到了马浩然的身边，不解地出言道：“老大，你在看什么……”

拳王的话才说了一半，便硬生生地咽了回去，因为他也看见了地上的鸡脚印！

拳王的到来，也打断了马浩然的思路，当即，马浩然便不再去思考鸡脚印的问题了，而是轻轻一跃，跳进了老宅之内，并且回身对拳王说道：“马上对院子进行搜查，看看有没有可疑的痕迹。”

“哦，好！”拳王先是一愣，随后也从鸡脚印带给他的震撼中清醒过来，当即，拳王便直接绕到了老宅的后院。

安排完拳王的任务之后，马浩然才将目光锁定在了始终站在东屋门外、没有踏进屋内的鲁兴国身上。

“大国……”马浩然轻唤了一声。

这时候，鲁兴国缓缓地回过头，映入马浩然眼中的，是一张本来坚毅但此时却布满了泪痕的脸庞……

“二叔……”鲁兴国哽咽了一声，但他并没有将话说完，而是无比颓废地瘫坐到了地上，好像丢了魂一样，双眼空洞地盯着马浩然。

一见鲁兴国的模样，马浩然的心中立刻泛起了一抹不祥的预感，当即，马浩然也顾不上那么多了，直接一个箭步，飞身冲进了东屋。

进入东屋之后，马浩然被眼前的一幕惊得说不出话来……

土炕上，鲁卫歪着头平躺在被窝里，露出了赤裸的上半身，他的胸膛已经没有任何起伏的弧度了，鲁卫已经断气了，在他的脖颈处有一道触目惊心的巨大血痕，而且血液已经开始凝固干涸，最关键的是，鲁卫的枕头另一侧，还静静地躺着一把沾满了血迹的菜刀！

毫无疑问，鲁卫死了，而凶器，马浩然几乎可以肯定，就是那把沾满血迹的菜刀！

马浩然迈出步子，走到鲁卫的身前，看了一眼鲁卫脖颈上的血痕，那是一道直接割断喉咙的致命伤，鲁卫很可能是死于这道致命伤！

随后，马浩然缓缓抬起了手掌，将手指放到鲁卫的鼻息前停留了十几秒的时间，最终，马浩然确定鲁卫已经没了呼吸，他死了！

鲁卫，虽然马浩然与他只见过一面，甚至连招呼都没打过，但马浩然对鲁卫的印象却是极好。

马浩然等人刚才吃的那一桌子美味，也是出自鲁卫之手……那么一大桌子的菜，可不是随便说说就能做好的，鲁卫一定费了很大一番工夫才弄好。

还有，为了让马浩然等人不拘谨，也为了方便居住，鲁卫主动要求在回魂夜这天独自住进老宅。

由此可见，鲁卫虽然脾气有些古怪，但内心还是很热情善良的。

鲁卫就这么突然死去，马浩然终究还是有些接受不了眼前的现实，就像鲁兴国一样。

马浩然深深地吸了一口气，强压下心中的悲痛，开始打量起了案发现场……作为案发现场的东屋，很干净，也很整洁，丝毫没有搏斗过的痕迹，屋子里除了淡淡的血腥味之外，还夹杂着一股酒精味。

就在这时候，影帝和卢倩也从隔壁院赶了过来，不过，二人被已经回过神来的鲁兴国拦在了东屋的门外。鲁卫的死状很惨，影帝也就罢了，如果让卢倩见到这一幕，估计她这一辈子都会有心理阴影，所以鲁兴国才将二人拦在了门外。

东屋门外。

影帝焦急地伸着脖子，努力地朝着屋里张望，而卢倩则是一脸惊慌地抱着影帝的胳膊，眼中的睡意已经完全消失，剩下的只有惊慌。

“大国，老大，怎么回事？”影帝十分焦急地说道，“卫叔怎么样了？还有门口的鸡脚印，又是怎么回事？”

“是不是大国哥爷爷的鬼魂回来了？”影帝话音落地，卢倩便用极低的声音呢喃起来。

鲁兴国并没有回答影帝和卢倩的问题，因为他现在还不能说话，一旦说话，鲁兴国害怕自己会忍不住大哭出来。

马浩然幽幽地叹了一口气，眼前的一幕又让他回忆起了十年前那次断送了他父亲生命的抢劫……失去至亲之人的痛苦，马浩然明白，他也很了解此时的鲁兴国。

当即，马浩然便转身走出了东屋，用力地拍了拍鲁兴国的肩膀，转头对影帝和卢倩说道："卫叔死了，被一把菜刀割断了喉咙！"

"卫叔……死了？"影帝的双眼顿时瞪得老大，仿佛不敢相信马浩然的话似的，当即，影帝便挣开了卢倩的手臂，想要冲进东屋内。看得出来，影帝对脾气古怪的鲁卫的印象也相当地好。

不过，影帝虽然挣开了卢倩的手臂，却并没有走进东屋，因为他被马浩然给拦住了。

"你陪卢倩去外面，顺便给郑队打个电话，告诉郑队，假期提前结束了，这里发生了凶杀案。"马浩然一边说着，一边朝影帝摇了摇头。

"凶杀案……"还不待影帝说话，卢倩便一脸惊恐地抢先问道，"浩然哥，卫叔死了，真的是凶杀案吗？我在门口看见了鸡脚印，今天是回魂夜，又有鸡脚印，会不会是……"

卢倩没有把话说完，但老宅内的马浩然等人都知道卢倩接下来想要说什么。

"二叔的死，的确有些诡异……"鲁兴国已经控制住了情绪，虽然他的声音仍旧哽咽，但思维却已经很清晰了，"我爷爷今年七十三岁，属鸡，按照民间回魂夜的说法，如果爷爷的灵魂今夜回来，那么，门口便会出现生肖脚印，而鸡脚印正是爷爷的生肖属相的脚印，可我不相信世界上有鬼神之说，因为我是军人，铁血的军人，所以我和浩然的想法是一样的，二叔死于凶杀，绝对不是什么回魂夜的鬼魂索命，况且，我爷爷的鬼魂会索二叔的命吗？"

鲁兴国的话，不管是从灵异角度，还是从科学角度，都站得住脚，一时间，卢倩也不知道该说什么了，只能由影帝拉着她的手，和影帝一起走出了老宅。

待到影帝和卢倩走后，鲁兴国重重地叹了一口气，有气无力地挥了挥手，坐到了厨厅内的一张椅子上，颓然地对马浩然说道："浩然，我的心现在很乱，应该帮不上你什么忙……"

"交给我们吧！"马浩然递给鲁兴国一个放心的眼神，便开始打量起了厨厅，与此同时，马浩然的大脑也开始疯狂运转起来。

厨厅的正门是敞开的，正对着正门的三扇窗户也没有关，换言之，这老宅并不是绝对密封的空间，而是布满了漏洞的死亡现场，凶手有很多方法可以进入老宅，再从容不迫地离开老宅。

因此，在这种不是绝对密室的凶案现场，疑点并不少，甚至还很多。

第一处疑点是代表回魂夜传说的生肖脚印鸡脚印，正是鲁兴国爷爷的本命生肖属相的脚印，这是凶手有意而为之，还是其他原因？而且，鲁兴国的爷爷在村里生活了几十年，只要是认识鲁兴国爷爷的人，都应该知道鲁兴国爷爷的年纪，根据年纪推算出生肖，小孩子都能做到。所以这鸡脚印的出现，有些出乎意料，但其实又在意料之中。

第二点是没有打斗痕迹的案发现场，包括死者鲁卫的身上都没有出现任何反抗的痕迹，这又是怎么回事？

鲁卫怎么说也是个中年汉子，不可能一声不响，连反抗都没有做出就被杀死吧？

是因为喝多了酒而丧失了反抗能力？

这种解释倒是有些说得通。

第三处疑点是那道一击致命的伤痕，又该如何解释？

第二处疑点已经说过，鲁卫不太可能没有反抗的能力，就算真的喝多了，抬抬手挣扎一下，或者弄乱一下床铺等简单的事情，应该还是可以做到的，甚至就算是拍打几下行凶者的手，或是本能地去抓凶器，也都有可能完成。

可致命伤却偏偏是割断咽喉的致命一刀，难道鲁卫真的睡得那么沉？或者，鲁卫真的醉酒到了昏迷的程度了？

还是鲁卫根本就没想过反抗？

或者说凶手力大无穷，鲁卫真的无力反抗？

按照这个逻辑分析，第二点和第三点完全可以归到一点。

还有第四点，故意遗落在现场的凶器，难道凶手就不怕在凶器上查出指纹吗？

凶器，是每一件凶杀案之中最重要的几条线索之一，这是无须质疑的。

而凶器消失的案件很多，但光明正大地将凶器遗落在案发现场的案件，可就不太多了。

除非，这凶器是故意染上鲁卫的血迹，以假乱真，其实那菜刀根本就不是凶器，又或者凶手有十足的把握，让警方无法在凶器上查出任何的线索。

除了上述所说的几个疑点之外，马浩然其实还有一个地方想不通，而且也有些不符合常理……那就是鲁卫露在外面的上半身以及被子。

现在是夏末，虽然白天仍旧很炎热，但到了晚上，尤其是深夜，气温会明显地下降，甚至还会有些微凉，而鲁卫的上半身却没有盖着被子，这很不符合常理，难道鲁卫不怕冷？

再退一步说，就算鲁卫不怕冷，那他也绝对不可能露出半个身体睡觉，毕竟今夜是回魂夜。

留宿在老宅的鲁卫，就算不信鬼神，也应该尊重死者，尤其死者还是鲁卫的父亲，更何况，鲁兴国在临走之前还特意嘱咐过鲁卫，回魂时分一定要把被子盖上。

所以，鲁卫一定会按照乡下的习俗，以及鲁兴国的提醒方式来睡觉，也就是将自己用被子蒙起来，让死者看不见土炕上有人在睡觉，这样就不会影响灵魂投胎的进度了。

所以说，不论从哪个角度来看，鲁卫暴露在空气中的上半身，都有些不符合常理。

就在马浩然思索着案发现场的几大疑点之时，鲁兴国突然用力地拍了拍他自己的脸，就像是自己在打自己一样，颇为用力。

不过，马浩然知道，鲁兴国并不是在自己打自己，而是一种让自己减压、舒缓心境以及内疚自责等一系列心理活动的反映而已。

“浩然，我先出去了，屋子里的血腥味太重，而且还是二叔的血……”鲁兴国一边说着，一边朝马浩然露出了一抹凄惨的微笑，言罢，鲁兴国便自顾自地迈出了步子，走出了老宅。

马浩然目送鲁兴国离开老宅的厨厅，忽地，马浩然剑眉一挑，仿佛想起了什么，犹如梦呓一般自言自语道：“血腥味太重……血……”

马浩然猛地转过身，一个箭步便冲到了鲁卫的尸体旁边，那双深邃的黑瞳，始终在土炕上以及鲁卫的尸体上不断游走着……

“血……”马浩然将目光落到了鲁卫咽喉处的致命伤上，那一摊已经凝固干涸的血迹，仍旧触目惊心，包括尸体后颈部的下方，也凝聚成了一摊暗红色的血块。除此之外，鲁卫的下颌处、额头处以及胸膛，也都有星星点点的干涸血迹，甚至尸体伤口附近那一小片土炕上，也溅上了一些不算太密集的血迹。但是，鲁卫的左右脸颊却偏偏没有任何的血迹……

“额头、下颌、胸膛都有少许血迹，但左右脸颊上却没有任何的血迹，这是为什么？”马浩然皱着眉头，盯着鲁卫咽喉处的伤口，自言自语地说道，“而且，这不规则的血迹又延伸出了另外一个疑问，尸体身上的血实在是太少了……通常情况下，被割喉而死的人，血液都应该飙射喷溅，不说洒满全身，起码土炕上应该遍布血迹才对，可事实上却并没有，就算血液都顺着脖颈流淌到了尸体后颈下方，但四周喷溅的血液形状也很不对劲……”

“老大……”

就在马浩然喃喃自语之际，拳王一边低吼一边冲进了屋内，可当拳王看见了鲁卫的尸体之后，他的脚步和声音皆下意识地停了下来……

第二章　痕迹

马浩然闻声缓缓转过身，盯着一脸骇然的拳王，轻声问道："有什么发现？"

"卫叔他……"拳王没有回答马浩然的问题，而是抬起手指着躺在土炕上的鲁卫，用一种无法接受现实的语气对马浩然说道，"他真的死了吗？"

"死了！"马浩然重重地点了点头，虽然他的语气依旧平静，但声音之中却透出了一抹难以掩饰的悲伤，"我们现在能做的，也只有帮卫叔找到真正的凶手了！"

"对！找到真正的凶手！"拳王狠狠地握紧了拳头，仿佛要将指甲生生抠进肉中似的，双目几欲喷火般低吼了一声。

"先说说你有什么发现吧！"马浩然再次发问。

"有发现，也好像没发现，老大，你还是亲自去看看吧！"拳王有些为难地挠了挠头，不好意思地说道。

马浩然轻轻地点了点头，转身朝着老宅外走去，拳王见状，立刻紧跟上马浩然的脚步。

老宅外的石阶上，鲁兴国席地而坐，一言不发，似在悲叹，而影帝和卢倩则站在鲁兴国的身后，看那模样，想去劝又怕打扰到鲁兴国。

影帝和卢倩见到马浩然从老宅内走出来，当即便围了上去。

"老大，大国他……"影帝指了指犹如石雕一般一动不动的鲁兴国，颇为为难地对马浩然说道。

“让他静一静吧！”马浩然先是朝影帝摆了摆手，又道，“联系郑队了吗？”

“联系了，郑队现在应该已经在来的路上了，天亮之前差不多能到。”影帝点点头，说道。

马浩然不再言语，而是径直朝着老宅的后院走去。

绕过之前烧天梯的烟囱处，马浩然和拳王的身影便出现在了后院。

老宅的后院，放眼望去，没有庄稼，更没有空地，就像地毯一样，杂乱的荒草几乎覆盖了整片地表。

院墙与老宅的后墙之间，相距接近五米的距离，不算太远，但关键是那所谓的院墙，其实就是一排简单的木栅栏，而且高度连一米都不到，它的作用也就是将院子和道路分隔开罢了。

随后，马浩然又将目光转移到了老宅房体的后墙上……老宅的后墙，比前面的墙体更加老旧，甚至都已经没了本色，满是泥泞，这种墙体就算有脚印的痕迹，也几乎无法发现。

马浩然缓步走到了后墙的三扇窗户中的其中一扇前，然后他抬起手掌，小心翼翼地按在了窗台的边缘，毫不费力地一撑，整个身体便直接平地拔起，只要马浩然再稍微借助一下脚和手的力量，便能直接通过这扇打开的窗户，跃入老宅的厨厅之内！

这时候，拳王开口了……

“老大，这就是新发现，不管是我们，还是疑似凶手的人，都可以简单地翻过后墙，走过荒草丛生的后院，然后通过打开的窗户，轻而易举地摸进老宅之内。如果小心一些，甚至可以做到悄无声息。

“而没发现，便是那低矮的木栅栏、杂乱的荒草，以及太过陈旧的墙体，我根本就无法发现任何的痕迹，或者说，鉴定部门的同事应该也不会有什么收获！”

拳王话音落地，马浩然也停止了攀爬窗户的动作，双脚重新踏回到了地面上，当即，马浩然一边四下张望凌乱的后院，一边自言自语道：“没有任何的痕迹……大自然帮助凶手掩藏了所有的痕迹。”

“老大，这案子该怎么查？完全是无迹可寻！”拳王耸了耸肩，苦恼地嘀咕了一声。

“凶手留下了痕迹，只不过，我们现在看不见凶手留下的痕迹。”马浩然言罢，便迈开步子，朝着木栅栏那边走了过去。

一路上，马浩然小心翼翼地躲避荒草，仿佛生怕会破坏了某些隐藏在大自然之下的线索一般，五米的距离，马浩然足足走了几分钟，才来到低矮的木栅栏之前。

这一次，马浩然并没有伸手去摸木栅栏，而是抬起手，不断地在他的腰间位置比画着木栅栏的高度。

“老大，这种低矮的木栅栏，只要不是孩童，都能轻而易举地翻过来，而且还是不留痕迹地翻过来。”拳王站在窗前，朝马浩然低喊了一声。

马浩然没有反驳拳王，而是转过身，一边开始往回走，一边对拳王点了点头，说道：“根据现场的环境来分析，凶手与死者鲁卫之间虽然隔着栅栏、院子、厨厅等障碍和距离，但实际上却是没有任何的障碍和距离，只要不是孩童，再小心一些，都能够做到悄无声息地接近死者……的确是无迹可寻的谋杀，就像是，死者鲁卫是真的被回魂之夜出现的鬼魂索了命一般！”

马浩然没有再说话，而是和拳王原路返回，绕回到了前院。

“老大，有什么新发现吗？”

影帝见马浩然和拳王从后院走了回来，立刻和卢倩围了上去，就连发呆的鲁兴国都回过了神，朝马浩然投来了希冀的目光。

马浩然点了点头，可随后，他又摇起了头。

发现？

线索？

痕迹？

马浩然捕捉到了一些疑点，但却无法解释，有与无，其实没有太大的差别！

“老大，你又是摇头，又是点头，到底是什么意思？”影帝十分不解地皱起了眉头。

“该不会，真的是……”卢倩只把话说了一半，便捂上小嘴，瞪大了眼睛，满脸惊恐。

“案件绝对不是你想的那样！”影帝拍了拍卢倩的肩膀，柔声说道，“这种诡异的案件我们见得多了，在深山鬼楼案中，我们不是都亲眼见到女鬼升天的场面了吗？到头来，都是假的而已。这件案子的鸡脚印，我想，一定也是凶手为了掩人耳目而故弄玄虚罢了。”

“影帝说得没错！”马浩然终于开口了，他的声音仍旧平静，不起任何波澜，“这件案子一定是人为的凶杀，而凶手，我认为，一定是大先生、胖子、瘦子和混子四人之一！”

马浩然话音落地，许久没有开口的鲁兴国突然说话了：“在乡下，大家睡觉都比较早，从我们烧完天梯，到返回隔壁院子喝酒，再到凌晨一点多，我们发现了二叔死亡，中间这接近两个小时的时间，也只有那四个人有时间作案，浩然的想法完全成立。”

随着马浩然和鲁兴国的声音落地，众人的脑海中也不由得浮现出不久之前，在鲁兴国烧完天梯之后，陆续离开老宅的那四人的身影……

“大国，有些问题，我需要你回答！”马浩然将视线转移到了鲁兴国的身上，正色问道。

“你问吧！”鲁兴国深深地吸了一口气，仿佛是在平息心中的悲伤。

“卫叔和那四个人都发生过纠纷吧？如果卫叔与他们没有发生过纠纷，那他们也就没了杀人的动机，我们也就真的无迹可寻了。”马浩然出言问道。

鲁兴国点了点头，道：“我二叔脾气古怪，和我爷爷一样，与村里人几乎没有太多的联系，尤其是二叔，他离了婚，又从江北颓废地回到了村里，难免有些爱嚼舌根的人议论二叔，再加上二叔的脾气，自然也就产生了纠纷……

“比如说大先生，他叫穆有方，村里的红白事，都由大先生出面主持。爷爷葬礼那天，大先生其实不想来，因为爷爷和大先生就有矛盾，可如果大先生不来，许多民间禁忌，二叔和我父亲都不是特别了解，这葬礼难免会出现纰漏……当时二叔就急了，和大先生大吵一架，最后是二叔硬把大先生给拉过来的，若不是我父亲一直从中周旋，这二人估计会打起来！

“厨师胖子，叫马权，这家伙的嘴比较碎，村里议论二叔最多的人就是他了，说过一些二叔被抛弃了、在城里混不下去了等难听的话，他和二叔经常发生矛盾，听说有几次差点打起来！

“瘦子是纸扎店老王头的儿子，叫王宇，和二叔年纪差不多，因为他家是做死人生意的，所以至今还没讨到老婆，村里人以前议论得最多的人是他，直到二叔回来，村里人才将议论的对象改成二叔，也不知道王宇是不是压抑太久了，还是因为终于有了一个比他还惨的人，所以，这家伙是平时嘲讽二叔最有劲头的人，前段时间被二叔揍了一次，老实了许多。

“最后的混子黎大勇，村里人都喊他大勇，是村里的无业游民，平时靠一些偷鸡摸狗和赖皮的勾当来赚钱，村里人都怕他，但二叔不怕他，自然而然，大勇就和二叔杠上了，还动过一次手。不过，二叔在江北是干力气活的，像大勇那种货色，二叔一个能打三个，大勇自然讨不到便宜，被二叔揍过一顿。

“总的来说，这四个人和二叔都有矛盾但好像无法构成杀人动机，毕竟，都是村里人之间的一些鸡毛蒜皮的小事而已。”

鲁兴国一口气将各人与鲁卫的矛盾都说了出来，直到最后一个字音落地，这才缓了一口气。

也就在这时候，影帝却突然插了一句话：“大国，你在部队的时候都不关注新闻吗？”

众人的注意力立刻被影帝的话吸引了过去，当即，马浩然等人便纷纷转头，不解地望向了影帝……

关注新闻和本次的凶杀案，又有什么关联呢？

见众人将目光定格到了自己的身上，影帝耍帅一般地轻笑一声，故作机智模样地说道：“最近几年，新闻中经常会报道一些匪夷所思的杀人案件，之所以将那些案件称为匪夷所思的案件，那是因为，都是由一些小得不能再小的摩擦和纠纷引发的凶杀案。

“比如说，两年前，我记得金陵市某村，一群人深夜无聊，聚在一起打扑克，输了钱的人被赢了钱的人嘲讽了一句，输钱的人直接离场，回家取了一把菜刀，将嘲讽他的人杀死！

“还有去年的一件案子，两家是邻居，只是因为其中一家经常将垃圾堆在另外一家的墙外，最后导致了悲剧的发生！

“还有最近一段时间发生的一件误伤致死案件，也只是因为后院将砖瓦等杂物堆在前院那户人家的院墙外，最后发生了冲突，双方动起了手，结果一方被误杀……”

影帝一边说着，一边打了个响指，颇为得意地说道：“连拳王都开始恶补灵异知识了，那我自然不能落后，金陵市局的卷宗，最近几乎都被我翻遍了，以后你们可以称我为行走的资料库。”

“为什么我看你现在的样子，有一种想揍人的冲动？”拳王很是时候的泼了影帝一头的冷水。

“像你这种野蛮人，只懂得用武力解决问题，而不是用脑子……”

影帝和拳王习惯性地抬杠，倒是让马浩然等人之间弥散的悲痛气息减弱了不少，气氛也开始朝着好的方向改变了……

马浩然轻咳了一声，打断了影帝和拳王的争吵，淡淡地说道：“其实，影帝所言，也有几分道理……在农村或者乡下，真的有不少悲剧都是因为鸡毛蒜皮的小事而引发的，这是不争的事实。其实，我们身边也有不少这样的真实事件发生，所以，卫叔和那四个人之间的摩擦，表面上看起来，并不是什么大事，但却不能排除那些小摩擦成为杀人动机的可能性。”

马浩然开口，影帝的表情也就更加嚣张了，还朝着拳王递了一个挑衅的眼神，仿佛在告诉拳王，他说的话帮到了马浩然……

“老大，我们接下来该怎么办？”拳王颇为不爽地瞪了影帝一眼，又回身对马浩然急切地说道，“我们总不能只是单纯地在这里等郑队他们来吧？”

“事实上，没有郑队的支援，我们的确什么也干不了。”马浩然耸了耸肩，平静地说道，“不过，在郑队来之前，我们可以去查一下四名嫌疑人的家到老宅的这段路，是否会有可疑的痕迹。”

“我去！”拳王毛遂自荐道。

马浩然闻言，淡淡地看了拳王一眼，最后却缓缓地摇了摇头，“你和影帝，还有卢倩，守在这里，保证尸体和案发现场不能受到任何破坏，我和大国沿着凶手犯案的轨迹，寻找痕迹。”

“好！”鲁兴国第一个出言赞同，“反正我也不想留在这里，一想到二叔尸骨未寒地躺在屋里，我就恨不得马上逃离这里，况且，四名嫌疑人的家，我们之中也只有我认识路。”

“走吧！”

马浩然根本不给影帝等人说话的机会，便径直朝老宅外走去，而鲁兴国则是颇为好奇地盯着马浩然的背影看了一眼，随后，他也快步地跟上了马浩然，二人一前一后地走出了老宅……

马浩然与鲁兴国并肩走在羊肠一般的乡间小路上，暗淡的月光隐约将二人的身影映到了地面上……

“浩然，你为什么要沿着四名嫌疑人回家的路线再走一遍？”鲁兴国颇为不解地说道，“你是不是想，先预估一下四人从老宅回到各自家里的路程和时间，然后根据四人今夜回到家里的时间，来判断四人谁是凶手？”

马浩然脚步不停，一边走一遍淡淡地解释道：“其实，你所说的作案时间差，根本没有查的必要，因为，在这种夜深人静的环境下，凶手作案之后，只要一路小跑，一定能在常规时间内回到家里，况且，懂得利用回魂夜传说来杀人的凶手，应该不会犯下这么简单的错误吧？”

“那你是想……”鲁兴国被马浩然这么一说，更加茫然了。

“痕迹学！”马浩然深吸一口气，说道，“在刑侦方面，有一门学科，叫作痕迹学，是根据手痕、脚痕、工具痕迹、弹道痕迹、车辆痕迹等种种痕迹来进行的一种推理……我之所以想走一遍老宅通向四人家的路，就是想在路上查找一些特别的痕迹。”

“浩然……”

鲁兴国停下脚步，用一种震撼和复杂并存的目光凝视着马浩然，过了良久，鲁兴国才重重地吐出一口气，欲言又止地摆了摆手，似乎他有一些话想对马浩然说，但他又突然改变主意，不想说了。

马浩然深深地看了鲁兴国一眼，不过，他并没有催促鲁兴国，而是静静地站在原地，静静地等着鲁兴国的下文……

“没什么。”鲁兴国又摆了摆手，不好意思地笑了一声，“二叔的案子就靠你了……虽然我对生死看得很淡，但二叔是我的至亲，我还是有些无法接受事实。所以，你一定要将杀死二叔的人绳之以法！”

“我会的！”马浩然盯着鲁兴国的目光中下意识地闪出了一抹狐疑之色……

两年不见，鲁兴国变了很多，比以前更加冷静，更加沉稳，同样，也更加神秘了。

不过，这些对于马浩然来说都不重要，不管怎么说，鲁兴国都是马浩然的兄弟，哪怕他的变化再大，鲁兴国依然还是马浩然的兄弟。

将目光从鲁兴国的身上收回，马浩然便低下头，一边继续前行，一边仔细地在地上寻找可疑的痕迹……

“这条路是通往大先生家的路。”鲁兴国与马浩然并肩行走，“老宅到大先生的家里，要走十几分钟，是四人之中最近的。”

鲁兴国话音落地，但马浩然并没有用言语来回应他，只是缓缓地抬起头，然后朝着鲁兴国点了点头，随后，马浩然继续低头，观察起了地面。

理论上来说，痕迹学很难，付诸行动之后，马浩然发现，更难！

先不说很暗淡的月光，单说农村的乡间土路，是那种由一层又一层的天然沙泥所铺设而成的路，在这种路面上，马浩然想要找到所谓的痕迹，当真是难如登天，除非，马浩然能在土路上发现鲜明的血液，否则的话，这次的痕迹学推理，肯定会以失败告终。

十五分钟之后，马浩然和鲁兴国已经来到一座高墙大宅之前，用鲁兴国的话说，这里是大先生的家。

马浩然没有说话，只是在大门口徘徊了一阵，而他的双眼也始终锁定在了大先生家正门前的地面上，那里有一摊污秽之物，而且还没有凝固，应该是刚吐出来不久。

这一路走来，马浩然并没有从路上发现任何的血迹，以及可疑的痕迹，不过，在大先生家门前，马浩然却发现了大先生呕吐的痕迹，这说明，大先生今天晚上在鲁家老宅没少喝，甚至还喝吐了！

“浩然，我听说大先生的酒量不太好，和二叔差不多，唯一不同的是，二叔的酒量不好，但却嗜酒，所以我才会赞同找二叔来我们这边继续喝……”鲁兴国压低了声音，细若蚊声地对马浩然说道，“因为，二叔除了喝酒，实在是没有别的爱好呢，能多陪二叔喝一顿酒，对于我而言，也是一种尽孝的方式，毕竟，人的生命都太短暂了……”

马浩然扭头看了一眼无比伤感的鲁兴国，缓缓抬起手，轻轻地拍了拍他的肩膀。

“酒量不好的大先生，走回自家之后，在自家门前吐了起来……这是大先生刻意而为之，还是真的喝醉了呢？”马浩然收回了搭在鲁兴国肩膀上的手，轻声自语起来，“如果是刻意而为之，那大先生就是在行凶之后，为了证明自己喝多了，根本没有行凶的能力，故意回到家门前抠嗓子，强迫自己呕吐，造成这种无法行凶的假象……”

马浩然盯着那摊呕吐物看了几秒钟，便扭头对鲁兴国说道：“先回老宅，然后再从老宅出发去第二家。”

鲁兴国一言不发地点了点头，便引着马浩然原路返回，十五分钟之后，二人又回到了鲁家老宅的门前，而后又沿着另外一条路，在月光的照耀下，朝着黑暗的村子深处走去……

根据鲁兴国介绍，这一次，二人要去的地方是纸扎店老王头的家，也就是四人之中的瘦子家。

从鲁家老宅到纸扎店，马浩然和鲁兴国走了将近二十五分钟的时间，同样，马浩然在路上仍然没有发现任何可疑的痕迹，但是到了纸扎店铺的门外，马浩然发现了一些线索……

纸扎店铺做的是死人生意，自然透着一种说不出的诡异气氛，尤其是在这种月黑风高而且还刚刚发生了回魂夜凶杀案的背景下，这纸扎店就更显诡异了。

鲁兴国时不时地回首四下张望，但马浩然的目光却始终锁定在纸扎店正门前的地面上，那里有一圈凌乱但颇为清晰的脚印。

纸扎店门前的脚印，就像是一个人不断地在转圈似的，一个脚印压着一个脚印那般，凌乱且诡异。

“纸扎店平时来往的人应该不多，但就算来往的人再少，也不可能在店门口留下这一圈清晰的脚印吧？只要有一个人走进纸扎店，那这一圈脚印就会被横向或者竖向的新脚印切割，而我们眼前的这圈脚印，只有一个解释，那就是……最后一个进入纸扎店的人留下的，也就是瘦子王宇！”马浩然仿佛进入了推理状态，一边盯着那圈诡异的脚印，一边喃喃自语起来。

“那王宇为什么要在纸扎店门前留下这种诡异的脚印痕迹？是想掩盖什么东西吗？还是另有目的？”鲁兴国仿佛怕吵到纸扎店里面的人，也好像被四周的诡异气氛所感染，声音比之前在大先生家门外那时候还要低。

“我不知道！”马浩然很干脆地摇了摇头，最后深深地看了一眼纸扎店那漆黑古老的木门，转身朝着来时的路迈出了步子。

马浩然和鲁兴国故技重施，从纸扎店走回到了鲁家老宅之后，便继续去了第三名嫌疑人的家里，这次去的是混子黎大勇的家。

与前两次不同的是，马浩然在黎大勇回家的路上，发现了几条长长的拖痕，就像是有人故意将脚踩在地面上，然后不抬脚地向前蹭着走，举个简单的例子，就像是雪地上的雪橇痕迹。

“这痕迹又是什么意思？”鲁兴国不解地问向马浩然。

“我不知道！”马浩然仍旧摇头，又用了他在纸扎店门前回应鲁兴国的话，说了一句。

鲁兴国不语，继续引着马浩然朝黎大勇家走去。

待到鲁兴国和马浩然走到黎大勇的家门前，已经是十几分钟之后的事情了。

“黎大勇的家距离老宅，和纸扎店差不多远，黎大勇这家伙离了婚，目前独居，算是四名嫌疑人中唯一没有人可以为他做出不在场证明的嫌疑人。”鲁兴国瞥了一眼黎大勇家紧闭的铁门和黑洞洞的窗口，轻声说道。

“未必……”马浩然言罢，便朝着黎大勇家左侧的院子努了努嘴，说道，“隔壁亮着灯，只要黎大勇开铁门，再关铁门，隔壁一定能听见，说不定，这会成为黎大勇的不在场证明。”

“那我们岂不是又白忙了？”鲁兴国颇为无奈地耸了耸肩，“大先生家门前的呕吐物，纸扎店门前的诡异脚印，还有黎大勇家路上的几条拖痕，都算是疑点，可这并不能帮助我们确定真正的嫌疑人，和白忙没什么区别。”

“也许，这些线索到最后都会成为我们破案的关键点！”马浩然轻吟一声道。

显然，马浩然并不赞同鲁兴国的话，只是在黎大勇的家门前扫了几眼，确定没发现任何的可疑痕迹与线索之后，便自顾自地迈出了步子，沿着来时的路，反身朝着鲁家老宅的方向走去。

马浩然和鲁兴国的最后一处目的地，是厨师胖子的家，用鲁兴国的话说，胖子家距离鲁家老宅是最远的，用正常速度行走的话，要三十五分钟到四十分钟左右才能到。

当马浩然和鲁兴国走了接近一半距离的时候，马浩然突然停下脚步，他的目光也随之落到了村道旁边的沙堆上……

柔软的沙堆上，出现了一道类似于人形上半身的轮廓，而且在屁股对应的位置，还有一块凹陷下去的痕迹，而在那人形轮廓之前，还有一摊同样没有完全凝固的呕吐物……

当即，马浩然便走到沙堆前，一边盯着沙堆上的痕迹，一边开始自顾自地模拟起了坐在沙堆上，然后仰身躺在沙堆上的动作，最后，再和沙堆上的痕迹相互比较一番，马浩然这才出言解释起来。

“这应该是胖子留下的痕迹，他喝多了，然后有些晕，这才坐在沙堆中，将身体都靠在了沙堆上，这样，才会出现这种类似于人形的轮廓，还有沙堆下的呕吐物，应该是胖子坐在这里休息的时候吐出来的，而且和大先生家门口的呕吐物一样，都没有凝固，在这种根本没有人的村道上，出现这种痕迹和呕吐物，也只能是胖子的。”

马浩然话音刚落，鲁兴国便说道：“胖子也喝多了？看来，这几个人今天晚上是真没少喝。”

“为什么这么说？”马浩然狐疑地看了鲁兴国一眼。

“胖子的酒量，在村里是出了名的好，就算是二叔几个人加在一起，都未必能喝过胖子，连他都喝吐了，这难道不足以说明大家都喝多了吗？”鲁兴国详细地为马浩然解释起来。

“这就不好办了！”马浩然听了鲁兴国的话之后，眉头不由得微皱起来，“如果大家都喝多了，那对于凶案发生之前的事情，一定会记得不太清楚，这就为凶手创造了一个蒙混过关、浑水摸鱼的契机……还有一点，连最能喝的胖子都喝多了，那凶手自然也可以谎称喝多了。大家都喝多了，又怎么可能行凶呢？爬过栅栏，通过窗户跃入老宅，或者从正门进去，跳过那一摊撒满了白面的门口而不发出声响，这可不是喝醉了的人能干出的事！”

鲁兴国微微叹了一口气，朝着已经露出鱼肚白的东方扫了一眼，对马浩然说道：“我们折腾了一夜，连一点有用的线索都没找到，浩然，这是不是所谓的完美杀人？”

“不！”马浩然坚决地摇了摇头，凝视着已经开始徐徐升起的朝阳，决然说道，“世界上根本不存在完美杀人这种说法，任何凶手都不可能逃过法律的制裁，我们一定会解开所有谜团，将凶手绳之以法的！”

鲁兴国叹了口气，又摇了摇头，最终，他还是没有再说话，只是默默地在前面为马浩然引路……

马浩然和鲁兴国来到胖子家门口的时候，天已经亮了，可马浩然却并没有在充满光明的环境中，发现任何黑暗肮脏的犯罪痕迹，最终，马浩然和鲁兴国只好选择返回鲁家老宅。

虽然这一夜的折腾，并没有让马浩然掌握实际上的线索，但四名嫌疑人却都留下了不同的痕迹。正如马浩然所言，这些痕迹也许真的能够成为最后的关键点，也说不定呢？

正当马浩然和鲁兴国重新走回到沙堆前的时候，一阵嘹亮的警笛声彻底打破了小村落的祥和与朝阳初升这一刻的宁静。

“郑队来了！”马浩然朝着鲁家老宅的方向看了一眼，随后，便下意识地加快了脚步，赶回案发现场，也就是鲁家老宅。

马浩然快步离去，鲁兴国自然是紧随其后，当然，听见警笛声的，可不仅仅只有马浩然和鲁兴国而已……

本就习惯早起的乡亲们，也被这阵急促的警笛声惊醒，纷纷走出了自家大门，开始三五成群地聚在一起，一边议论，一边循着警笛声传来的方向，朝着鲁家老宅奔去……

当马浩然和鲁兴国赶回鲁家老宅的时候，老宅那破败的围墙和大门前，已经拉起了警戒线，三辆警车整齐划一地停在了本就狭小的村路旁。最夸张的是，几十名貌似还没吃过早饭的乡亲们，已经将鲁家老宅围了个水泄不通，若不是有警员在警戒线外维持秩序，恐怕那群无比好奇的乡亲们早就冲进去一探究竟了。

马浩然和鲁兴国才刚走到警戒线前，郑祺的声音便从老宅之中传了出来：“小马！”

声音还未落地，郑祺便已经走出老宅，出现在马浩然的眼前了。

“郑队！”马浩然喊了郑祺一声，便抬起了警戒线，和鲁兴国一起弯腰走进了被警戒线包围的老宅区域。随后，马浩然便开始为鲁兴国和郑祺相互介绍起来，“这是鲁兴国，我们的大学室友大国，这是郑队，金陵市局重案组组长。”

“我见过他，在电视上。”鲁兴国牵起嘴角，露出一抹向往的笑容，“郑队前段时间对媒体说的那番身为人民警察的宣言，可是深深地震撼到了我。”

说着，鲁兴国便朝郑祺伸出了手，二人的手也随之握到了一起。

郑祺同鲁兴国的手刚刚握到一起，郑祺的眉眼便情不自禁地挑了起来，颇为玩味地对鲁兴国问道：“当兵的？而且还经常玩枪？”

“嗯！”鲁兴国没有过多地解释什么，只是点了点头，便收回了手掌，仿佛生怕被郑祺发现什么似的。

而郑祺也没有太过深究有关鲁兴国的事情，只是深深地看了鲁兴国一眼，便将视线转移到了马浩然的身上，笑着说道：“你这家伙是不是灾神附体？怎么你去哪儿，哪儿就会发生凶案？大家连一天完整的假期都没有享受，就被你给喊来了！”

马浩然不太适合说说闹闹，所以，对于郑祺半开玩笑的话，他只是左耳听右耳出罢了。随后，三人一边走向老宅，马浩然一边为郑祺讲述起了整个案件的过程，从他们进入荷花村开始，一直到马浩然想以痕迹学来追查四名嫌疑人的过程，以及最后几人相见之前的事情，全都一股脑地说给了郑祺听。

听了马浩然的叙述之后，郑祺不由得皱起了眉头，一边揉着下巴，一边点燃了一根香烟：“小叶和老李他们，已经开始验尸，排查现场的指纹和痕迹……还有，案发现场的脚印我已经看到了，而且还问过几名村民，村民们都说这是鲁家老爷子的鬼魂，在回魂夜那天回家索了死者鲁卫的命，这种传言会在民间造成很大的影响，也会给社会稳定造成很大的冲击。所以，这件案子，我们必须要尽快解决，而且还要完美地解决。”

仿佛为了印证郑祺所说的话那般，当马浩然三人走到老院正中的时候，外面的围观群众也爆发出了一浪高过一浪的议论之声……

“鲁家老爷子的鬼魂昨天晚上真的回来了，还在鲁家老宅里面留下了鸡脚印！”

“鸡脚印？我记得鲁家老爷子今年七十三岁，属鸡，对吧？”

“好像还真是属鸡！”

“这不就是回魂吗？连生肖脚印都出来了！”

“我的天！这不是阴魂索命吗？”

随着议论声不断爆出，老宅外的村民们也越来越慌张，每个人的脸色都不太好，一种叫作“恐慌”的气氛，逐渐占据了所有人的内心……

再说院中的郑祺，颇为无奈地耸了耸肩，双目扫了一眼警戒线外那群深陷“回魂夜”恐慌的村民们，深吸一口烟，这才对马浩然苦笑道：“这件案子已经引起了民众的恐慌，更何况现在是信息社会，我相信，最多一个小时，‘回魂夜’血案就会传遍整个金陵市，乃至全国，其影响力绝对不会比我们几天前刚刚破获的‘黄狼诡影’案小。所以，浩然，我们可要加把劲，尽快破获此案！”

马浩然没有正面回答郑祺的话，而是向郑祺问道：“案发现场和尸体，有什么新发现吗？”

“我们也是刚到不久，暂时还没有取得什么突破性的进展！”郑祺摇了摇头，言罢，便将手中几乎燃尽的香烟扔到了地上，用力地踩了一脚，这才继续说道，“走吧！先进去！”

话音落地，马浩然和鲁兴国便与郑祺朝着老宅走去了。

当马浩然三人走到老宅门口的时候，三人几乎是不约而同地将目光定格到了老宅正门前那一摊白面之上，与其说是看白面，不如说三人是在看白面上的鸡脚印，这才是引起民众恐慌的关键点。

“浩然，这鸡脚印，你有什么看法？”郑祺朝着印在白面上的鸡脚印扬了扬下巴，扭头对马浩然问道。

“我不相信是因为头七回魂而产生的鸡脚印！”马浩然异常坚决、斩钉截铁地回答郑祺的问题。

“说实话，我也不相信！”郑祺一边轻笑一声，一边蹲下了身体，并且伸出手指，在鸡脚印的上空比画起来，“这些鸡脚印完全没有纹理和爪痕，看起来，既真实，又虚假……”

“既真实？又虚假？”马浩然呢喃地重复起了郑祺的话，似乎他没有听懂郑祺所要表达的意思。

郑祺笑了笑，继续说道：“所谓真实，那是因为，这鸡脚印真真切切存在于我们的眼前，并且真实地存在于案发现场……所谓虚假，没有纹理和爪痕，完全只是一个大概的鸡脚印轮廓，我们无法判断，这是不是真的鸡脚印……不过，也正是因为这完全矛盾的真实与虚假，才让整个案件显得更加诡异。毕竟，起因是回魂夜的生肖脚印，如果太过逼真，又怎么能体现出神秘呢？相反，这鸡脚印越是虚假，所能引发的恐慌和真实度便越高，因为在民众心目中，这是来自鬼魂的脚印。

“而这既真实又虚假的鸡脚印，恰恰是凶手最狡猾的地方，凶手想将这里伪造成一个阴魂索命的现场，助他逃出法网。

“尸体我看了，疑点很多，包括怪异的血迹、致命的伤口、接近开放的案发现场、故意留在尸体旁的凶器，还有尸体不自然的躺状与暴露在空气中的上半身，这些都足以成为破获此案的关键点，但其中最关键的疑点，我认为是这些鸡脚印，只要能解开这个谜团，那么，本案绝对会有巨大的突破，甚至能够锁定嫌疑人！”

郑祺这番话，说得马浩然不由得一愣……

马浩然依稀记得，打从“血腥玛丽”案起，郑祺似乎都没有展露过他在推理方面的能力。所有的案件，大小线索，郑祺都会先询问马浩然，或者等着马浩然来解开谜团。他，就像是局外之人，除了给予马浩然最大的权限和便利之外，其他事情，他从不插手。

而这次，郑祺却破天荒地开始展现他的推理和侦查能力，着实让马浩然有些意外。

当即，马浩然便向郑祺投去了一抹复杂的神色，好像是在问郑祺，这一次，他为什么会一反常态，亲自展开侦破工作？

而郑祺，他仿佛能够看穿马浩然的内心一般，自顾自地点燃了一根香烟，深吸一口，这才慢悠悠地说道：“浩然，你很像年轻时候的我，所以我想给你最大的空间发挥你的才华。但这一次，死者是你朋友的二叔，我担心你的思维会因此而受到影响，进而影响到本案的进度，所以我不得不出手了。”

“郑队……”

马浩然深深地吸了一口气，他那万年不变的表情也产生了一丝动容，一股暖意也袭上了他的心头，因为，马浩然怎么也没想到，郑祺竟然如此看重他，更是不遗余力地在暗中培养他！

最重要的是，郑祺之所以准备亲自出手，更多的，是害怕马浩然因为鲁卫之死而联想到他死去的父亲，毕竟，鲁卫是鲁兴国的亲叔叔，而鲁兴国又是马浩然最好的兄弟之一。

郑祺，不想让马浩然将那条已经隐藏到内心最深处的伤疤再次揭开。

这些，马浩然都清楚。所以，他的表情才会动容，内心才会产生波动。

郑祺的脸上仍旧挂着玩世不恭的笑意："如果你觉得状态可以，不会因为死者与你有千丝万缕的关系而扰乱你的思维，那么，你可以参与本案，如果你……"

"我没问题！"马浩然异常坚决地低吼了一声，似乎，他想用他的声音来表明他的决心。

马浩然的声音不大，但却很沉，自然而然，马浩然的声音也吵到了老宅内正在进行侦查的那些警员们。当即，所有人的目光都落到了门口处马浩然的身上……

郑祺笑吟吟地看了马浩然一眼，随后，他猛地一挥手，对老宅内的警员们喊道："继续工作！"

郑祺一声令下，警员们立刻埋头干起了各自的工作……在重案组乃至于整个金陵市局，郑祺的威信和影响力，无人能出其右！

"郑队！"马浩然定了定神，又恢复了往昔那种面无表情的状态，对郑祺开口说道，"我们现在应该尽快将四名嫌疑人找来录口供，以免夜长梦多！"

"你还没回来的时候，我就已经让影帝和拳王他们去办了。而且，有几名热心的村民很愿意与我们警方合作，给影帝他们带路。"郑祺笑了一声，说道。

马浩然闻言，下意识地朝老宅的厨厅扫了一眼，自然而然，马浩然没有发现影帝、拳王和卢倩的踪影。

就在这时候，冉潇抱着几乎从不离身的笔记本电脑，从真正的案发现场也就是停放着尸体的东屋中奔了出来，并且喊道："郑队，叶子姐和小程这边有新发现！"

"走！去看看！"郑祺言罢，便毫不犹豫地跃过了门口处的那一摊白面，直接跳进了厨厅之内。

马浩然见状，也毫不犹豫地学起了郑祺的模样，敏捷地跳进了厨厅。随后，二人直奔东屋而去，而鲁兴国则选择留在老宅外。

且说马浩然与郑祺二人奔进了东屋之后，首先映入二人眼帘的，便是身穿白大褂、俏生生地站在尸体旁边的苏叶，以及靠在墙上、一脸困意的程稳露。

“小叶，小程，冉潇说有新发现？”一进门，郑祺迫不及待地开口问道。

“是有新发现，不过，我估计会让你们头疼一阵……”苏叶一边说着，一边瞥了马浩然一眼，颇有怨气地说道，“真的应该让你去和郑队健身……”

苏叶的言外之意很明显，和郑祺一样，苏叶也在抱怨马浩然是死神附体，走到哪儿，哪儿死人。甚至，苏叶还有些偏执地暗示马浩然，倘若他不来荷花村，说不定这件凶案就不会发生了。

当然，这只是苏叶隐藏在心中的偏见而已，就算马浩然不来，凶手恐怕也会按照原计划，借助神秘的头七回魂夜来杀死鲁卫。

这边，苏叶话音刚落，那边，一脸困意的程稳露突然来了精神，之前的倦态一扫而空，好像见到了仇人似的盯着马浩然：“你这么厉害，为什么不自己解决这件案子？还要打断我们的假期，把我们大家都折腾来？”

对于苏叶和程稳露的抱怨，马浩然充耳不闻，反正，这两个女人挤兑马浩然，已经成为马浩然在重案组工作的一种习惯，经历多了，也就见怪不怪了。

“现在不是说这个的时候。况且，小程，身为人民警察，我们时刻都要以群众安危和社会稳定为重，你怎么能说出这种话呢？假期对于人民警察来说，是可有可无的东西。我们的天职，便是解决一切隐藏在世界中的黑暗手段！”郑祺打断了苏叶和程稳露的抱怨，义正词严地教训了程稳露一番，随后，他便继续追问道，“快告诉我，有什么新发现？”

“就是这个……”苏叶又瞪了马浩然一眼，这才回身，用那只戴着手套的纤细手掌，小心翼翼地捏起了血迹已经干涸的菜刀，“我刚刚对菜刀上的血迹进行了初步的鉴定，几乎可以确定，血迹是属于死者鲁卫的，而这柄菜刀就是杀死鲁卫的凶器！

“具体的鉴定结果，还要等到我们返回警局，利用警局的仪器，才能得出肯定而详细的判断结果。还有，根据小程的检查，已经能够证实，这柄菜刀上只有两个人的指纹，其中一人是死者鲁卫，另外那人的指纹尚未确认，冉潇正在用大数据库里的资料进行排查对比，相信很快就会有结果了。”

“也许另外一个神秘的指纹，就是凶手的指纹！”程稳露插了一句话。

只不过，程稳露的话音还未落地，马浩然便直接出言否定道：“菜刀上另外一个人的指纹，我有九成把握认为，不是凶手的指纹！”

“你又厉害了？”程稳露好像斗气似的，立刻瞪起美目，紧盯马浩然说道，“你这么厉害，怎么还让我们过来？你自己解决这件案子就是了！”

“小程！”郑祺狠狠地瞪了程稳露一眼，义正词严地说道，“现在是工作时间，不能将个人情绪带进来，人民警察，就是为了服务人民、服务法律而存在的，你怎么连这种最基本的觉悟都没有？你如果再犯规，我就把你从重案组中除名，这种话以后不许再说了！”

被郑祺这么一喝，程稳露也不敢再言语了，偷瞄了郑祺一眼，她发现郑祺真的有些发怒了，也就不敢再说下去了，只是缩了缩脖子，死盯着马浩然，仿佛要通过双眼将假期被突然取消的怨气，全部撒在马浩然身上一般……

其实，不论是程稳露，还是其他警员，大家的思想觉悟根本比不上郑祺。郑祺，就属于那种将警察的责任看得比生命都重要的偏执狂！

说完这番话，郑祺便摸出了一根香烟，但他只是叼在嘴上，并未点燃，“小马说得没错，菜刀上留下另外一种指纹的人，未必就是凶手……小叶说过了，菜刀几乎可以肯定，就是杀死死者鲁卫的凶器，凶手绝对不可能将自己的指纹留在凶器上，而且，这凶器还被遗弃在现场，这一系列的举动，都有可能是凶手为了迷惑我们而布下的疑阵，就像是厨厅门口的鸡脚印！”

郑祺这么一说，苏叶和程稳露也露出了恍然大悟的神色。

紧接着，苏叶便放下菜刀，指着尸体说道："初步的尸检已经完成了……死者鲁卫，死于今天凌晨零点至一点之间，死因是被利器割断了咽喉，死者的致命伤口很不规则，左边伤口用力最重，也是最深的，一直到末尾端的右边伤口，力道虽然比左边伤口的源头处有些减弱，但伤口仍旧很深，整道伤口时而深，时而浅，就像是用锯子在切割树木似的，轻、重、轻、重这般地不断重复，很奇怪！

"还有尸体和土炕上的诡异血迹，经过初步判断，是死者鲁卫的血迹无疑，可血迹喷溅的轨迹和面积很奇怪……

"正常被割喉而死的人，血迹都会呈喷射状，不说撒满土炕，但也差不多。尤其是死者的胸口处，血迹也不太多。这种血迹分布的轨迹，完全不符合正常的割喉之状！"

苏叶一边说一边皱起了秀眉，对于她所说的这些疑点，她似乎完全搞不清楚原因。

"确实有些不正常！"郑祺若有所思地咬了咬烟嘴，"死者咽喉处的伤口，同样也很奇怪，凶手好像将死者的咽喉当成了木头，将菜刀当成了锯子……"

郑祺的话还没说完，冉潇便抱着笔记本匆匆忙忙地跑了进来，"郑队，查到第二种指纹是属于哪个人的了！"

"说！"郑祺将香烟从嘴角上拿了下来，斩钉截铁地说道。

"根据我们金陵市局的大数据库记录显示，菜刀上的两种指纹，第一种是属于死者鲁卫的，而第二种，则是属于一名叫作马权的人！"

"马权！"马浩然低喝一声，"果然如此！"

马浩然一语，自然将众人的注意力都吸引到了他的身上，当即，马浩然也不卖关子，开口说道："马权是荷花村的一名厨师，在案发之前，他曾经与死者和其他嫌疑人一同在老宅内喝酒。同时，马权也是四名嫌疑人中的一人！"

"有意思！"郑祺听了马浩然的话之后，突然笑出了声，"这凶手的脑子转得还挺快，不仅弄出了鸡脚印这种障眼法，更弄出了凶器和指纹的迷阵，凶手是想让我们将嫌疑人锁定在马权的身上……但我们也不能放弃对马权的调查，马权，仍旧是最值得怀疑的对象之一！”

忽地，鲁兴国的声音从窗外传入东屋之内……

“菜刀是在七天前爷爷去世那天买回来的，这段时间，除了二叔使用过之外，便只有负责在爷爷葬礼上烧菜的厨师马权一人使用过，菜刀上有他们二人的指纹，也很正常！”鲁兴国站在那扇打开的窗前，对屋内的众人说道。

第三章　信念

“这就更有意思了！如果马权真的是凶手，那他就可以堂而皇之地将凶器遗弃在现场，而且还让我们找不到怀疑他的理由，甚至还能将我们的注意力引到其他几人的身上……这手欲擒故纵玩的倒是不错，但前提是，马权真的是凶手！”郑祺深深地看了鲁兴国一眼，便继续说道，“我们明明找到了新的线索，可随之产生的却是新的疑惑，再加上没有解决的那些谜团……这件案子并不像我们想象中那么简单！”

郑祺的话虽然充满了感叹，但他的语气中却并没有透出任何的沮丧或者是泄气的情绪，相反，却是流露出一种斗志满满的味道。

“郑队！”这时候，老李从厨厅走进了案发现场的东屋，“后院检查过了，没有发现任何可疑的痕迹。还有厨厅之内，也排查出了不下于五个人的指纹以及脚印，而且非常凌乱，对于我们接下来的提取指纹和脚印等工作，会造成很大的影响……”

“缩小排查范围，将排查重点转移到后院的后墙，以及窗口位置的附近！”郑祺对老李说了一声，老李便领命而去。

郑祺发布的命令，没有任何的错误。

能够进入老宅，完成杀人，只有两条路。第一条路是通过正门进入，第二条路则是通过后窗进入……而前者太过冒险，毕竟当时马浩然几人就在隔壁院，很容易被发现。后窗那里自然就成为凶手潜入老宅的首选！

老李领命离去了，东屋再次陷入了沉寂中，大家似乎都被此案的种种谜团困扰着……

忽地，许久没有开口说话的马浩然，双眼迸发出了一道精光……

马浩然若有所思地盯着土炕上那已经被移动过的鲁卫尸体，沉吟片刻，突然开口，自言自语地嘀咕起来：“不自然的血迹，不规则的伤口……二者之间一定有某种特定的联系！”

“小马，你是不是想到了什么？”郑祺颇为好奇地将目光转到了马浩然的身上。

正当郑祺准备继续追问之际，老宅的院子中突然传来了一阵凌乱的脚步声，以及含混不清的话语声……

东屋内的众人，注意力自然从马浩然的身上转移到了外面……

便见影帝、卢倩、拳王，以及两名身穿警服的警务人员，将昨天晚上曾经出现在案发现场的四个人瘦子王宇、胖子马权、混子黎大勇，以及大先生穆有方四人，团团围在了核心，一群人正朝着老宅内缓慢地走了过来。

“他们就是四名嫌疑人了吧？”透过窗户，郑祺饶有兴趣地打量起那四人，随后，郑祺便对冉潇说道，“查一下他们四个，我要详细的资料！”

“好！”

冉潇先是应了郑祺一声，又四下环顾一番，最后，将视线落到了窗外的鲁兴国身上，当即，冉潇便抱着笔记本电脑，跑出了老宅……

冉潇对这四个人并不了解，甚至连名字都没认全，想要通过现代科技追查四人的底细，还需要从鲁兴国那边了解一些最基本的信息。

冉潇离开之后，四名嫌疑人便被影帝等人带进了老宅的厨厅，而郑祺也与马浩然和苏叶等人，离开了案发现场东屋。双方在厨厅完成了第一次正式的会面……

马权等四人，精神状态看起来不太好，应该是昨天喝多了，暂时还没醒酒的缘故，而且四人也都没有穿昨天的衣服。比如穆有方，长衫大褂换成了运动装，马权的厨子围裙，也变成了牛仔裤T恤衫，黎大勇的西装换成了花衬衫，王宇昨夜穿着的工作服，变成了背心短裤。想必，昨天喝过酒之后，几人都弄脏了衣服，换一身也在情理之中。

可马浩然却是面无表情地打量起了四人，两条剑眉时而松弛，时而微皱，他总觉得哪里不对劲，但他又想不出到底是哪里不对劲……

“我叫郑祺，是金陵市局重案组的组长。”郑祺简单地介绍了一下自己之后，便先声夺人，语气也骤然沉了下来，低喝一声道，“今天凌晨零点至一点之间，鲁卫死于鲁家老宅，而最后离开老宅的人只有你们四个，我希望你们能配合我们警方，早日侦破此案！”

四人之中，王宇、马权和穆有方，纷纷流露出了慌张的情绪，三人还下意识地侧过头，偷瞄起了地上的鸡脚印，看起来很紧张……

但黎大勇好像很有经验似的，异常淡定地盯着郑祺说道：“身为公民，我有义务配合你们警方的调查，但你们不能将我们当成嫌疑人，因为你们没有证据证明我们与鲁卫的死有关……依我看，鲁卫应该是被阴魂索了命，不然，门口又怎么会出现鸡脚印呢？”

说完这句话，黎大勇还大大咧咧地朝着门口的位置指了指，将众人的注意力引到了鸡脚印上。

当然了，黎大勇这番言论立刻引来了众警员的不满，纷纷对其怒目而视，尤其是程稳露，脸上的疲倦之意顿时一扫而空，取而代之的，是恨不得直接和黎大勇动手的冲动！

话说回来，黎大勇这家伙真的是太嚣张了，而且还很有经验的样子，混子之名，倒还真不是假的！

“我什么时候说过，你们就是嫌疑人了？”郑祺也不动怒，似笑非笑地盯着黎大勇，气定神闲地说道，“我只是希望你们能配合警方做笔录，帮助警方早日破获此案，将凶手绳之以法。至于你所说的回魂之夜阴魂索命，我不相信。我只相信，妖魔鬼怪其实只存在于人的内心之中！”

黎大勇被郑祺这么一呛，一时语塞，竟无言以对。

“好了！”郑祺大手一挥，便对老李等人说道，“老李，你找个地方，带三个人，分别给这四位做一下笔录。如果有人不配合，不用给面子，直接拘了，起诉那人妨碍公务！”

郑祺说完，还笑吟吟地瞥了黎大勇一眼，很显然，最后一句话就是专门送给黎大勇的！

果不其然，被郑祺这么一吓，黎大勇也收敛了许多……

警方没证据，的确不能将黎大勇他们当成嫌疑人或者进行非常规审讯，但公民有义务配合警方查案，如果不配合，这顶妨碍公务的帽子一扣上，黎大勇也得吃不了兜着走！

黎大勇的确有些刺儿头，但和郑祺相比，他还太菜，像他这种刺儿头，在郑祺的警察生涯中，不知道收拾过多少个了。

这时候，站在门外的鲁兴国突然出言道："去隔壁院子吧，那里也是我家，比较安静，也方便你们做笔录！"

"好！"老李朝着鲁兴国笑了笑，道，"那就麻烦小兄弟带我们过去吧！"

鲁兴国点了点头，一言不发地转身朝老宅外走去，而老李则是引着三名警员，连同黎大勇等四人，紧跟上了鲁兴国的脚步，一行人很快便离开了老宅，去了隔壁小院那边了。

"郑队，那黎大勇也太嚣张了！"程稳露怒火未消，愤愤地叫嚷起来，"别人走进案发现场，看到鸡脚印之后，都是一脸慌张的模样，可那家伙却很淡定，还着重强调我们没有证据，不能将他们当成嫌疑人……依我看，这家伙最有嫌疑！"

"是吗？"郑祺笑吟吟地盯着程稳露，说道，"你说黎大勇最有嫌疑，那我问你，黎大勇是如何弄出鸡脚印的？"

"这很简单！"程稳露突然笑了一声，跃跃欲试地走到了正门口的白面之前，指着白面上的鸡脚印说道，"根据我的经验来分析，所谓的生肖回魂，完全是一派胡言，黎大勇一定是动用了某种手段，就像'黄狼诡影'案中的皮影戏，我猜，一定是某些小把戏……"

程稳露一边说着，一边将视线定格到了厨厅中央摆满了贡品的供桌上，连忙说道："供桌上有烧鸡，黎大勇一定是将烧鸡的鸡爪印在了白面上……"

程稳露的话还没说完，便被郑祺不客气地打断了：“鸡爪上有油，而且还有浅浅的纹理和爪印，但事实上，我们眼前的鸡脚印，却没有纹理，也没有爪痕，而且，你可以去看看供桌上的烧鸡，鸡爪上有没有沾到白面……再退一步，你认为嫌疑人会将这种关键的工具留在现场吗？”

“这……”程稳露不服输地再次出言道，“没有纹理，没有爪痕，那就更简单了，鸡脚印就是用手指画上去的，戴着手套的手指画出的鸡脚印，肯定不会出现纹理和爪痕……”

“你画四个形状几乎一模一样的鸡脚印出来给我看看！”郑祺指着门口的那一摊白面，道，“人的视觉存在最基本的差异，就比如说写字，连让你写出四个大小几乎一模一样的字，都不是一件容易的事情，尤其还是在凶手作案的时候激动、不安、躁动、狂暴等情绪，应该完全填充了凶手当时的内心，在那种情况下，用手去画，更加不可能画出几乎一模一样的鸡脚印了！”

郑祺这番话完全否定了程稳露对于鸡脚印的猜测，而且郑祺所说的一切，都合情合理，符合逻辑！

程稳露不甘地撇了撇嘴，轻声嘀咕起来：“反正，鸡脚印肯定是凶手使出的小把戏，来迷惑我们的视线！”

“你说得不错，身为人民警察，要坚信无神论，所谓的回魂夜和生肖回魂，完全是无稽之谈！”郑祺赞赏地看了程稳露一眼，“至于你说的小把戏，我倒是怀疑纸扎手工出身的王宇，如果王宇用纸扎的手艺制造出一个假的鸡脚印，然后印在白面上，正符合鸡脚印的特征：深浅不一，大小相同，没有纹理和爪痕！”

郑祺此言立刻点醒了众人，当即，众人的目光中纷纷爆出了异样的神采，因为，郑祺所说的方法完全可行！

可是，下一刻，众人的目光又迷茫起来……

黎大勇的态度值得怀疑，马权留在凶器上的指纹也值得怀疑，还有王宇那一手纸扎手艺，同样值得怀疑！

四人之中，只有大先生穆有方暂时没有任何的疑点，可是，越没有疑点的人就越可疑，就像“黄狼诡影”案的真凶刘永昌！

总的来说，四人都有各自的疑点。

案件越来越扑朔迷离了。

“大家先不要乱猜了，等老李和冉潇的消息吧！”郑祺挥了挥手，言罢，他一边掏出香烟点燃，一边走出老宅，去外面吞云吐雾了。

有关鸡脚印的猜测无疾而终，众人都没有找到最合理的解释，以及锁定嫌疑人的关键点，气氛难免会有些沉闷，不过，始终一言不发的马浩然，表情却在不断地变换着……

马浩然的表情之所以会不断变换，那是因为他在思考，思考四名嫌疑人在回家的那段路上所留下的不同痕迹。

这时候，影帝凑到了马浩然的身边，用胳膊碰了碰马浩然，轻声说道：“老大，想什么呢？是不是有什么新发现？比如说，你和大国去追查四名嫌疑人的那段路上？”

马浩然的思绪被影帝的话打断了，当即，马浩然扭过头，淡淡地看了影帝一眼，随后便默不作声地朝着老宅外走去了……

“浩然哥怎么了？”卢倩拉了拉影帝的衣袖，颇为疑惑地轻声一问。

影帝深深地看了一眼马浩然的背影，微微扬起嘴角，对卢倩解释道：“老大在思考……”

“每次都神秘兮兮的，就好像他真的有什么新发现似的！”影帝话音未落，一旁的程稳露极其不满地瞥了一眼马浩然的背影，一边轻声嘀咕，一边随手扯过一张纸，开始认真地折了起来。

见程稳露如此认真地折起了纸，拳王不禁多看了几眼，下意识地脱口问道：“你在干什么？”

程稳露用眼角余光扫了拳王一眼，扬扬得意地说道：“折纸！折成鸡脚印那种三叉戟的形状，在面粉上试试，看能不能印出那种痕迹！”

“你倒是挺有想法的！”拳王挠了挠头，讪讪笑道，“不过，你不用做这些无用功了，我们只要耐心地等着老大来解开谜底就可以了！”

“你对马浩然就那么有信心？”程稳露停下了手上的动作，瞪了拳王一眼，不服气地说道，“这次，我一定要比马浩然先解开回魂夜杀人之谜，等着瞧吧！”

说完这句话，程稳露便不再理会拳王，开始全神贯注地折起了纸，而这时候，马浩然也走出老宅，来到了郑祺的身边……

“郑队，我想去那边看看他们几个的口供！”马浩然轻声对郑祺说道。

“有新发现？”郑祺深吸一口烟，颇为意外地盯着马浩然说道。

“有些疑点，需要确认一下！”马浩然说道。

“走吧！我们一起去！”郑祺将烟头扔到了地上，狠狠踩灭。

郑祺言罢，便当先朝着老宅外迈开了脚步，马浩然紧随其后。

马浩然与郑祺走出老宅，立刻将那群仍旧围在老宅外的村民的注意力吸引了过来……

“他是郑祺吧？我在电视和报纸上见过他！”

“金陵市局重案组的组长，破过无数奇案，前几天轰动金陵市的‘黄狼诡影’案，就是郑祺这群警员破获的！”

“希望他们能破了这件案子……”

“破了这件案子？这可是鲁家老爷子回魂索命所导致的案子，他们就算再厉害，也抓不住鬼魂吧？”

“我倒是希望他们能抓住鬼魂，也让我开开眼，鬼到底长什么样子！”

村民们的议论声此起彼伏，甚至大有愈演愈烈的趋势，哪怕马浩然和郑祺已经走进了审讯的小院，耳畔仍旧能够听到这些议论之声。

不过，对于民众们的议论，马浩然和郑祺选择充耳不闻，因为，在马浩然和郑祺心中，都有着同样坚定的信念，那就是……世界上并无妖魔鬼怪，真正的妖魔鬼怪，其实就隐藏在人的内心深处！

马浩然与郑祺走进小院之后，首先映入二人眼帘的，便是站在院子中的老李以及纸扎店的瘦子王宇。

见郑祺和马浩然朝这边走来，老李便停止了审讯，将视线定格到了郑祺的身上，试探性地问道：“郑队，有什么事吗？”

“你们怎么在院子里就开始录口供了？”郑祺好奇地问了一句。

“没办法，独立空间不够，总不能让他们待在一起录口供吧？”老李无奈地双手一摊，“我在院子里负责给王宇录口供，小张在后院给黎大勇录口供，另外两组人分别在东西屋给穆有方和马权录口供……”

老李所言不假，小院的房子并不大，无法为他们创造出独立的审讯室，无奈之下，老李也只能出此下策了。

郑祺闻言点了点头，算是认同了老李的话，随后，郑祺又开口说道：“小马有几个问题想问他……”

言罢，郑祺便拍了拍马浩然的肩膀，示意马浩然可以开始了。

马浩然也不废话，径直走到了王宇的面前，直视王宇的双眼，开门见山地问道：“王宇，昨天夜里在老宅的饭局是谁提出来的？”

“是鲁卫，因为昨夜是回魂夜，我、大先生、老马和大勇都帮了点忙，鲁卫就说要请我们吃饭，算是犒劳。”王宇老老实实地说道。

“那你们都喝醉了？”马浩然继续追问。

“应该是吧。”王宇略微沉思片刻，这才回答道，“反正我没少喝，喝到最后，我都不记得大家到底喝了多少酒了！”

“这么说你喝多了？”马浩然剑眉一挑，忽地，马浩然的语气立刻沉了下来，低喝道，“那你昨夜在纸扎店门口徘徊的脚印，也是因为你喝多了，找不到回家的门了？”

王宇被马浩然突如其来的一喝，吓了一激灵，足足过了三四秒钟，王宇才回过神来，当即，王宇便欲言又止地说道：“脚印……那是因为……因为……”

“因为什么？”马浩然步步紧逼，丝毫不给王宇任何思索的时间。

“因为……昨夜是回魂夜，我在鲁家吃了饭，喝了酒，而且又是深夜子时阴气最重的时候，所以，我走到我家大门前的时候，才没有直接开门进去，而是在门口左转三圈，右转三圈……如果真的有鬼跟着我，会被我绕晕，就不会跟着我回家了，这是干我们这行潜意识的行为……”

“所以纸扎店的门前，才会出现诡异的转圈脚印？”马浩然冷冷地问道。

“是的！”王宇点了点头，如释重负一般地舒了一口气。

王宇的解释合情合理，在农村，迷信之风犹存，尤其是干纸扎店或者是其他与死人有关的职业，更是对此深信不疑，所以，王宇的解释并没有任何的漏洞。

马浩然没有说话，而是深深地看了王宇一眼，最后，他选择走进小院的那座正房里……

走进小院的正房之后，马浩然先是去了东屋，将同样的问题抛给了大先生穆有方，穆有方的回答和王宇一样，唯一有出入的，便是最后一个问题……

对于穆有方家门前的呕吐物，穆有方表示，那是他吐的，因为喝得有些多，所以，在穆有方走到家门口的时候，他实在是忍不住了，就直接吐了出来。

穆有方的解释，并没有让马浩然产生任何的表情，问过穆有方之后，马浩然又走进了西屋，将同样的几个问题再次抛给马权，不同的是，最后一个问题，问的是马权为什么会在沙堆上留下痕迹以及呕吐物。

马权的回答也很简单，喝多了，迷迷糊糊地就坐到了沙堆上，这一坐，酒劲涌了上来，就吐了。

对于马权的解释，马浩然仍旧没有说话，而是径直走出正房，来到了后院。

后院，警员正在为黎大勇录口供，而这黎大勇也出人意料地配合，当马浩然和郑祺来到后院的时候，负责给黎大勇录口供的警员，竟合上了记录本，看样子，口供已经录完了。

“结束了？”郑祺惊讶地眨了眨眼睛，对那名警员问道。

“结束了，郑队！”警员一边说着，一边将手中的记录本递给了郑祺。

郑祺接过记录本，便开始翻阅起来，而另一边的马浩然，则开始问他感兴趣的问题。

前几个问题，仍旧与其他三人一样，而黎大勇的回答也和其他三人一样，至于最后一个问题，黎大勇是这样回答的……

马浩然在黎大勇回家的路上，发现了几道诡异的拖痕，对此，黎大勇的回答是，他喝得有些多，为什么会留下那种拖痕，他也不清楚，最后，黎大勇还反问了马浩然一句，那拖痕真的是他留下的吗？

马浩然没有回答黎大勇的问题，而是站在原地，一边揉着下巴，一边思索着什么……

“黎大勇，你说你的不在场证人，是你家邻居？”郑祺看了一眼记录本，又抬起头盯着黎大勇问道。

“这位警员刚才已经问过我了，而且也找了我的邻居王五询问过，你可以问他！”黎大勇指了指给他录口供的那名警员，气定神闲地说道。

“我询问过王五，王五的确在深夜听见了黎大勇家大门被打开的声音，当时的声音挺大，王五和他老婆都听见了，而且，王五夫妻还听见黎大勇一边哼着曲，一边走进院子的声音，时间是凌晨零点三十分左右……”警员如实说道。

警员话音落地，马浩然也从思索的状态中清醒过来，当即，马浩然便呢喃自语地说道：“黎大勇他们离开老宅的时候，时间接近凌晨零点，从老宅到黎大勇家里，要走大概二十五分钟的路，零点三十分，黎大勇的确该到家了。”

“小马，你想说什么？”郑祺合上记录本，并且将记录本递给马浩然，示意让马浩然也看一下黎大勇的口供。

不过，让郑祺意外的是，马浩然并没有接他递过去的记录本，而是缓缓地摇了摇头，朝着案发现场，也就是鲁家老宅那边走去了。

郑祺狐疑地打量了马浩然一眼，便将记录本交给警员，快步追上了马浩然。

“小马，你是不是有什么发现？”郑祺追问了一句。

“郑队，这四个人的口供，已经没什么太大价值了……”马浩然微微叹了一口气，说道，“连唯一没有不在场证人的黎大勇，都有邻居出面为他做证，其他人自然也有相应的不在场证人。

“还有时间这个疑点，嫌疑人完全有足够时间离开鲁家老宅，然后从后院绕回鲁家老宅，杀死喝多了、几乎没有任何反抗能力的鲁卫，再离开鲁家老宅，一路小跑，在不引起我们怀疑的时间内，回到各自的家中！

“而且，大家都说自己喝多了，不记得其他人究竟喝了多少酒，这对于凶手来说，才是最完美的掩护。因为，凶手一定是场中唯一清醒的人，喝醉了的人，不可能会将老宅内的杀人之局布置得那么完美！

“还有死者鲁卫，他酒量不好，案发之时，肯定已经醉得不省人事，凶手自然可以轻而易举地杀死他，再伪造现场，从容地离开现场！

“所以说，四名嫌疑人的口供，已经不重要了！”

马浩然说完这番话，便重重地叹了一口气：“我们已经被凶手引入了死局，而且还是毫无线索的死局！”

而郑祺的眉头也下意识地拧到了一起，因为，这还是郑祺第一次见到马浩然会露出如此垂头丧气的模样。

正如马浩然所言那般，回魂夜杀人案件，凶手已经将大家引入了死局之中，毫无任何线索的死局。

就在马浩然和郑祺发愣的时候，老李快步从小院中走了出来。

“郑队，这是嫌疑人的口供！”老李一边说着，一边将四本记录本递到了郑祺眼前。

郑祺略微犹豫了片刻，最后，他还是选择接过记录本，快速地翻阅起来。

几分钟之后，郑祺将记录本合上，苦笑一声，对马浩然说道：“还真像你所说的那样，四名嫌疑人都有不在场证人，而且也都在你所说的特定时间之内，回到了家中，根据四名嫌疑人的不在场证人所述，那几个人回家之后，并没有任何异常的表现，都是一副喝多了直接睡觉的模样。”

“四名嫌疑人的口供，并没有体现出任何有价值的线索。但我肯定，四人之中，一定有人在说谎，而且那个人根本就没喝醉！”马浩然坚定地说道。

“可是，我们现在根本无从下手，饭局是死者鲁卫亲自安排的，至于鲁卫在决定安排饭局之前，是否受到了某人的怂恿，我们也无法确认，因为死无对证，还有在场的几人都说喝多了，没有注意到其他人喝了多少，这是对凶手最有利的地方！”郑祺点燃了一根香烟，用力地吸了一口，颇为感叹地说道，“疑点很多，但我们却找不到将所有疑点串联到一起的那根针，更加找不到疑点的最终答案。这件案子，目前已经没有新的突破口了！”

马浩然不语，只是默默地走回了老宅，而郑祺则是若有所思地揉了揉手中的记录本，片刻后，才和老李一起走回到老宅内。

老宅的厨厅之内。

影帝、卢倩、拳王、鲁兴国、苏叶，还有其余警员，都围在了正房的门口处，似乎在看什么……

当马浩然三人走进老宅之后，正房门口处的异常，自然映入了三人的眼中，当即，三人也快步走了过去，想要一看究竟……

人群中，程稳露蹲在地上，手里还拿着一个连折带剪的立体纸张，最夸张的是，那纸张还真的被程稳露借助胶布等工具，弄成了鸡脚印的形状，而且纸张的内部还被程稳露用树枝等工具撑了起来，俨然就是模仿案发现场中的鸡脚印而做出的物件。

“小程，你要干什么？”郑祺不解地问程稳露。

程稳露闻言，抬起头大大方方地笑道：“我在模拟凶案现场的鸡脚印，如果我的手工作品能够成功地在白面上印出四道深浅不一的鸡脚印，那我们就可以将嫌疑人锁定为纸扎店的瘦子王宇了！”

郑祺还想说什么，但却并没有开口，只是欲言又止地抬了抬手，最终，郑祺选择闭口不语，静静地站在人群中，等着程稳露的试验……

也许，对于郑祺来说，程稳露的试验，应该算是唯一能够使本案产生新突破的举动了吧？

而郑祺身边的马浩然，则是默然不语地盯着程稳露手中的手工作品，仿佛在思索什么……

程稳露见郑祺没有对她的行为发出反对的言论，俏脸上的笑容更浓了，而且，程稳露还不忘朝马浩然递过去一道挑衅的眼神，只不过，全神贯注思索某件事的马浩然，并没有注意到程稳露的眼神罢了。

所有人都兴致勃勃地盯着程稳露手中的手工作品，这也让在马浩然那里碰了个钉子的程稳露，很快忘却了这段小插曲，当即，在众人充斥着各种复杂情绪的目光注视下，程稳露也开始尝试模拟案发现场的鸡脚印……

只见程稳露小心翼翼地捏着她的手工作品，将其轻轻地放到了门口的白面上，而后，程稳露又异常谨慎地将类似鸡脚印的手工作品提了起来，看她那小心翼翼的模样，仿佛生怕会破坏白面上即将出现的痕迹似的……

就在这一刻，所有重案组的警员都屏气凝神地注视着程稳露手上的手工作品，当程稳露将手工作品提起之后，白面上赫然出现了一道浅浅的痕迹！

那痕迹与程稳露手上的手工作品完全相同，印在白面上后，也形成了一道类似鸡脚印的痕迹，虽然有些粗糙，但不管怎么说，程稳露的手法，已经算是解开鸡脚印是如何出现在白面上的谜团了！

随后，程稳露故技重施，这一次，程稳露加大了几分力道，自然而然，印在白面上的痕迹也深了几分！

前后两次试验，程稳露凭借独特的手法，在白面上印出了两道深浅不一、大小相同的鸡脚印。这样的话，鸡脚印之谜也算是彻底解开了。

嘶……

当程稳露完成了第二道略微深一点的鸡脚印之后，众人齐齐地倒吸了一口凉气，纷纷用惊讶震撼的目光盯着白面上的第五道和第六道类似鸡脚印的痕迹……

程稳露对众人的反应很满意，得意地轻笑一声之后，程稳露便说道：“时间有限，手艺也有限，我做出的道具也只能尽量模仿鸡脚印，和案发现场中的鸡脚印还有很大的出入。但我相信，纸扎店出身的王宇，绝对能够做出贴近真正鸡脚印的纸扎手工，所以，我认为王宇就是凶手！”

程稳露话音落地，老宅正门前的众人顿时屏住了呼吸，满眼震撼地凝视着程稳露……这是众人在完全下意识的状态下做出的举动，换言之，这就说明，众人不仅被程稳露的小实验震撼到了，更是在潜意识中认可程稳露的小实验以及她的说法。

王宇，就是真正的凶手！

可是，王宇，真的就是幕后真凶吗？

马浩然盯着面粉上的鸡脚印，若有所思地皱起了眉头……

就在这时候，站在马浩然身边的郑祺突然发出了一道爽朗的笑声，而郑祺的笑声，自然也将众人的注意力吸引到了他的身上……

郑祺摸出一根香烟，叼在嘴上，缓缓地划开了打火机，将其点燃，一脸淡笑地望着程稳露，笑言道："小程，你的实验很成功，可是，这仅仅是实验而已，你没有证据！"

"我现在的确没有掌握证据指认纸扎店的王宇就是凶手，但是，我会找到关键证据的！"程稳露不服输地回顶了郑祺一句，随后，她又轻蔑地瞥了马浩然一眼，这才继续对郑祺说道，"我一定会比他先解开回魂夜杀人之谜，当然，我不介意他借用我的实验和推理来和我比试！"

程稳露的言外之意很明显，鸡脚印之谜是她解开的，而且她也认定了，她的实验便是最终的谜题，无论马浩然最终是否能解开回魂夜杀人之谜，她在本案之中的角色的重要性，都已经超越了马浩然。

程稳露的弦外之音，大家都听得出来，可马浩然却好像完全无视了程稳露那般，只是站在原地，时而皱眉，时而揉下巴，似乎他在思考……

"他已经没有和我一决高下的信心了！"程稳露高傲地扬起了白皙的下巴，好像得胜归来的将军似的，昂首挺胸地走出了鲁家老宅，一边走还一边说道，"我这就去寻找证明王宇就是凶手的证据！"

"马上就要吃午饭了，吃过饭再去吧！"郑祺淡淡一笑，并没有做出阻拦程稳露离开的动作，同样，也没有做出挽留程稳露的举动。

"早点解决这件案子，我们回金陵市区吃大餐！"程稳露的嘴角微微扬起，露出了一抹无比自信的微笑，言罢，她便飞奔出了鲁家老宅，转瞬之间，便消失在了众人的视线之内，看样子，她是去寻找最后的证据了。

程稳露离开之后，拳王便凑到马浩然的身边，愤愤不平地低声对马浩然说道："老大，你可不能输给那臭屁的小丫头……"

"她的推理，应该是错误的……"马浩然的声音虽然很低，但语气却很坚决，"其实，回魂夜杀人之谜，对于我们来说，仍旧是一个毫无线索的死局！"

马浩然的这番话，立刻引来了拳王的侧目，当然，站在离马浩然最近那处位置的郑祺，也听到了马浩然这句轻声的低吟。

当即，郑祺便忍不住对马浩然出言说道："小马，我赞同你的说法！"

"郑队，这话怎么说？"拳王很不解地将目光转移到了郑祺的身上。

"很简单……"郑祺用力地吸了一口烟，继续说道，"被凶手遗留在现场的凶器，那把染血的菜刀上，不是只有厨子马权和死者鲁卫的指纹吗？如果凶手真的是纸扎店的王宇，那么，凶器上没有王宇的指纹，代表了什么？代表了凶手想要掩饰真正的身份！可是，面粉上的鸡脚印，却能轻易地让纸扎店的王宇暴露在我们警方的视线中，这可就与没有指纹的菜刀产生了矛盾，既然王宇想隐藏指纹，为什么又要画蛇添足，在鸡脚印这里暴露他的身份呢？"

"所以说，凶手不太可能是王宇，那么，程稳露错了？"拳王恍然大悟地说道。

郑祺点了点头，说道："按照正常的逻辑来分析，小程应该是错了……可真正的答案又是什么呢？"

郑祺呢喃自语的话，也将众人的思绪再次引入了迷惑之中……

是的，真正的答案又是什么呢？

每个人的心中都有这么一个疑问，但大家却都找不到答案……

而早已离开了鲁家老宅的程稳露，自然不可能听见郑祺的这番分析，此时的她正在寻找关键证据来指认王宇……

这时候，鲁兴国提着两大袋子香气四溢的盒饭，缓缓地穿过了院子，走到了老宅的正门前。

"各位，中午了，先吃饭吧！"鲁兴国朝仍旧围堵在老宅正门前、那堆白面之前的马浩然等人，轻喊了一声。

马浩然等人也在这一瞬间，被鲁兴国的喊声唤回到了现实中。

郑祺表情轻松地摸了摸肚子，看了一眼鲁兴国手中那两大袋子的盒饭，轻笑一声道：“我们一边吃，一边说说案子吧！”

郑祺轻松的情绪似乎感染到了众人，当即，大家的脸上也纷纷流露出了几分轻松，最后，在郑祺和鲁兴国的招呼下，众人也纷纷跳过了那堆白面，走进了老宅内。

众警员们走进老宅之后，只是在厨厅里面随意找了一处位置，便三三两两地聚到了一起，一边吃着鲁兴国分发下来的盒饭，一边闲聊起了案子，而郑祺和马浩然等人则聚到了案发现场，也就是东屋的门前，等着正在分发盒饭的鲁兴国。

没多久，鲁兴国便提着一袋盒饭走到了郑祺等人身边，一边分发盒饭给大家，一边随口问道：“有什么新进展吗？”

“暂时还没有什么新进展。”话比较多的影帝忍不住插了一嘴，“鸡脚印的谜团好不容易被解开了，可却被郑队和老大给否定了，至于其他谜团，我们现在仍旧是一头雾水……”

影帝话音落地，鲁兴国恰巧将手中的盒饭发完了，这时候，鲁兴国突然拿着一双一次性筷子，敲了敲属于他的盒饭，鲁兴国的举动，立即将郑祺和马浩然等人的注意力给吸引了过来……

“其实，我倒是有一些线索，是关于二叔颈部那道致命伤的线索……”鲁兴国欲言又止，不过，最终他却选择继续说下去，“这种伤痕，我曾经在一次边境的秘密行动中见到过！”

听了鲁兴国的话，马浩然和郑祺等人顿时来了兴致，当即，众人便将目光死死地锁定在了鲁兴国的身上……

“快说说，卫叔颈部的伤痕是怎么回事？”影帝夹起了一片肉的筷子立刻停顿在了半空中，他好奇地追问起了鲁兴国。

虽然发问的只有影帝一人，但郑祺、马浩然、拳王、苏叶，甚至是卢倩，都向鲁兴国投去了好奇的目光，很显然，这几个人只是没有发问，但他们对鲁兴国接下来想说的话，却是无比的好奇……

“其实也没什么特别的手法……”鲁兴国顿了顿，随后，他突然将盒饭举到了胸口前，然后将手中的筷子压到了饭盒上，用力地抹了一下，这才继续说道，“割喉，分为很多种。最出名的，应该是古代的一种酷刑……先将人的身体，脖颈之下的部位，用泥土或者是布匹固定勒紧，让身体的血液都涌到脖颈及其上的位置，最后，用利刃在大动脉处轻轻一割。这样的话，鲜血就会如同喷泉一般，直接从人体内喷射出来，但却保持不死，直到血完全流淌干净，人才会死亡。这种手法，电视中也经常会出现！

“我要说的手法，是另外一种。这种手法，我在边境的时候，从一些危险分子那里见到过……

“将利刃贴在动脉处，然后用力地继续向下狠压，就像是直接将动脉砸碎那般，而不是将动脉割开，这种手法可以将人体内的鲜血喷溅程度压制到最低！

“二叔的尸体四周，并没有出现太过激烈的鲜血喷射形状，凶手应该就是用了这种手法！”

鲁兴国说完这么一大番话，也不由得缓了几口气，他的眼神之中还隐藏着几分迷离与痛苦，也不知道他是因为回忆起了鲁卫的死而迷离痛苦，还是因为他想起了当初在边境执行任务的那段日子……

不过，话说回来，鲁兴国的话倒是给了马浩然和郑祺很大的提示……

当即，郑祺兴奋地将手中的盒饭放到了桌子上，低喝一声道：“我懂了！我知道凶手杀死鲁卫的手法和过程了！”

郑祺一语，立刻将老宅内所有人的视线和注意力都吸引了过来。

然而，对于众人火热的凝视目光，郑祺好像完全无视了一般，自顾自地开始了属于他的推理秀……

“首先，根据小马等人提供的线索来分析，昨天夜里，王宇、马权、穆有方和黎大勇四名嫌疑人，都留在了老宅，与死者鲁卫吃饭喝酒，饭桌上，大家都说自己喝多了，也都记不清楚谁没有喝醉。我们假设，四人之中的一人没有喝醉，只是装醉，那么，我接下来所说的犯罪过程，就完全成立了！

“凌晨零点至一点之间，酒席散去之后，凶手绕到了鲁家老宅的后院，悄无声息地翻过低矮的木栅栏……这种程度，别说是那几个大汉，就算是小孩子，也能轻易做到。这一点，不应该出现任何的质疑！

“凶手翻过木栅栏之后，穿过了后院，又通过敞开的窗户跳进了老宅之内，这时候的老宅内，只有因喝多了酒而蒙头大睡的鲁卫，所以，凶手并没有暴露他的痕迹。

“凶案发展到这里，凶手有两个选择，第一个选择，先弄出鸡脚印；第二个选择，先杀死死者鲁卫，而这两个选择，哪一个排到前面，都符合逻辑。我就不仔细分析了，先继续说案件的过程……

“凶手也许是戴着手套，也许是用其他特殊的手法，悄悄走到了死者鲁卫的身前，为了不让死者发出声音，所以凶手用手捂住了鲁卫的口鼻，这一点，尸体上留下的痕迹，就可以证明，因为鲁卫的尸体上，口鼻部位是没有血迹的，这就说明凶手在行凶的时候，的确是将死者的口鼻给捂住了！”

郑祺话音刚落，苏叶的一双美目便闪烁起了异样的光芒，插话道：“郑队，你终于开始推理了……没错，死者口鼻上的痕迹，的确很像是被凶手捂住之后造成的，而且，我们目前也只有这一种解释，能解释那片没有任何血迹的奇怪的空白区域了！”

苏叶言罢，郑祺也继续他的推理：“凶手捂住了死者的口鼻之后，便将那把菜刀压在了死者的脖颈大动脉处，只不过，凶手并没有采取割喉的举动，而是采取了鲁兴国所说的那种方法，将刀刃用力地向下压了下去！

“这种方式，可以将鲜血喷溅的程度降到最低点，但是，这仅仅只是开始而已！

“将刀刃压入了死者的脖颈处之后，凶手仍旧没有采取最简单的割喉方式，而是采取了一种乡下最常见的手法，锯！

“小叶的验尸报告上有提过，死者那不规则的致命伤口左边最重最深，末尾的伤口则比源头处弱了不少，但伤口仍旧很深，而且还是那种时而深、时而浅的顿挫状态，这分明就是乡下人锯木头的手法！

“而这种手法，也可以做到避开割喉的要点，将人体内血液的喷溅程度降到最低！

“还有死者的被子，并没有将死者完全覆盖。其实，解开了上面的疑点之后，这个疑点也就不攻自破了！

“可疑的被子，完全是死者鲁卫在临死之前的潜意识举动……其实，我们任何人在躺着睡觉的时候，被人突然捂住口鼻，用利刃锯开咽喉，都会产生这种潜意识的挣扎举动，就像是溺水的人会慌乱地乱蹬乱挥四肢，是一个道理，鲁卫当时也只能采取这种乱蹬双腿的挣扎方式，来表现心中的恐慌以及挣扎！

“所以，在微凉的深夜，鲁卫的双腿才会将被子蹬下去，露出了半个身子在外面！

“杀死鲁卫之后，凶手可以选择弄出鸡脚印，也可以选择直接按照原路离开鲁家老宅，然后一路小跑或者快步行走，赶回到自己的家中！

“这就是凶手杀人作案的整个过程！”

郑祺说罢，便用力地喘了几口气，只不过，郑祺那双闪亮的双瞳，在他话音落地的那一刻，也变得暗淡下来……

“我所说的杀人过程和杀人手法，应该就是凶手的所有行动，可这个凶手很狡猾，又好像懂一些反侦察的套路。整个案发现场，凶手除了在血迹方面留下了一些破绽之外，其他地方几乎无迹可寻！”郑祺揉了揉太阳穴，无奈地苦笑了一声，道，“我只是大概地推断出了杀人手法和过程，但关键性的证据，我却没有掌握，甚至我连嫌疑人的身份都无法确定！”

郑祺的这番话也将众人的思绪拉回到了现实中，每个人的脸上都或多或少地出现了一抹沮丧的神色……

没错，郑祺的确推断出了凶手的杀人手法和过程，但在凶手的身份以及关键性的证据方面，却无法做出任何的突破，这也是让众人沮丧的根源。

“根据死者血迹的分布来分析，郑队的推理完全符合逻辑，死者的血迹并非那种喷射状，那么凶手应该就是用了郑队推理出的手法杀死鲁卫的！”

苏叶的一双美目之中突然闪出坚定的神采，她望着郑祺，嫣然一笑道，“郑队，世界上没有完美的谋杀，任何谋杀都会留下特定的蛛丝马迹……这是我刚进警队的时候，你教我的道理。这一次，我相信，你一样可以像以前那般破了这件案子！”

苏叶话音落地，重案组那一众警员的脸上也立刻闪过莫名的光彩，苏叶的话让警员们想起了那个当初屡破奇案的那个郑祺。

那时候，只要有郑祺在，就没有破不了的案子！

逐渐地，众人的情绪被苏叶感染到了，眼睛之中纷纷迸射出坚定的光芒，这种眼神叫作信任，是大家的内心深处对郑祺所产生的无条件信任而延伸出的眼神和情绪。

整座鲁家老宅内，只有马浩然、拳王、影帝、鲁兴国和卢倩没有露出那种近乎狂热的崇拜眼神……这也是正常的，毕竟，马浩然等五人与郑祺共事的时间还短，并没有经历过郑祺那段辉煌的岁月。

郑祺先是错愕地看了苏叶一眼，随后，郑祺突然笑了起来，他的笑很淡定，也很从容，“小叶，难得你还记得这些话。不过，这件案子，我们所掌握的情报还太少，暂时还达不到破案的程度。但我相信，我们一定会解开所有的谜团！”

郑祺的声音虽然不大，但却为所有的重案组警员注入了一针强心剂，大家的表情也在这一刻变得前所未有的坚定。

“老大，郑队以前貌似很厉害？”拳王扫了一眼表情发生了翻天覆地的变化的众人，压低声音，嘀咕了一声。

“岂止是厉害？简直是警界的标杆！”影帝一边轻笑了一声，一边拍了拍拳王的肩膀，出言解释道，“你们不关注金陵市的新闻，但我却经常关注，在金陵市登上头版头条最多的警察，就是郑队。五年前的变态杀人狂、四年前的连环杀人案、三年前的分尸案，都是郑队主导破获的！”

“我好像听说过一些关于郑队长的传闻……”卢倩抬起纤纤玉手，轻轻地捏了捏粉嫩白皙的下巴，故作沉思状，经过片刻的沉思之后，卢倩说出了一句简单但却充满深意的话评价郑祺，“郑队长，他的确是难得一见的好警察！”

“按照你们的说法，这位郑队长如此传奇，那为什么他对这件案子却是一头雾水，好像完全没有方向？”鲁兴国出言，问出了心中最大的疑惑。

鲁兴国此言一出，马浩然等五人的小圈子，也立刻陷入沉静之中，因为，大家都不知道该如何回答鲁兴国。

诚然，面对这次回魂夜杀人案，郑祺并没有像传闻中那般神勇机智，他仍旧无法解开所有的谜团……

第四章　铁证

可就在这时候，马浩然却突然扬起了嘴角，露出了一抹根本不应该出现在这张干净而冷漠的脸庞上的表情，也就是……微笑！

“郑队，也许是想让我来结束此案……”马浩然用细若蚊声的话语，轻轻地念叨了一句，“而且，郑队说得不错，我们现在掌握的情报和线索太少，根本达不到破获此案的程度！”

不久之前，郑祺说过，他想让马浩然积累经验，因为郑祺从马浩然的身上看到了他自己当初的影子。

马浩然从不认为郑祺是浪得虚名之辈，能够成为金陵市警界的标杆人物，郑祺又怎么可能是那种没有本事的人呢？

这边，马浩然话音刚落，那边，在鲁家老宅的角落里，一个很容易被忽略的人突然发出了一道怯生生的声音……

“郑队，我通过我们警方联网的大数据库，将四名嫌疑人的详细资料都整理好了……”

这道声音的主人，正是冉潇。

当即，老宅内所有人的注意力，都被冉潇的声音吸引了过去，包括郑祺、苏叶以及马浩然等人。

众人还没发问，影帝便自顾自地随口问向冉潇：“你总说什么大数据库，那到底是什么东西？”

冉潇曾经不止一次地提到过“大数据库”这个词，可对于这个新鲜的词汇，影帝等人却是一无所知，完全没有头绪，所以影帝才忍不住脱口问出了这个问题。

“大数据库是全国警界的一个改革和创新，以省为大单位，以各省下属的地级市为中单位，以县城和农村为小单位，从小单位开始，按照户口本上登记的人数，由有关部门统一召集起来，录指纹，采血样，将这些极具标志性的东西都收集到一起，再向上级城市提交，最终汇集到一起，形成了由电脑操控的大数据库。

“我们国家的科技力量，在最近几年得到了飞速的发展，这些东西自然而然也就随之被完善了。

“当大数据库正式投入使用之后，我们警方的科技人员可以随时随地、轻而易举地从大数据库中调出登记在册的所有人的指纹和血样。

“只要大数据库中的人，在全国范围内有过任何的资料登记或者是备份，都能从大数据库中查出来。

“目前，我国除了偏远山区之外，其余城市地区几乎都已经完成了大数据库的采集调出以及融合。”

冉潇耐心地为影帝等不了解大数据库的人，解释起了大数据库的用处和范围。

而冉潇的解释也让众人感到一阵热血澎湃，尤其是第一次听说大数据库的影帝、拳王和鲁兴国等人。

“我们的国家，太强大了！”鲁兴国极其感叹地低吼了一声，紧攥的双拳已经反映出了鲁兴国内心的激动和自豪！

的确，我们的国家，正在高速前进，稳步地在通往超级强国的路上前进！

当众人纷纷感叹国家强盛的同时，郑祺并没有去打断大家的思绪，只是微微扬起嘴角，露出了一抹自信的微笑。

片刻后，郑祺一挥手，干脆地说道：“我们还是先说回这件案子吧！冉潇，你挑重点和大家说一下！”

“好！”冉潇应了郑祺一声，清了清嗓子，这才一边盯着笔记本的屏幕，一边念道，“马权，荷花村人，四十一岁，初中毕业之后在家待业，倒是干过一些打架斗殴的事情，后来被其父强行带在身边，他也开始跟随其父学习厨艺，最开始只是为其父打下手和跟刀，后来逐渐成为独当一面的厨子，在荷花村周边的十里八乡，也算得上是小有名气的厨师了，而且马权最近还去过几次金陵市，根据大数据库的资料显示，马权通过金陵市工商部门，已经在金陵市注册了一家小饭馆。

“王宇，荷花村人，三十六岁，王家近三代人都是做死人生意的，王宇从小耳濡目染，自然也接手了家族的生意和手艺，由于工作缘故，导致他至今还没结婚，始终与其父母在纸扎店生活，而且王宇此人，胆子极小，性格也很古怪，经常和村里人发生冲突，不过最后吃亏的都是他，还有就是，王宇没什么朋友，几乎不离开荷花村。

“黎大勇，三十九岁，荷花村人，初中毕业后在村里游荡了几年，又去金陵市打过几年工。十二年前，黎大勇只身前往广东投靠亲戚，那时候，广东经济高速发展，高楼大厦相继拔地而起，黎大勇便跟着亲戚干起木匠活，收入还不错。只不过，黎大勇没能抵抗住大城市纸醉金迷的诱惑，手上的钱越来越不够花，于是，黎大勇便干起了一些捞偏门的事，根据广东警方的资料显示，黎大勇进去过几次，最近一次被放出来之后，便返回了荷花村，没有再离开金陵市。

“穆有方，五十五岁，荷花村人，三十年前离开荷花村，去了江北，二十年前返回荷花村，干起了阴阳先生的买卖。他倒是没什么特别之处，最近二十年始终在荷花村以及周边的乡镇活动，也没有什么不良嗜好，警方那里也没有他的案底。用我们的话说，除了他带点迷信色彩的职业之外，他的底子是最干净的。”

冉潇说完这些话，立刻做出几个深呼吸的动作，缓了口气之后，这才继续说道：“这就是大数据库中显示出的一些比较有价值的资料。”

听了冉潇的报告之后，郑祺等人不由得皱起了眉头……

严格地说，冉潇从大数据库中调查出的资料，对于这起回魂夜杀人案，似乎并没有太大的帮助。

“黎大勇进过几次局子，难怪那家伙会有那么多废话！”拳王撇了撇嘴，自顾自地打开了饭盒，夹起了一块肉。

正当拳王准备将肉放进嘴里的时候，一旁的影帝突然打了拳王的胳膊一下，假装义正词严地说道：“大家都在探讨案情，你怎么就那么饿？非要现在吃东西？”

被影帝这么一打，拳王的手也随之一抖，那块刚打算放入口中的肉片，也挣脱了筷子的束缚，先是跌落到了裤脚上，又落到了鞋子上，最后掉在了地面上。

拳王很不满地朝着影帝低喝了一声：“裤子和鞋子都蹭上了油渍，很难洗的！”

言罢，拳王便挪了挪脚，将鞋子的侧边用力地在地上蹭了几下……

“很难洗，不代表洗不掉，对吧？”影帝丝毫没有任何愧疚，反倒和拳王斗起了嘴。

拳王扫了一眼身上的油渍，极其不爽地低喝道：“洗衣机根本洗不干净，看来，我真的要手洗了。”

“那你就手洗，在洗衣服之余，还可以锻炼一下你的肌肉，一举两得。”

“滚！”

拳王和影帝的嬉闹，马浩然尽收眼底，他皱着眉头，若有所思地盯着拳王的鞋子，这一瞬间，在马浩然的大脑中，仿佛闪过一道稍纵即逝的灵感，让马浩然情不自禁地瞪大了双眼，就好像他正在努力地去捕捉那一瞬间的灵感。

当然，马浩然的表情变化，没有逃过影帝和拳王等人的眼睛，当即，影帝便立刻来了精神，兴奋地朝着马浩然低喝一声道：“老大，你怎么了？”

影帝很了解马浩然，通常情况下，冷冰冰的马浩然产生了表情变化或者是情绪波动，那就代表马浩然有了新的发现甚至是突破。

老宅内的所有人，都听到了影帝的话，自然而然，众人的目光也都不约而同地集中在了马浩然的身上……

马浩然先是看了影帝一眼，而后，他的目光又依次扫过了拳王、卢倩、苏叶、冉潇和郑祺等重案组人，最后，马浩然那双毫无波澜的眼睛，将视线定格在了鲁兴国的身上。

马浩然并没有对鲁兴国说什么，他只是朝着鲁兴国轻轻地点了点头。

马浩然这一点头，引得老宅内众人齐齐倒吸了一口凉气……

千万不要小看马浩然这简单的点头动作，在这种敏感的时期，马浩然这简单的点头动作所蕴含的信息量，却是无比的巨大。首当其冲的，便是这次的回魂夜杀人案，马浩然这一点头，众人首先想到的，便是马浩然已经为鲁兴国的二叔死者鲁卫，找到了杀死他的真凶，也就是说，“回魂夜”杀人案的谜底，马浩然已经解开了！

“小马，你该不会是已经解开了‘回魂夜’杀人案的所有谜题了吧？”老李用一种不敢相信且无比震撼的语气对马浩然问道。

老李的话终于捅破了这层窗户纸，所有人的目光都变得紧张起来，当然，大家眼中的焦点，仍旧是没有任何表情的马浩然。

“差不多都解开了，只不过，我还有两件事需要求证一下……”马浩然一边说着，一边转身走进了老宅的厨房，不多时，马浩然又从厨房中走了出来，只不过，他的双手空空如也，“大国曾经说过，厨房的菜刀，也就是杀死死者鲁卫的凶器，只有鲁卫和马权两个人使用过，这就说明，鲁卫曾经在老宅做过饭，对吧？”

言罢，马浩然的目光便落到了鲁兴国的身上。

鲁兴国不解地点了点头，说道：“没错，二叔的确在老宅烧过几次饭，我们昨天晚上吃的饭菜，有几道菜就是在这里烧出来的。”

“既然如此……大国，厨房里应该会有做饭时穿戴的围裙吧？可我却并没有发现。”

“的确有围裙，是那种最常见的，只能围住胸口和小腹处、露出两条胳膊样式的围裙……”鲁兴国点了点头，仿佛想起了什么，惊讶地说道，“难道，厨房里的围裙不见了？或者说，被凶手利用了？”

这一次，马浩然没有回答鲁兴国的问题，只是缓慢地转过头，目光也开始在苏叶和郑祺的身上游离起来，似乎是在选择最后一个问题到底应该先问谁。

就在马浩然迟疑的这一瞬间，郑祺却突然扬起嘴角，笑出了声音……

“小马！”郑祺的声音不大，但在寂静的老宅中却是无比地浑厚响亮，也将众人的视线顺利地拉到了他的身上。

郑祺一边说着，一边摸出了一根香烟咬在嘴上，便见郑祺淡然一笑，对马浩然说道：“我知道你在想什么，而且，我也可以告诉你，你心中所想的是正确的！”

郑祺话音落地，老宅内的众人，包括鲁兴国和苏叶等人在内，大家全都露出了茫然的神色，因为，众人根本搞不清楚马浩然和郑祺这二人究竟在打什么哑谜。

“郑队，你们在说什么呢？”苏叶咬了咬樱唇，十分不解地向郑祺追问起来。

虽然苏叶并不知道郑祺和马浩然的对话究竟代表了什么，但苏叶却能察觉到，解开谜底的不仅仅是马浩然一人，而郑祺所知道的事情，明显要比马浩然多，刚才那句话，就是郑祺在给马浩然提示，告诉马浩然，他想的都是正确的。

可是，马浩然到底在想什么？

苏叶不知道！

苏叶只知道，这个看起来冷酷又臭屁的年轻人，似乎又要解开一件悬案了。

“没什么……我们还是先听听小马的推理吧！”郑祺无所谓地挥了挥手，胸有成竹地轻笑了一声道，“对了，打电话把小程叫回来吧，已经没有必要去纸扎店那边搜集证据了。”

郑祺说完这番话，便有人拨通了程稳露的电话叫她回来，只不过，这种小插曲已经提不起众人的兴趣了，大家最感兴趣的，还是‘回魂夜’杀人案的最终谜底。

在众人热切的目光注视下，马浩然并没有感觉到任何的异样，甚至连表情都没有产生任何的变化，他只是淡淡地对老李说道：“李哥，麻烦你把四名嫌疑人带过来，现在解决这件案子，我们就可以在天黑之前返回金陵市了。”

“好！”老李狐疑地看了自信满满的马浩然一眼，随后，他便快步朝着隔壁院子跑了过去……四名嫌疑人目前被暂时控制在了隔壁院子，虽然警方的举动引起了四名嫌疑人的不满，但是为了确保案件能够顺利侦破，警方也不得不这样做了。

没多久，老李便将四名嫌疑人穆有方、黎大勇、马权和王宇带了过来。

“竟然擅自拘禁我，你们最好给我一个合理的解释！”一进门，混子黎大勇便气焰嚣张地叫嚣起来。

与嚣张的黎大勇相比，另外三位就和善许多。

“我今天要和朋友一起去金陵市，各位警官，能不能快一点调查完？”马权着急地说道。

“我店里也有事情要忙呢！”王宇小声地嘀咕了一句，看得出，这家伙的胆子的确很小。

“就算你们不顾及我们活人，也要顾及一下死去的鲁卫吧？死者为大，入土为安，你们不仅不让鲁卫入土，连棺材都不让他先躺进去，这是对死者最大的不尊重！”穆有方犯了职业病，忍不住地吐槽起来。

然而，四人的抱怨并没有得到重案组警员们的回应。

这时候，郑祺朝前踏出一步，淡然地对四人说道：“我们已经解开了所有的谜题，我相信，不久之后，无罪的人就可以离去，而真正的杀人凶手，也会受到法律的制裁……”

“真正的杀人凶手？”王宇不敢相信地瞪大了双眼，惊疑不定地轻声嘀咕道，“难道不是鲁家老爷子的鬼魂回来索命吗？”

穆有方也装模作样地掐了掐手指，又摸了摸他的胡子：“屋子里阴气过盛，很显然，有阴魂出现过，并且停留过很长一段时间……”

穆有方的话还没说完，忽地，老宅外便响起了一阵急促奔跑的脚步声，随着脚步声传来的，还有打断了穆有方话语的呐喊声……

“听说有人解开了所有的谜题？希望不是哗众取宠！”

这道声音是程稳露的，而且，声音还未落地，程稳露便奔进了老宅之中，急促地喘着气，看样子，她接到了警员打去的电话之后，也是一刻不停地狂奔回来。

走进老宅之后，程稳露的目光径直定格在了马浩然的身上，就仿佛，其他人对于她而言都已经不重要了。

然而，对于程稳露那种挑衅的目光，马浩然好像根本没看见似的，只是盯着那四名嫌疑人，自顾自地走到了老宅厨厅的正中央，随后，马浩然缓缓地抬起了手臂，指向了案发现场的东屋，开口说道：“那里便是案发现场，死者鲁卫最后身死的地方！”

说完这句话，马浩然收回了目光，并且用手指了指身前的四名嫌疑人，用平静的声音再次开口说道，“而你们，则是最后与死者鲁卫见过面的人，也是在离开老宅之后，最有动机和时间来作案的人……”

“小子，你想说，鲁卫的死不是鲁家老头回来索命，而是我们四个其中的一个做的？”黎大勇的脸上立刻浮上了一抹冷笑，语气不善地对马浩然说道，“虽然你是警察，但也要注意一下你的言行，我完全可以根据你这句话来起诉你诽谤！”

对于黎大勇挑衅的话语，马浩然充耳不闻，只是自顾自地继续说了起来：“没错，我是警察，身为人民警察，我绝对不相信所谓的阴魂索命。真正的妖魔鬼怪，其实，只是隐藏在我们人类内心最深处的阴暗本源罢了！”

马浩然的这句话，犹如一柄重锤，不仅砸进了众警员的内心最深处，更是让四名嫌疑人的表情为之一滞！

不过，马浩然却并没有理会众人，开始自顾自地讲述起了他对这件案子的分析和推理……

“首先，昨天夜里，穆有方、黎大勇、马权和王宇四名嫌疑人，在鲁家老宅与死者鲁卫喝酒吃饭，等待回魂夜的降临，之后，我们烧过天梯，并且在门口处撒下了面粉之后，四人便同时离开了鲁家老宅……

“这时候，我可以确定，四人之中，有人没喝醉，甚至还保持着清醒，而那人便是真正的凶手！

“凶手离开了鲁家老宅之后，并没有直接返回家中，而是绕了一小圈，走到了鲁家老宅的后院……那里围墙低矮破旧，凶手可以轻而易举地翻过围墙，穿过后院，再从敞开的窗户跳进厨厅内，趁着死者鲁卫喝醉酒熟睡之际，将其杀死！

“整个过程，郑队已经说过了，我只是重新复述给你们四个人，让你们听一遍而已！

“而杀了人之后的事情，才是我真正想说的……在这段看起来毫无破绽的布置过程中，凶手其实犯下了一个天大的错误，他并没有做到所谓的完美杀人，而是留下了一处无法抹去的铁证！”

“无法抹去的铁证！”

此时此刻，所有人都皱起了眉头，不解地愣在原地。大家的心中也都在这时候情不自禁地念叨起了这句话，包括四名嫌疑人！

所有人，此时此刻，都将视线定格在了马浩然的身上，甚至都下意识地屏住了呼吸，静静地等待着马浩然的下文……

“郑队的推理没有问题，几乎将凶手整个行凶过程都推敲了出来。我想说的，只是一些细节上的问题……”马浩然一边说着，一边竖起了一根手指，淡淡地说道，“首先，是那把被凶手遗留在案发现场的凶器，菜刀！

“菜刀上只有死者鲁卫和厨子马权的指纹……这并不能说明，凶手的手法有多么地高超，相反，凶手只是利用了我们人类的潜意识，才制造出了菜刀上没有凶手指纹的假现场！

“按照我们正常人的逻辑，一定会认为，凶手是手握刀柄进而行凶，其实不然，凶手并非手握刀柄，而是……用手捏住了菜刀的刀背！

“菜刀的刀背，几乎很少有人会去触碰，就连烧菜，都不太会用到刀背，所以，菜刀刀柄上的指纹是完整的，没有被破坏的，而菜刀的刀背上没有凶手的指纹，那是因为，凶手在行凶的时候戴上了手套！”

马浩然话音落地，众人的脸上立刻露出了恍然大悟的神色。

老李立刻惊呼出声道："小马的推理完全说得通，菜刀的刀柄上，指纹的确保持完好。如果凶手行凶的时候，握住的是刀柄，那么刀柄上的指纹就会产生一定程度的模糊和破坏，而案发现场的那把菜刀，刀柄处鲁卫的指纹和马权的指纹，却是完好无缺！"

马浩然没有去接老李的话，而是自顾自地继续推理道："凶手用手指捏住了刀背，或者干脆将刀背握在了手中，而凶手的另外一只手，则是捂住了死者鲁卫的口鼻，这样可以防止鲁卫叫出声，同样地，尸体口鼻附近没有被鲜血浸染，以及被褪到半身的被子，便是最好的证明，因为喷出来的鲜血都已经洒在了凶手的手套上了，而且，人被捂住口鼻之后，会产生一种来自潜意识的窒息感，大脑也会情不自禁地控制身体挣扎乱蹬，就像溺水一样，喝醉了的鲁卫也不例外。

"还有一点，就是死者咽喉处那道仿佛被锯过的伤口，其实，正是因为凶手独特的握刀手法才会产生的……凶手那种用手握住刀背的手法，并不太适合横切或者划割，相反，却非常适合向下重压。

"重压，再适当地横向切割，再重压，这种手法也完全符合死者咽喉处的诡异致命伤！"

马浩然这番话音落地，老宅之内已经被一片死寂完全笼罩起来。

所有人都怔怔地站在原地，凝视着淡定自若展开推理的马浩然……当然，除了嘴角微微翘起的郑祺。

"凶手的独特持刀手法和不同寻常的切割角度，便是本案至关重要的一处细节，其实，利用痕迹学，再结合现场的状况，倒是不难推敲出来。

"还有第二处细节……围裙！"马浩然又竖起了第二根手指，突然扭头问向老李道，"李哥，厨房的围裙，应该消失了吧？"

"我们并没有在老宅内找到你和鲁兴国口中的那件围裙。"老李肯定而坚决地对马浩然点了点头。

"那就对了！"马浩然继续说道，"因为，围裙其实已经被凶手丢弃，或者干脆藏了起来……在行凶的时候，凶手一定是穿着那件围裙，只有这样，才能阻挡血迹的喷溅！

“围裙虽然帮助凶手阻挡了鲜血的喷溅，但是却成为本案最重要的第三处细节，也成为凶手无法抹去的铁证……”马浩然言罢，又竖起了第三根手指，厉声冷喝道，“那就是血迹！”

话音落地，马浩然那双深邃漆黑的眸子，突然定格到了混子黎大勇的身上，语气依旧平缓地说道：“黎大勇，你懂一些法律，也懂一些我们警局内部的规则，但是，仅限于略懂，就像你对血迹的了解一样……”

马浩然的话，立刻将大家的注意力吸引到了黎大勇的身上……

而黎大勇被众人死死盯住之后，脸上却并没有露出任何不自然的神色，而是冷笑一声道：“你尽管说，如果你说得不对，我立刻起诉你！”

马浩然盯着淡定无比的黎大勇，突然笑了起来……

马浩然的笑很干净，没有表达出任何的情绪，同时，马浩然的笑又很复杂，就像谜一样……

“你可以竖起耳朵认真听我的推理……”马浩然的脸上仍旧保持着那种神秘的笑容，“今天天没亮的时候，我和大国从鲁家老宅步行到了你家，但是，我在路上却发现了几道诡异的拖痕，就像是有人用鞋底故意在地上蹭出来的那般，我想，那些拖痕应该是你留下的吧？”

马浩然没等黎大勇回答，便继续说道：“这道拖痕，不单单代表一种痕迹，更代表一种心理暗示，比如说刚才的拳王，因为油水滴到了鞋子上，而下意识地在地上蹭了蹭，这完全是一种出于本能的心理反映，就和你当时蹭出那几道拖痕时的心理是一样的，你的潜意识一定认为，你的鞋底踩到了从尸体之中喷出来的血迹，所以在回家的路上，你才会下意识地在地上蹭了几下，对吧？

“还有你的资料……

“根据冉潇的调查，你曾经做过木工，而且手艺还过得去……那么，我相信，对于曾经做过木工的你来说，雕出一个简单的鸡脚印形的木制品，应该不是难事吧？就像程稳露警官那样，你做出了模仿鸡脚印的木制品之后，在面粉上印出四道脚印。至此，你的回魂夜杀人手法，便完全解开了！”

马浩然话音落地，众警员也齐齐地将黎大勇等四名嫌疑人围在中间，而马权等三人则下意识地朝着黎大勇的相反方向挪了几步，仿佛要和黎大勇保持距离似的……

“老大，难道黎大勇就是凶手？”影帝一边揉着下巴，一边嘀咕道，“也对，死者的致命伤，看起来就像是由类似的锯木动作搞出来的，这样说来，黎大勇是凶手，还真是合情合理，这完全就是他杀死鲁卫的潜意识手……”

影帝的话还没说完，黎大勇突然放声狂笑起来……

大笑一阵之后，黎大勇便恶狠狠地对马浩然低吼道：“你所说的这些，都只是你的推理而已，你并没有实质性的证据来指认我就是凶手！”

“我有！”马浩然无比自信地大喝一声，“我刚才说过，第三处至关重要的细节，血迹，就是指认你的关键！

“黎大勇，你懂法律，也懂我们警局的规则……你以为你什么都懂，什么都知道，就能够布置出完美杀人的局吗？你错了！正是因为你的不懂装懂，才让我抓住了最后的证据，也就是我之前所说的无法抹去的铁证！”

说到这里，马浩然突然提高了音量，冷喝一声道：“你昨天穿的那身西装，你应该没时间销毁，或者说你根本就不想销毁，因为一旦你销毁了西装，那你就是不打自招了！

“可惜，正是因为你的小心翼翼，才留下了证据！

“如果我猜得没错，那件西装，你应该连夜洗干净了吧？

“可是，你知道吗？血迹，用普通的洗涤用品，是无法完全清洗的，最多，也就是洗掉表面上的血迹而已！

“想要清洗血迹，一定要用特殊的化学药剂，才能彻底清洗干净！

“换言之，你那件西装的两条袖子的纤维之中，其实还隐藏着死者鲁卫的血迹！

“只要我们拿到那件西装，返回警局，用特殊的器械做一个DNA鉴定，便能轻易地得出我们想要的结果，也就是指证你的铁证！”

马浩然说的这番义正词严的话，使得黎大勇的脸色越来越难看……

“是你们逼我的！”黎大勇突然发狂一般地吼了一声，下一瞬，黎大勇的手上，也不知道什么时候，竟然多出了一柄泛着寒芒的匕首！

电光石火之间，只见黎大勇好似恶虎一样，直接扑到了瘦弱的王宇身前，在众人还来不及做出任何反应的一瞬间，黎大勇抓住了王宇，并且将那柄寒光四射的匕首抵在了王宇的咽喉之上！

“臭小子，我不知道你是什么来路，但我不得不承认，你很聪明，还有你的推理，全都对！”黎大勇瞪着双眼，一层层的红血丝遍布眼球，模样极其狰狞，“那件西装，我的确没有销毁，只是我万万想不到，那件西装却成了我最大的败笔！”

被黎大勇这么一吼，众人才回过神来……包括马浩然和郑祺在内，所有人都没想到，黎大勇竟然会在最后时刻，使出这么个玉石俱焚的招数出来！

“让所有人后退，放我离开这里，不准跟踪我。否则，我现在就杀了王宇！”黎大勇似乎已经失去了理智，疯狂地叫嚣起来，“杀一个是杀，杀两个也是杀，老子不怕！”

黎大勇的声音，通过空气的传播，已经传出老宅外，此时此刻，还有一部分好奇并且不愿意离去的村民，好像发现了新大陆一样，在鲁家老宅的大门前聚集起来，抻着脖子朝鲁家老宅里面张望……

“黎大勇，你已经插翅难逃了，最好不要做傻事！”郑祺沉着脸，厉声冷喝起来。

“我不管！你们赶紧放我走！”黎大勇近乎癫狂一般，歇斯底里地咆哮起来。

“黎大勇！”马浩然沉声喝了一句，忽地，马浩然的语气变得平缓起来，好像随口一问似的，说道，“我很好奇，你为什么要杀鲁卫？你心中犯罪的根源又是什么？”

“我为什么要杀鲁卫？”黎大勇恶狠狠地吼道，“鲁卫这家伙，在村里三番几次地落我面子，打我的脸，他该死！”

“就因为这点小事？”马浩然的脸上浮上了一抹复杂的神色。

其实，马浩然虽然早就有了心理准备，但还是无法接受，黎大勇会因为这样一些鸡毛蒜皮的小事而谋杀一条活生生的人命！

正所谓，世事难料，人心难测，一些经常被人忽略的小事，其实也足以构成杀人的导火索！

不过，话说回来，黎大勇内心的原罪，实在是太过荒谬了。

与此同时，程稳露和拳王两个人，趁着马浩然和黎大勇对话的这段时间，已经悄悄地摸到了黎大勇的左右两侧两米之外的位置，似乎，天不怕地不怕的二人，打算和黎大勇来一场空手夺白刃进而拯救人质的大戏。

生死瞬间，一触即发！

“救……救……救命！”就在这时候，刚刚从震撼之中醒悟过来的王宇，也发出了一道微弱的求救声，不过，王宇的求救声很快就被黎大勇手中那柄又接近了他咽喉几分距离的匕首，压制了下去……

“你们两个最好老实点！”黎大勇警惕地瞥了一眼拳王和程稳露，沉声喝道。

这时候，鲁家老宅的某处角落，鲁兴国不动声色，悄悄地凑到了郑祺的身边，用一种极低的声音对郑祺说道：“郑队，手里有枪吗？借我用一下！”

郑祺趁着黎大勇将注意力落到拳王和程稳露身上之际，悄无声息地退了一步，低声问向鲁兴国道：“你要干什么？”

“我能准确无误地打中黎大勇的手掌，既不伤他性命，也能救下人质！”鲁兴国坚定地说道。

郑祺沉吟片刻，最终，他选择了妥协……

只见郑祺不动声色地将后腰上的配枪摘了下来，并且不留痕迹地和鲁兴国偷偷完成了交接……

“枪里只有一颗子弹，你小心一点！”

“不会给你惹麻烦的！”

鲁兴国其实很佩服郑祺的胆色，竟然敢将枪交到他的手里……一旦鲁兴国失败，那王宇就可能会有性命之危，而借给鲁兴国枪支的郑祺，便要承担全部的责任与后果。

不得不说，郑祺的胆子还真是大！

也许，这就是郑祺与众不同的地方，也是他独特的人格魅力。

不过鲁兴国也没有让郑祺失望……

接过了郑祺递过来的手枪之后，鲁兴国借助拳王和程稳露的掩护，毫不犹豫地抬手就是一枪！

砰！

一道清脆的枪响声，响彻老宅，响彻荷花村！

“啊！”

紧接着，一道凄惨的号叫声，也在这一刻炸响开来。

只见黎大勇甩掉了手中的匕首，惨叫一声，蹲在了地上，他那只之前还握着匕首的手掌，已经变得血肉模糊了。

说时迟，那时快，拳王一个纵跃，直接跳到了黎大勇的身边，一套标准的警式擒拿手，直接把黎大勇摔翻在地，打得黎大勇毫无反抗之力。

一击得手，拳王也干净利落地将黎大勇给彻底制住了！

而另一边的程稳露，则是眼疾手快地冲到了王宇的身边，直接将王宇推了出去。

因为鲁兴国的一枪，王宇得救了，黎大勇也被制住了。整个局面立刻来了一个一百八十度的大逆转。

当即，一众警员才从惊愕中反应过来，纷纷扑向了黎大勇，短短的一瞬间，黎大勇被彻底制住了，而等待他的是法律的制裁。

“小程同志，身手还不错！”拳王抬起头，扫了程稳露一眼。

“你也过得去！”程稳露朝着拳王扬了扬白皙的下巴，看得出来，拳王出手的那一瞬间，所展现出的身手已经得到了程稳露的认可。

拳王与程稳露相视一笑。

当然，大家对于拳王和程稳露之间的对话并没有任何的兴趣，甚至连被按在地上、一动不动的凶手黎大勇，大家都选择了无视……

众人只是将目光全部聚集到了枪声传来的方向……

只见，鲁兴国举着一支漆黑的手枪，一动不动地站在郑祺身后，枪口上还在不断地冒着烟雾，似乎是在提醒众人，刚才的确有人开枪了，而且，子弹也实实在在地命中了黎大勇的手掌。

直到此时，之前被当成人质的王宇才从震撼中反应过来，当即，这家伙发出了一道凄厉的叫喊声，便直接飞奔出了鲁家老宅……王宇本就胆子小，再被黎大勇和鲁兴国这么一吓，没有直接晕过去已经很不错了，毕竟，他刚刚经历了生与死的一瞬间！

与王宇相比，另外两名嫌疑人马权和穆有方，经过了短暂的震撼之后，则变得淡定了许多，二人并没有像王宇一样，被吓得飞奔出老宅，而是对郑祺、鲁兴国、马浩然等一众警员各种吹捧，并且主动揽下了为警方宣传的工作，快速离开了老宅，去和围在老宅外面的乡亲群众讲述整个案件的经过去了……

马权、王宇和穆有方都离开了老宅，而凶手黎大勇又被制住，这件案子也算是结束了。

当即，众警员便开始处理起了善后事宜，什么恢复现场、整理道具、处理尸体等工作，也有条不紊地进行起来。

这时候，影帝、卢倩和马浩然纷纷围到了鲁兴国的身边，既惊喜，又疑惑地同鲁兴国聊了起来……

“你小子！”影帝狠狠地捶了鲁兴国的胸膛一下，埋怨地说道，“你小子枪法这么准，昨天晚上怎么不和我们说？你在部队里的一切，对我们都保密，真是欠揍！”

“你的变化很大！”马浩然深深地看了鲁兴国一眼，淡淡一笑道。

“我有我的苦衷……不好意思。”鲁兴国一边将枪递还给郑祺，一边朝着马浩然等人略带歉意地挠头说道。

“每个人都有苦衷，就像凶手，他其实也有苦衷。”另一边，郑祺接过了鲁兴国递来的手枪，小心翼翼地将枪收进了腰间，只是说了这么一句别有深意的话，便转身走出了老宅。

郑祺离开之后，始终站在一旁、一言不发的苏叶，深深地凝视了马浩然一眼，旋即，她也跟上了郑祺的脚步，走出了老宅。

“郑队！”老宅外，苏叶喊了郑祺一声。

郑祺自顾自地将口中叼着的香烟点燃之后，这才回身望向苏叶，深吸一口香烟，笑吟吟地说道：“怎么了？”

“你是不是早就知道，黎大勇就是凶手？”

“比小马早知道那么几秒钟而已！”

“那马浩然想向你求证的事情，是不是就是最后的铁证，抹不去的血迹？”

“没错！”郑祺点了点头，轻笑一声，又对苏叶说道，“怎么样？小马的手段还算过得去吧？其实你应该尝试放下对小马的成见，以客观的角度去评论小马这个人。”

苏叶看了郑祺一眼，但没说话。

“小叶，我知道你其实很崇拜我，而且，这崇拜有些扭曲。”郑祺深吸一口烟，别有深意地对苏叶说道，“我的年纪已经不小了，但你还年轻，而且小马同样年轻，你们才是一类人，懂吗？”

苏叶若有所思地盯着郑祺，看了好一阵，这才艰难地从樱唇中蹦出几个字：“马浩然比你，还差得远！”

说完这句话，苏叶便径直迈出了步子，不再理会郑祺，直接走出了鲁家老宅，只留下一脸无奈的郑祺独自站在鲁家老宅的正门前……

“回魂夜”杀人案，结束了。

重案组的警员赢得了荷花村村民的掌声和赞美，马浩然却无比压抑地将黎大勇的原罪记录到了那本泛黄的笔记本上。

说实话，隐藏在黎大勇内心的原罪，真的太过荒谬了，荒谬到让马浩然无法接受的地步。

不过，即将拉开帷幕的“夺命阴婚”案件所隐藏的原罪，更让马浩然瞠目结舌……

时值盛夏，日光明媚。

金陵市局，重案组办公室。

一张巨大的椭圆形会议桌四周，坐满了身穿警服的男男女女，有马浩然、影帝、拳王、程稳露等新人，也有老李、苏叶、冉潇等老警，而坐在会议桌主位的人，自然是重案组组长——郑祺。

郑祺点燃了一支香烟，丝毫不顾及会议室的空气环境，深深地吸了一口烟，这才将手中的一沓资料本扔到了会议桌上。

“三天前，我们在荷花村解决的那起命案，得到了上面的高度肯定，并且授予我们重案组‘人民卫士’的称号……”郑祺一边笑吟吟地说着，一边将视线停留在了马浩然身上数秒钟，见马浩然仍旧是那副面无表情的模样，郑祺倒是见怪不怪地继续说道：“不过，各位千万不能因此而骄傲自满，正所谓，拥有多大的荣誉，就要承担多大的责任，因为我们重案组在最近几次诡异案件中大放异彩，所以，上面特别决定，交给我们一件新案子……”

郑祺的前半句话，将众人的注意力全都引到了马浩然的身上，因为之前的几件悬案，不论是“血腥玛丽”“深山鬼楼”，还是“黄狼诡影”和“头七回魂”，都是马浩然凭借其天马行空般的思维和逻辑一举破获，毫不夸张地说，重案组所获得的“人民卫士”的称号，其实是马浩然以一己之力力挽狂澜而获得的……

可是，当郑祺说到了后半句话的时候，众人的注意力，又从马浩然的身上，转移到了郑祺的身上……

上面特意交给重案组的新案子，那肯定是更加离奇的悬案了，对此，众人也是好奇不已。

见众人将目光都集中在了自己的身上，郑祺也不卖关子，狠狠地将烟头掐灭，便拿起了之前被他丢在会议桌上的资料本，朝着冉潇扬了扬，道：“冉潇，把这些东西用幻灯片播放出来，给大家看看！”

冉潇闻言，立刻从座位上站了起来，快步走到郑祺身边，接过资料本，就跑到幻灯片那里捣鼓了起来……

趁着冉潇捣鼓幻灯片之际，郑祺再次开口说道：“在大家看幻灯片之前，我先简单地向大家介绍一下整件案子吧！”

郑祺清了清嗓子，说道："这件案子，发生在十二个小时之前，也就是昨天深夜，地点在金陵市周边的农村——双叶村，死者名叫赵顺，男，二十二岁，死于周家大宅之内，周家小姐的闺房中，由于我们还没去现场，所以，暂时无法得到具体的尸检报告，也无法确定死因，至于这件案子，上面为什么会指定交给我们重案组来办，那是因为……"

说到这里，郑祺突然停下了话语，转头看了一眼冉潇，见他已经准备就绪，便对他挥了挥手，示意他放出幻灯片……

得到了郑祺指令的冉潇，自然不敢怠慢，连忙放出了幻灯片，当即，一张张照片，便通过背投，呈现在了马浩然等众人的眼前……

背投上显示的第一张照片，是一对青年男女。

男的英俊帅气、阳光和煦，只是衣着却非常朴素，甚至可以说寒酸。

而幻灯片中的女子，样貌平凡，微胖，脸上还有一些雀斑，完全和漂亮不搭边，最重要的是，女子坐在轮椅上，好像双腿有残疾似的，只不过，这年轻女子的衣着却是极其华丽，一看就是价值不菲的名牌。

照片中的青年男女，给马浩然等众人的第一印象，便是这来自衣着打扮上的巨大反差。

再说照片中那对青年男女的其他方面，女子的笑容很满足，而男子，则冷着一张脸，似乎有些不太情愿的样子。

值得一提的是，照片的右下角，标注着时间，是二〇一六年六月，说明这是两年前拍摄的照片。

第一张照片，并没有引起众人太大的反应，他们只是对照片中的那对青年男女产生了些许的好奇罢了。

而等到幻灯片中播放出第二张照片的时候，会议室内的气氛，仿佛突然凝固了一般，无人说话，甚至连呼吸声，都好像在这一刻完全消失了似的……

第二张照片所拍摄的，是一座灵堂，将幻灯片放大之后，众人可以清晰地看到，由黑白二色构成的灵堂，沉闷而庄重，最重要的是，在灵堂的正中所摆放的那张遗像，正是第一张照片中的女子的。

第二张照片的右下角，仍旧标注着时间，二〇一七年七月，是一年前拍摄的照片。

那双腿好像有残疾的女子，在一年前，死了？

这就让众人不禁浮想连连了……

上面特意交给重案组来办的悬案，该不会是一年前的案子吧？

这难度就很大了。

这件案子已经过去了一年的时间，许多线索都已经变得模糊了起来，想要追查，其难度可想而知。

不过，还不待众人问出声音，幻灯片上，又出现了一张那双腿好像有残疾的女子的照片，而且上面还附带了一部分资料。

周茹，死于二〇一七年七月，当年二十一岁，死因是割腕自杀，死于周家老宅，其闺房之内。

周家独女，集万千宠爱于一身，只可惜，因某次意外，双腿落下了残疾，从那之后，只能依靠轮椅来行走。

虽然身有残疾，但周家却并没有放弃培养周茹，毕竟她是周家独女，所以，一切好的学习资源、生活资源，周家上下都没有任何犹豫地投在了周茹身上，为了不让周茹产生自卑心理，周家人还专门聘请了专家讲师上门为周茹授课，虽然周茹几乎不去学校，但她却通过自学，获得了大学本科学士学位。

周茹的照片和简单资料，消失了，取而代之的，是第一张照片中那名男青年的照片，下面还有几行字。

赵顺，男，二十二岁，死于昨夜，双叶村周家老宅，周茹闺房之内。

赵顺，出生于金陵市双叶村，家境贫寒，学习成绩普通，高考落榜之后，在家待业。

赵顺此人，平日里沉默寡言，很少与村里人交流，有关他的一切资料，都显示他如最普通的乡下村民那样，简单，朴实。

随即，背投暗了下来，幻灯片也随之被冉潇关闭了。

就在幻灯片关闭的那一瞬间，郑祺轻轻地咳了一声，将众人的注意力，从背投之上，引到了他的身上……

“各位，这就是我们要接手的案子，不过，我们要查的可不是周茹的死，而是发生在昨夜的命案，赵顺之死！”郑祺说完这句话，忽地，他的语气也变得凝重了起来，“这件案子，之所以被称为悬案，至关重要的一点，就是案子的背景……

“一年前死去的周茹，与昨夜死去的赵顺，二人自小就结了娃娃亲。

“一年前，周茹死后，赵家本想取消这门亲事，但周家不允，一定要为周茹完婚，因为周茹是周家的独生女，而且周家在双叶村势力极大，对了，周家在金陵市也有个名列前茅的大集团，所以，直到最后，赵家拗不过周家，只能无奈地应下了周家的要求，为周茹和赵顺举行阴婚！

“与其说是无奈，倒不如说是当事人赵顺单方面的无奈，赵顺的父亲是很赞同这门娃娃亲的，哪怕周茹死了，赵顺的父亲仍旧同意与周家结阴婚！

“而昨天，就是阴婚之日，赵顺被迫和周茹的遗像拜了堂之后，便去了周茹生前的闺房，打算在那里睡一晚，第二天离开周家，可没想到，赵顺却在阴婚的当天晚上，死在了周茹的闺房之内！

“这桩阴婚，实际上就是周家为了告慰死去的周茹，不让周茹在九泉之下孤单，也为了让周家老人得到一个寄托，所举行的简单仪式罢了，倒不是真的想要杀了赵顺，让他和周茹真的来一场阴婚！”

郑祺顿了顿，扫了一眼众人，见众人皆是面露惊骇之色，便自顾自地嘀咕了一声：“迷信真是害人不浅！”

郑祺话音落地，影帝便皱着眉头接了一句话，道：“郑队，你该不会是想告诉我们，周家违约了，真的杀了赵顺，想让这对青年男女当一对黄泉鸳鸯吧？”

第五章　周家

“人是不是周家杀的，我不知道，我只知道，双叶村现在已经乱成了一锅粥，村民们都说是周茹阴魂不散，见赵顺想退婚，便回来索了赵顺的命，让赵顺陪周茹一起下黄泉，做一对阴间夫妻！”郑祺一脸无奈地苦笑了一声，“民间传得是有板有眼，说什么赵顺和周茹死在了同一个地方，就是周茹来索命所导致，还有最关键的一点，在案发现场，我们的人发现了一块玉佩，据说那块玉佩是周茹贴身之物，最后成了周茹的殉葬品，与周茹一起埋进了棺材里，这下子，双叶村就更乱了，所以，上面才把这件案子交给我们重案组来处理。”

郑祺声音落地，整个会议室内的众人顿时倒吸了一口凉气。

死于一年前的周茹，其陪葬品竟然离开了棺材，出现在了案发现场，这实在是有够诡异！

众人下意识地屏住呼吸，相互对视，似乎，大家都被郑祺所叙述的案子震撼到了。

“阴婚……”这时候，马浩然突然轻吟了一句，“我不相信这是所谓的阴魂索命，现场一定有我们暂时还没有掌握的犯罪证据。”

“其实我也不信！”郑祺一脸微笑地看了马浩然一眼，耸了耸肩之后，便自顾自地又点燃了一支香烟，“在民间，尤其是农村，迷信之风很盛，我们这次不仅要破获这件案子，更要向广大人民证实，世间本无妖魔鬼怪，有的，只是犯罪的人心！”

“可是，郑队……”拳王举起了手，怯怯地说道，“这件案子，从表面上看，怎么分析都像是由阴婚而引发的阴魂索命之案，我知道大家都不信鬼魂之说，其实我也不信，如果深究这所谓的阴婚的话，这桩阴婚，和古老的阴婚，又有所不同……”

“说说看！”郑祺朝着拳王抬了抬手，说了一句。

“前段时间我曾经研究过不少灵异传说，有关于阴婚方面的资料，我也看过不少……其实在古代，阴婚之风很盛行，最为出名的两位阴婚主角，当属民国时期老蒋的弟弟，以及三国时期的曹冲，二者均成过阴婚，只不过，二者所娶的女子，也都是早故之女，这才符合阴婚之风，像这种死人和活人的阴婚，虽然民间肯定也有这样的例子，但我总觉得，有些不太对劲……”

拳王的话还没说完，郑祺便出言赞赏道：“不错，你小子终于开窍了！”

“话不多说，我们立刻动身前往双叶村，我们的人已经在昨夜连夜赶去那边维护现场了！”郑祺意气风发地挥了挥手，“让身为人民警察的我们，亲手毁灭这所谓的阴婚谣传，还人民一个公道和真相！”

“等等！”郑祺话音落地，马浩然狐疑地抬起了头，不解地问向郑祺道，“郑队，‘我们的人’，谁在双叶村？”

郑祺朝着马浩然微微一笑，神秘兮兮地说了一句：“鲁兴国……”

郑祺口中所谓的“我们的人”，竟然是鲁兴国！

会议室内的众人，包括与鲁兴国关系匪浅的马浩然、影帝和拳王三人在内的所有人，都不由得愣了神，貌似，大家都不知道，鲁兴国是何时加入重案组的……

郑祺扫了众人一眼，便微微一笑道：“其实，鲁兴国算不上重案组的人……‘头七回魂’案结束之后，我和他谈过一次，这家伙好像还有其他秘密任务在身，不适合加入重案组，所以我就退而求其次，让他以编外人员的身份来辅助我们办案……”

“郑队，鲁兴国有什么特长吗？竟然能让郑队破例，以编外人员的身份来参与重案组的案子？”郑祺的话还没说完，便被苏叶直接出言打断了。

苏叶本就看马浩然等人不太舒服，这次郑祺又把和马浩然三人关系匪浅的鲁兴国拉入了重案组，苏叶自然更不舒服了，她始终搞不清楚，郑祺为什么会对马浩然等人如此重视。

面对苏叶的提问，以及小情绪，郑祺只是无所谓地耸了耸肩，淡淡地说道：“鲁兴国枪法神准，‘头七回魂’案中，你们也见识过了，除此之外，鲁兴国极擅机械、侦查以及反侦察等领域，这些，都是我们重案组急需的外力，所以我才会让他协助办案的！”

对于郑祺的解释，众人自然不会反驳，重案组郑祺说了算，他想招谁进来，连上面都没有太大的话语权，苏叶等人，自然不可能改变郑祺的主意和想法，这就是郑祺在金陵警界的威望。

“好了，大家马上去准备工具，半小时之后，我们出发前往双叶村。”郑祺大手一挥，会议室内的众人便一哄而散，各自准备去了。

待到众人离去之后，马浩然才慢悠悠地从座位上站起来，等到走到会议室门口，准备踏出会议室大门之际，忽地，他猛地转身，双目直视郑祺，似乎，有话想说的样子……

“小马，有什么事？”郑祺微微抬了抬眼皮，看了马浩然一眼，言罢，便自顾自地点燃了一支香烟。

“郑队！”马浩然的脸上，没有任何的表情，只是眼神之中，闪过了一抹欲言又止的神色，最终，他还是选择问出他心中的疑问，“‘头七回魂’案，你是不是早就猜到了凶手就是黎大勇？还有我最后想向你确认的那件事情，你一定也知道，就是血迹是否会被清洗干净的问题……”

“你说这件事啊？”郑祺吸了一口烟，轻笑一声说道：“我只是比你先知道那么一瞬间而已，而且，如果你找到了真凶和证据，那你就一定会问我，血迹是不是会被轻易清洗干净。”

听了郑祺的话，马浩然没有开口，只是深深地看了郑祺一眼，又朝着他点了点头，这才转身走出了会议室……

马浩然的脚步很稳健，但他的内心却好似卷起了惊涛骇浪一般，因为，马浩然已经完全可以肯定，郑祺的洞察力和推理能力，很可能强于他，而郑祺之所以不出手，原因只有一个，那就是，让马浩然累积经验和自信！

离开了会议室，马浩然一刻不停，径直返回了重案组的办公室。

办公室内，大家都在忙碌，为前往双叶村做准备，只有影帝和拳王，无所事事地坐在他们的座位上，闲聊八卦……

“大国这家伙肯定有事瞒着我们。”拳王颇为不爽地嘀咕了一声。

“估计是郑队口中的特殊任务吧？”影帝一边对着镜子整理着自己的头发，一边随口回了拳王一句。

影帝和拳王有一搭没一搭地聊着，这时候，马浩然悄然走到了二人身边，语气平缓地问道：“你们没有任务吗？”

“老大，开什么玩笑？我们有什么任务？我们最大的任务，就是跟着你去双叶村，然后听你天马行空一般的推理，等着你将凶手找出来，就可以了。”影帝笑嘻嘻地说道。

一旁的拳王虽然没有说话，却连连点头，表示赞同影帝的话……这两个家伙，貌似很久没有站在同一战线了。

然而，就在这时候，一道颇为不忿的声音却是突然响起。

“恐怕，马浩然这次要让你们失望了……因为，解开阴婚之案的人，将会是我！”

这道声音，自然将马浩然、影帝和拳王的目光，吸引了过去，众人转头视之，正是一脸不爽的程稳露！

影帝盯着程稳露，微微扬起了嘴角，露出了一抹戏谑的笑容：“小程同志，你除了比较野蛮之外，貌似没有什么可取的地方吧？尤其是你的推理能力，与你的汉子程度，完全成反比！”

“你说什么？”程稳露柳眉一竖，愠怒道。

“不过，话说回来，之前在荷花村，你救人质的身手，还是不错的！”拳王煞有其事地点了点头，好像在点评程稳露。

不过，拳王的点评，却是让程稳露更加愤怒了。听拳王那意思，就好像，程稳露的身手，在他眼里，也是不值一提似的。

毫无疑问，本就很女汉子的程稳露，彻底被激怒了！

只不过，程稳露还没来得及爆发，不知道什么时候来到程稳露身后的苏叶，却是抬起了纤纤玉手，轻轻地按了按程稳露的香肩，说道："等到了双叶村，了解过案情之后，你可以先他一步破了案子，他们自然也就无话可说了。"

闻听苏叶的话，程稳露不由得喘了几口粗气，最后，狠狠地瞪了马浩然三人一眼，这才转身对苏叶点了点头，说道："我知道了，叶子姐！"

言罢，程稳露便气冲冲地走出了重案组的办公室……

对于程稳露的挑衅，再到程稳露与影帝和拳王发生口角，直至最后，程稳露愤然离场，由始至终，马浩然的脸上都没有流露出任何的表情波动，就仿佛，一切的一切都与他无关似的，浑然不知他才是引发一切的始作俑者。

而程稳露走后，另一边的苏叶，则是复杂地看了一眼面无表情的马浩然，轻轻地咬了咬樱唇，似乎，她有话说，但却又不想说……最终，苏叶还是没有把她想说的话说出来，只是自顾自地转身，继续整理她的医疗箱……

再说程稳露，她前脚刚离开重案组的办公室，郑祺后脚便走了进来。

郑祺轻轻地拍了拍巴掌，发出了一连串的脆响声，顿时将众人的注意力全部吸引了过来，当即，郑祺便提高了几分声调，喊道："各位，出发，去双叶村！"

办公室内的众人纷纷应了郑祺一声，随后，大家便鱼贯走出了重案组，离开了金陵市局的办公大楼。

这次去双叶村的人，除了已经连夜先走一步的鲁兴国之外，便只有郑祺、马浩然三人、苏叶、程稳露、冉潇、老李，以及四名警员，但也足有十余人，而且还有一些仪器和设备，足足坐满了四辆警车，才算是准备就绪。

随后，四辆警车便浩浩荡荡地驶离了市局，直奔双叶村而去……

一路无话，四辆警车用了半个小时的时间，离开了金陵市区，又在外环公路上开了一个半小时，足足两个小时之后，四辆警车，才驶入一座平凡但不平静的小村落。

这里，便是双叶村！

第一辆警车上，负责开车的是郑祺，坐在副驾驶位置的人是冉潇，而后排座椅上的两个人，竟然是苏叶和马浩然这对始终保持着质疑与无视的“冤家”！

“冉潇，联系一下鲁兴国，找到周家老宅的位置。”郑祺驾驶着汽车，让汽车保持缓慢的速度，在狭窄的村路上行驶。

坐在副驾驶位置的冉潇并没有说话，而是直接拨通了电话，没多久，电话的另一边，便传来了鲁兴国的声音……

经过一番简单的询问之后，冉潇一边打开了笔记本中的定位系统，一边为郑祺指引着方向，四辆警车井然有序地行驶于村路之中，左绕右拐一番，没多久，便到达了一座大院之外。

“这里就是周家大院了。”冉潇指了指警车外，那高大的灰色院墙，古朴的朱红色木门，以及几座超出了院墙的古式建筑，轻声说了一句。郑祺停车熄火，打量了几眼大院外围之后，便打开车门，与众警员陆续走下了警车。

“这大院，看起来还挺古老的，现代社会中，这种大院还真不多见。”郑祺笑了笑，对那群聚集在他身边的警员轻声说道，“听说周家是双叶村第一富豪，这大院，倒是还蛮符合‘富豪’这两个字的身份。”

“根据大数据库中的资料介绍，周家在双叶村的影响力极大，而且双叶村的经济体系，几乎全都是周家在支撑，小到超市商店，大到耕种经销，几乎都有周家的影子。”冉潇简单地说了一声。

“鲁兴国呢？这家伙在周家大院里面吗？算了，不等他了，先敲门吧！”郑祺指了指朱红色巨大木门上的古老门环，说道。

然而，郑祺话音刚落，一条身影便快速地从院墙的另一侧，健步如飞般绕了过来。来人，正是鲁兴国！

鲁兴国与马浩然、影帝和拳王三人笑着打了一声招呼之后，便径直走到了郑祺身前，面色一凝，正色说道：“郑队，有新情报！”

“说！”郑祺一挥手，斩钉截铁地说道。

“根据我的暗中调查，查到了一些有意思的事情……”鲁兴国也不客套，开门见山地说道，“死者赵顺，死于周茹的闺房之内，我见过尸体，从表面上看，死因是失血过多，因为赵顺的手腕大动脉被割断！”

“还有，根据周家众人讲述，周茹的闺房，房门是从里面被反锁的，窗户也一样，发现赵顺尸体的周家众人，也是破开了窗户，才进入的案发现场……”

鲁兴国的话，就像是一柄重锤，狠狠地砸进了众人的内心之中！

失血过多的割腕自杀之状，从里面反锁的房门与窗户……这完全就是标准的自杀现场，而且还是深陷绝对密室之中的那种自杀现场。

难道，真的是死者赵顺，出于某种原因，在周茹的闺房之内自杀？

又或者，与民间传说的一般，是周茹的阴魂前来索命而致？

一众警员，全都目光呆滞地盯着鲁兴国，一时间，场面有些怪异……

试想一下，一群警察，呆若木鸡一般地站在一座古老大宅的大门前，讨论着一件让所有人完全摸不着头脑的悬案，气氛，当真怪异，或者说，诡异！

足足过了半晌，忽地，郑祺嘴角一扬，悠然地从口袋里抽出了一支香烟，为自己点燃之后，淡淡一笑，难人寻味地说道：“割腕自杀？绝对密室？这场夺命的阴婚，还蛮有意思的。”

被郑祺这么一说，众人也纷纷从惊讶之中，醒悟了过来。

郑祺说得没错，这起凶案的始作俑者，就是那场荒唐的阴婚。

如果没有那场荒唐的阴婚，死者赵顺也不会来周家，更不会在周家老宅，周茹的闺房内留宿，进而，也就不会出现这起命案了。

只不过……夺命的阴婚，对于这件案子来说，的确是一个非常贴切的形容词。

但，赵顺真的是自杀，或者是被周茹的阴魂索了命吗？

一时间，众警员的脑中，几乎同时闪过了这个念头。

就在这时候，鲁兴国突然再次开口，压低了声音，对郑祺，以及众人说道："郑队，各位，更有意思的还在后面呢……根据我的调查，这件案子的死者赵顺，死状与一年前自杀的周茹，完全相同，不论是死因、致命伤、地点，包括那间完全密封的闺房，都如出一辙！"

"最关键的是，死者赵顺临死时候的表情，倒是与一年前的周茹，不一样……"鲁兴国说到这里，刻意地停顿了一下，仿佛是想让众人先在内心中构思一下画面一般，片刻后，鲁兴国便再次开口说了起来。

"一年前的周茹，在她的闺房内选择了割腕自杀，而她的死状，则无比平静，直到尸体被发现，周茹那张已经没有任何血色的脸上，也只是略微出现了一丝痛苦的神色罢了，而这赵顺的表情，却是很狰狞，嘴巴大张，双眼瞪得溜圆，最夸张的是，赵顺的双眼周边，隐约还泛着点点血迹，那模样，就像是流下了血泪！"

鲁兴国话音落地，众警员无不惊叹，并且相互对视，几乎每个人的双瞳之中，都露出了迷茫和震撼的神色，尤其是鲁兴国的最后一句话所提到的血泪，更是诡秘无比！

赵顺的死，竟然与一年前的周茹自杀案，完全一样，这难道是巧合？

还有赵顺双眼周边的血泪，又是怎么一回事？

又或者，真的是阴魂索命？

一时间，众警员更加迷茫了。

"难怪双叶村的村民会说，赵顺是被周茹的阴魂索了命，原来，竟然是这么回事……"郑祺深深地吸了一口烟，只不过，与众警员不同的是，郑祺的脸上，包括他的眼底，始终都没有流露出那种迷茫的神色，相反，他嘴角上挂着的笑意更浓了，"相同的死因，相同的地点，相同的密室，恐怕，在民众的心中，也只有阴魂能完成这一系列的'相同'了吧？"

这边，郑祺话音刚落，那边，马浩然突然朝前踏出一步，拉近了与那朱红色木门的距离，旋即，马浩然面无表情地低声呢喃一句："但是，在我们警察的心中，并不只有阴魂可以完成这一系列的'相同'，人，一样可以！"

“说得好！”郑祺第一个拍手叫好了起来，激动的他，甚至都没有叼住口中的香烟，使得香烟跌落到了地上，不过，郑祺并不在意这一点细节，只是饶有兴趣地盯着马浩然，说道：“那些看似不可能的犯罪，其实都是有迹可循的，关键就在于，我们能不能抓住凶手留下的犯罪痕迹！”

郑祺继续出言说道：“小马，敲门，我倒是想见识见识，所谓的割腕自杀与绝对密室，到底是怎么一回事。”

马浩然不语，只是朝着郑祺点了点头，随后，马浩然便抬起了手臂，握住了门环，用力地扣了几下。

门环与木门之间的碰撞，所产生的“嘭嘭”声极其沉闷，尤其是在这种寂静的环境之中，更像是打破一切平静的洪钟之声。

此时此刻，所有人都将复杂的目光，定格到了那扇看起来非常厚重的朱红色大门之上，就仿佛，门后藏着某种妖怪或是厉鬼一般。

没多久，一阵轻碎的脚步声透过大门，传入了众人的耳中，忽地，大门被打开了，有着一张干瘪枯瘦的脸庞及满头白发的老者，便映入了众人的眼中……

那老者先是打量了一眼叫门的马浩然，随后，老者的视线便落到了马浩然身后的郑祺等人身上……虽然马浩然和郑祺几人没有穿警服，但老李以及那些警员却都身穿警服，尤其是众人身后的那几辆警车，更是显眼无比，所以，老者自然在第一时间，猜出了众人的身份。

“各位警官请进！”老者的声音很沙哑，甚至有些低沉，也许是心情不好的缘故，他的脸上并没有露出任何欢迎的表情，更像是和郑祺等人草草应付式地打招呼。

那老者一边说着，一边将大门敞开，并且将身体侧了过来，为郑祺等众人让出了一条走进周家大宅的路。

郑祺也不客气，只是朝着老者轻轻地点了点头，便昂首挺胸地大步走进了周家大宅之内，随后，马浩然和鲁兴国一左一右地跟上了郑祺的脚步，再之后，便是苏叶和影帝等众人了。

“郑队，他叫周福，是周家的管家，周家老爷子最信任的人之一，也是从小看着周茹长大的人，他和周家虽然没有血缘关系，但周家上下，包括他自己，都已经将他当成了周家的一分子。”鲁兴国小声地对郑祺说道。

郑祺点了点头，表示听到了鲁兴国的话，随后，便率领众警员，气势汹汹地走进了周家大宅之内……

周家的大宅很大，也很古朴。当郑祺率领一众警员迈过了周家大门之后，迎面出现的，便是一堵类似于屏风隔断的那种墙壁，上面雕刻着气势恢宏的双龙戏珠图案，看起来很威风。

双龙戏珠墙的两侧，分别有一条小路，不用想也知道，这两条小路，在墙后面，都是汇聚到一起的，所以，郑祺便不假思索地随意选择了一条路来走。

郑祺选择走左边，众警员自然快步跟了上去。

绕过了双龙戏珠墙之后，郑祺等众人的眼前，便出现了一座足有两层楼那么高的正房，看起来，就像是民国时期的大殿一样，比那双龙戏珠的图案，更有气势。

郑祺等众人几乎是下意识地停下了脚步，纷纷饶有兴趣地打量起了这座看似古老的大宅……就在这时候，周福却是神不知鬼不觉地走到了郑祺等人的最前方，并且用他那独特的低沉声音，对郑祺等人说道：“老爷和老太爷已经在正殿等候多时了，各位不妨移步正殿……”

话音落地，周福还抬起了手臂，做出了虚引的动作，而周福所引向的方向，正是那座威风无比的大宅。

“好！”郑祺倒是没有多说什么，这里发生了命案，并且鲁兴国先到一步，周家的人不可能不知道警察会来，所以，周家的老爷和老太爷会等在正殿之内，倒是没有出乎郑祺的意料。

当即，郑祺便迈出了步子，并且加快脚步，引着众人走进了那座外表看起来很是巨大的正殿。

正殿之内。

一名白发苍苍，看起来很是憔悴的老人，以及一名身体微胖、面目威严的中年男子，于一张八仙桌旁，一左一右地分别坐在了正殿上首的主位，而二人左右下方，足足放了三排木椅和方桌，左右相加，便是六排，粗略一算，足有三四十张木椅那么多，由此可见，这座正殿，该有多么巨大！

“这里应该就是单纯会客，或者开会的地方吧？还真是够奢侈的，这里差不多应该有一百五十平方米吧？”站在马浩然身后的影帝，小声地嘀咕了一句，“而且摆放在正房里的那些桌椅，看起来也都不是普通货色，都是品相比较不错的红木，尤其是最上面那两张椅子和八仙桌，貌似是花梨的。”

没有人回应影帝，因为大家对于这些木质古董，并没有太多的研究，恐怕，也只有影帝能够一眼看出这些桌椅的不平凡之处，毕竟，影帝也是来自大家族的人，这点眼力还是有的。

众人没有去接影帝的话，只是将各自的视线全部锁定在了端坐于正殿主位的那两个人的身上。

“这位是我们周家的老太爷，周鸿。”周福又是神不知鬼不觉地绕到了郑祺的身前，扬起手，为众人介绍起了八仙桌东边那张椅子上的白发老者。

那老者穿着一件古老的墨色大褂长衫，皮肤满是褶皱，眼皮低垂，双眼混浊，看起来精神状态和身体状态都不太好的样子。

“这位是老爷，周崎。”周福这次为众人介绍起了八仙桌西边那张椅子上的微胖中年人。

这中年人穿着西裤和半袖衬衫，露在外面的小臂看起来很结实的样子，应该是经常锻炼，还有他那张充满了威严的国字脸上，毫无表情波动，完全看不出喜怒。

周福话音落地，周鸿没动，只是微微抬了抬眼皮，扫了众人一眼，便没有了任何的动作，而周崎则是缓缓站起了身，扬起了手臂，沉声说道：“各位警官请坐！”

周崎和周鸿的态度很冷淡，甚至可以用“不欢迎”这三个字来形容。

不过，对于周鸿和周崎的态度，郑祺倒是毫不在意，只是自顾自地走到了距离周鸿最近的那张椅子之前，随后便大大方方地一屁股坐到了上面。

而马浩然等众人见郑祺如此，自然也不会客气，分别坐到了郑祺后排，以及第三排的木椅之上。

待到众人坐定，郑祺这才笑吟吟地掏出了一支香烟，朝着周鸿和周崎晃了晃，笑问道："不介意吧？"

"警官请随意！"周崎微微皱眉，但最后，他还是没有制止郑祺。

郑祺无所谓地咬住了香烟，并且将其点燃，这才开口说道："我们是金陵市局重案组的人，我叫郑祺，是重案组的组长。"

"我听说过你，郑队长！"周崎颇为意外地盯着郑祺看了好一阵，这才恢复之前那冷漠威严的模样，继续说道，"可是，郑队长，你们真的没必要大老远地跑到双叶村，这件案子，只是一起自杀案而已。"

"是吗？"郑祺淡淡一笑，接着突然开口，反问周崎，"周先生难道不认为，这是一起阴魂索命的诡案吗？而索命的阴魂，正是周家已故的小姐，周茹！"

郑祺此言一出，立刻引得众人纷纷侧目而望之，尤其是周崎和周鸿二人，脸上更是闪过了愠怒之色。

"郑队长，该不会是想说，我那已经去世一年之久的女儿，就是杀死赵顺的凶手吧？"周崎似乎是在强压着怒火，沉声喝道，"如果郑队长真的这么认为，那么，就请郑队长将小女抓起来吧，顺便，也让我再见一见她……"

周崎的话还没说完，便被郑祺的一声大笑给打断了："周先生，我是警察，怎么可能会认为世界上有鬼魂存在呢？我可是忠实坚定的无神论者！"

郑祺又轻笑了一声，便继续开口说道："坊间传言，赵顺，便是被你家女儿周茹索了命，这才死去，现在民间可都在议论周家，尤其是周茹……我想，周先生也不希望周小姐在九泉之下，背负这样的议论吧？"

"这是自然！"周崎有些不解地看了郑祺一眼，最后，他还是点了点头，认同了郑祺的话。

"既然如此……"郑祺话锋一转，突然说道，"我们这次来双叶村，就是为了解开赵顺之死的谜团，也想帮周小姐摆脱那些来自民间的议论，我想，周先生和周家上下，应该会全力配合我们重案组，对吧？毕竟，这是为了周小姐的名声着想。我想，周家上下，都不希望已经去世一年之久的周茹小姐，还要背上来自民间的议论之声，以及口诛笔伐吧？”

郑祺此言一出，正殿内的众人，包括马浩然和程稳露等人，以及周家几人在内的所有人，都明白了郑祺的意思。

郑祺摆明了就是引周崎入网！

之前周崎所表现出的态度，都已经说明，周崎并不想让警方来查这件案子，而且，似乎也没有想要配合警方查案的打算。

可是，被郑祺这么三言两语地一挑逗，说什么为了周家小姐摆脱议论等，周崎立刻中了圈套。

换而言之，周崎现在是骑虎难下，就算他不想配合警方查案，也为时已晚了。不配合警方，那就是不顾周茹的声誉，这顶帽子，周崎可不想戴上，毕竟，周茹的声誉，便是周家的声誉，不管是为了周家，还是为了周茹，周崎都必须要让周家上下配合警方查案，哪怕是违心，也要配合。

尤其是，像周崎这种为了告慰死去的女儿，宁愿给女儿结阴婚的家长，从任何角度来说，周崎对于周茹，都是无比地溺爱，哪怕是周茹已经死去了一年之久，但周崎疼爱女儿的那颗心，却好像丝毫没有任何改变似的。

“我们周家，该如何配合郑队长查案？”周崎冷哼了一声，但他还是松口了，虽然周崎对郑祺的圈套很是不满，但归根结底，郑祺也是为了死去的周茹着想，所以，周崎也就不在圈套这个问题上，与郑祺继续纠缠了。

“这个简单！”郑祺笑吟吟地站起了身，打了个响指，不羁地笑道，“先带我们去案发现场看看，然后，希望周先生让周家上下所有人配合我们警方录口供，提供一些线索和不在场证明，如果还有后续事件，我会再通知周先生的，相信，周先生不会拒绝吧？”

“好！”周崎也从座位上站了起来，虽然嘴上答应了郑祺的要求，但还是狠狠地瞪了郑祺一眼，言罢，便转身走进了后堂。

周崎走后，坐在他身边的老者，也就是周鸿，也慢悠悠地站了起来，只不过，这周鸿却是面无表情，甚至连看都没有去看郑祺和马浩然等一众重案组成员，只是自顾自地转身，沿着周崎走过的轨迹，一声不响地走进了后堂。

这边，周家两位主事人陆续离开了正殿，而另一边，影帝则是压低了声音，悄悄地对马浩然说道："老大，你看那周鸿，脸比你都要冷，而且还没有一丝的表情，简直就像是……行尸走肉！"

"被影帝这么一说，我也发现了，那老者，简直就是鬼片里，最有可能是鬼的人！"拳王附和着说了一句。

"最有可能是鬼的人……老大，该不会，真正的凶手，就是周鸿吧？"影帝又补了一句。

对于影帝和拳王的言论，马浩然并没有发表任何看法和意见，甚至连眼皮都没抬一下，似乎，马浩然对那诡秘的老者周鸿，并没有任何的兴趣。

当然了，马浩然没兴趣，不代表别人没兴趣，比如，程稳露。

拳王和影帝虽然是压低了声音在与马浩然说话，可是，坐在二人身边的程稳露，却和马浩然一样，能够清晰地听见影帝和拳王的声音，包括他们的所有对话。

当即，程稳露便冷笑一声，道："无知！就算你们电影看多了，认为最奇怪的人，就是真正的凶手，可是，你们就不会动脑想一想吗？你们看那周鸿，一把年纪了，就算想杀人，他也得有那个能力才行吧？按照正常的逻辑分析，死者赵顺年轻力壮，正处于风烛残年的周鸿如何能杀得了他？"

被程稳露这么一怼，影帝火气也上来了，当即反驳道："你这么厉害，怎么不见你破过哪件案子？最后还不是要靠老大来破案？"

"这次，轮不到马浩然逞能！"程稳露毫不示弱地回怼了影帝一句。

影帝还想再说什么，可是，却被坐在二人身后的苏叶出言打断了。

"别吵了！"苏叶冷声喝道，"这次的案子，和以往的案子不太一样，伪造自杀也好，绝对密室也罢，甚至是导火索，夺命的阴婚，都说明，这件案子的难度，远远大于我们想象中的难度，不论最后是谁破了这件案子，都只是在履行警察的职责，没什么可争的，也没什么可吵的！"

苏叶这么一说，程稳露和影帝自然是不再多言，二人相互瞪了对方一眼，便齐齐地别过了头，不再去看对方。

只不过，没人注意到，程稳露和影帝停止了争吵之后，苏叶的一双美目，却是下意识地停留在了马浩然的背影之上，目光很是复杂。

巧的是，就在这时候，马浩然突然回头，而他的眼神，则是径直的落到了苏叶的身上。

当即，马浩然与苏叶二人的目光，便交织碰撞到了一起。

四目相对，二人短暂地对视了一秒钟左右的时间，忽的，苏叶俏脸一红，率先别过头去，不去看马浩然。

“苏警官！”马浩然的脸上，倒是没有任何的异常，只是淡淡地向苏叶问道，“一会检查死者赵顺尸体的时候，一定要仔细，千万不能放过一丝一毫的蛛丝马迹，我的直觉告诉我，赵顺的尸体，会为我们提供很多信息……”

“我知道！”苏叶的语气之中，隐藏着一丝惊慌，不过，很快便被她的高傲所隐藏了起来。

苏叶的异常，并没有任何人发觉，就连当事人马浩然，都没有察觉到一丝一毫的不对劲。

这时候，郑祺也转过了身，朝着身后的马浩然等人挥了挥手，嘴角还扬起了一抹阴谋得逞的神秘笑意，道：“老李，带人去给周家所有人录口供，其他人跟我去案发现场看一看。鲁兴国，你带路！”

“好！”鲁兴国应了一声，率先迈出了步子，朝着正殿外走了去。

郑祺、马浩然、影帝和拳王、苏叶、程稳露和冉潇等人，则是紧紧跟随在鲁兴国的身后，至于老李，则是组织起了其余警员，到周家各处录起了口供。

先说马浩然等人，跟着鲁兴国离开了正殿之后，便沿着长廊，朝着后院走去。

“还是郑队有手段，三言两语就把周崎给摆平了！”鲁兴国不由得感叹了一声，“我来的时候，那周崎一万个不情愿，差点把尸体从周家抬出去，如果赵顺的尸体真的被他抬走，那这件案子，可就真的成了无头悬案了！”

“周崎这种人，我见多了，小意思！”郑祺痞痞地笑了一声，言罢，又为自己点燃了一支香烟。

其实，鲁兴国所说的这方面，便是郑祺和马浩然最大的不同。

马浩然，拥有常人无法理解的思维，以及无比缜密的逻辑，这些，郑祺其实也有，只不过，郑祺所拥有的痞气和机智，却是现在的马浩然所没有的。

如果这次的领队人是马浩然，那么，马浩然绝对会和周崎死磕到底，这样，不仅会对查案产生影响和阻挠，更会给这件案子的最终结局，带来许多不确定的因素，进而，影响到案子的推进。

再说郑祺和马浩然等人，一边闲谈，一边前行，三言两语之间，马浩然等人便跟着鲁兴国走到了周家的后院，绕过一座小型的景观假山之后，便是一处古朴独立、用青砖堆砌而成的单房。

值得一提的是，这座单房的一扇窗户已经被破坏了，不仅是窗户的玻璃被砸碎，就连玻璃四周的木框，都被整个卸了下来，就像是一头怪兽，突然睁开了一只眼睛，散发着那种空洞幽深，充满诡秘的眼神，在盯着马浩然等人似的……

“这里就是周家小姐，周茹生前的闺房，也是死者赵顺的死亡地点。”鲁兴国指着那座青砖、朱门、红窗的古朴单房，继续说道：“在我的强烈要求和维护下，案发现场仍旧保持着之前的样子，门是反锁的，窗户被砸开了，这是后来周家人人为破坏的，其他的一切，都没有改变。”

“走吧！我们也跳窗户进去。”郑祺挥了挥手，言罢，便率领众人，朝着那扇已经被卸下来的窗户方向，走了去。

所有人都紧跟着郑祺的脚步，走向了那扇空洞的窗户，只有马浩然一人仍旧一动不动地站在原地。

马浩然并没有跟着郑祺走向那扇被卸掉的窗户，而是独自一人站在原地，打量起了四周的环境。

周茹生前的这座闺房，里面应该只有一间面积很大的卧房，是一座单房，所谓的单房，就是那种没有厨厅的房屋。

而这座单房，位于周家大宅的后院，四周并没有任何的围栏和门锁，只有零零散散的几座单房，相互映衬而已。

换而言之，只要能走进周家大宅，便能轻而易举地来到周茹生前的闺房之前，再进一步，便可以走进周茹生前的闺房，也就是这起命案的案发现场。

马浩然深深地看了一眼那扇紧闭的朱红色单开木门……木门，是那种楼房所用的室内门，就仿佛这座单房就是周家大宅之中的一间卧室，而事实上，也确实如此。

周家大宅，好比一间面积极大的楼房，之前马浩然等人所在的正殿，是客厅，而周茹的闺房，包括四周的几间单房，便是卧室。

“室内门……”马浩然狐疑地看了一眼那扇由实木打造而成的精致室内门，随后，他便自顾自地迈出了步子，走向了那道实木室内门。

站在门前，马浩然弯下了腰，仔细地盯着门锁位置，端详了好一阵……门锁，是现代的那种拧式门锁，里外都能开，只不过，在里面的位置，门把手下面会多出一块凸起，就是反锁的开关，几乎每家每户的室内门，都在使用这种门锁。

而钥匙孔上并没有任何人为破坏的痕迹，甚至连一些细微的划痕，也是不存在的，这就说明，这扇房门，很少被打开。

紧接着，马浩然直起了腰，走到了单房仅有的两扇窗户当中那扇没有被破坏的窗户之前，透过玻璃望去，只见，一种十几年前样式的插锁，牢牢地插在锁口之中，证明窗户是反锁的，而且，如果不破坏玻璃，根本无法打开这种十几年前样式的老旧插锁。

插锁四周的窗户木框，以及玻璃，马浩然也仔细地端详了一番，他并没有发现任何破损，或者被洞穿的细微小孔。如果玻璃或者是木框有这种被洞穿的细微小孔存在，那么，只要利用渔线或者类似的细线，就可以做到从外面操控插锁，进行反锁，可关键是，马浩然并没有找到这些。

换而言之，除了那扇被打破的窗户之外，整座单房，真的是一间毫无破绽的绝对密室。

马浩然微微皱眉，又开始围着单房转起了圈……

马浩然的奇怪举动，自然也吸引了郑祺等人的目光，这群人干脆也不进入案发现场了，一个个一动不动地站在破窗前，等着马浩然……

马浩然围着这座单房足足转了三圈，这才绕回到郑祺等人所在的破窗之前。

“怎么样？小马，有什么发现吗？”郑祺笑吟吟地向马浩然问了一声。

马浩然闻言，抬起头，望着郑祺，随后，他缓缓地摇了摇头：“单房四周的脚印很多，但大多都很浅，并没有那种比较深，或是那种比较特别的可疑脚印。”

“周家大宅，就像是一间大房子，而案发现场，就是一间卧室，卧室四周有脚印并不奇怪，毕竟周家大宅里的其他人，还要走动……”听了马浩然毫无发现的话，程稳露立刻撇嘴冷笑了起来：“我们现在的目标是案发现场，你倒好，开始绕着房子四周转了起来，还让我们在这等你，你还真以为你是福尔摩斯不成？”

对于程稳露的挖苦，马浩然倒是没说什么，或者说，马浩然根本不在乎这些，他始终微皱眉头，仿佛是在思索着什么……

而另一边，影帝和拳王准备反击，可却被郑祺抢先了一步。

“行了！”郑祺摆了摆手，打断了程稳露和影帝等人即将爆发的口水战，沉声说道：“走吧！先去案发现场里面看看！”

郑祺一声令下，众人自然不会多言，当即由鲁兴国打头，众人鱼贯跳过了窗户，进入了单房之内。

单房并不小，足有六七十平方米那么大，除了写字台、梳妆台、衣柜、沙发和茶几等生活必需品之外，还有一张巨大的床铺，以及一间独立的卫生间……这座单房，各种家具和设施还真是一应俱全。

当然，进入单房内的众人，注意力并没有在单房的布置和陈设上停留太久，很快，众人便统一锁定了目标——大床上的一具尸体，以及床边地面上那一摊早已干涸的血迹。

大床上，一具男青年的尸体静静地躺在那里，而且，死者的一只手还搭在了床沿外，与地面上的血迹形成了垂直角度。

“他就是死者赵顺了！”鲁兴国指着大床上的尸体，又环顾了一下四周，为众人继续介绍起了案情，“这间单房内，一切的陈设，都没有被移动过的痕迹，就好像根本没有人进来过一样，而且，赵顺进来之后，似乎也没有触碰过任何东西。

“还有脚印，几乎找不到比较明显的脚印。

“至于痕迹，这么干净整洁的房间，根本不存在什么痕迹，更不要说打斗争执的痕迹了。

“单房共有两扇窗户，都是那种老式的木窗，而且还是那种从里面插锁的老旧锁式，根据周家人的介绍，两扇窗户都是反锁的，所以才会卸掉一扇窗户，进入单房。

“还有门。那道实木室内门，不论是里面，还是外面，都没有任何被破坏过的痕迹，哪怕是细微的裂痕和漏洞都没有，而且，和窗户一样，也是从里面反锁的。

“一切的一切，就如同大家眼前所见这般，充满了平静，更充满了神秘，没有任何痕迹，没有任何线索。

“就像是……单房内，突然多出了一个赵顺，然后，突然出现在单房内的赵顺，又突然死去，就这么简单。”

鲁兴国的这番话，倒是让众人陷入了无限的遐想之中。

无法从外面打开，并且被反锁的窗户，没有任何痕迹的案发现场，还有那道同样紧闭且反锁的实木门，所有的一切，就像是铜墙铁壁，完完全全地封死了众人的思维，让众人的脑洞，根本就没有任何拓展的方向。

就在所有人的注意力都集中在赵顺的尸体，以及单房内的陈设之上时，郑祺突然出声，打断了众人脑中不断演练的犯罪过程。

“单房内很整洁，就算不是一尘不染那种程度，但也差不多，由此可见，这里经常有人打扫，这一点，也能从侧面反映出，周崎对周茹很怀念，也很宠爱。”郑祺笑吟吟地说道，“不过，这一点，可不是我们现在要做的事情，我们现在要做的，是解开这间绝对密室之中，所隐藏的秘密，如果解不开绝对密室之谜，那么，我们根本就无从下手，寻找真正的凶手。”

“小叶，开始验尸，不要放过任何蛛丝马迹……冉潇，调查周家所有人的详细资料和背景……小程，你和拳王，还有影帝，负责检查这里一切的痕迹、指纹、脚印……鲁兴国，你研究一下门窗，看看有没有其他什么办法，能够做到从外面将锁给锁上。”

“那我们开始吧！”郑祺话音落地，苏叶便从背包之中，拿出了白大褂和手套，一边穿戴，一边走向了床上的尸体。

另外一边，冉潇和程稳露等人也开始进行属于他们的工作，只有马浩然，没有被安排任何工作。

这时候，郑祺缓步走到了马浩然的身边，轻轻地拍了拍马浩然的肩膀，问道：“小马，你有没有什么想法？”

马浩然缓缓地摇了摇头，用那种完全没有任何语气波动的声音，对郑祺说道：“这里的一切，就像是一处死局，无从下手，无迹可寻，的确算是真正意义上的……绝对密室！”

“也就是说……我们又进入了死局之中？”郑祺轻挑起了剑眉，嘴上还叼起了一支尚未点燃的香烟，似笑非笑地盯着马浩然。

“死局……的确是死局，而且，这死局，要比我们之前所遇见过的死局，都要彻底，甚至，还会让我冒出一种简直不想继续追查下去的念头！”马浩然的脸上，没有任何的表情，语气之中，也没有任何的波动，只不过，虽然他嘴上说没有任何想要追查下去的念头，但他眼神之中所绽放出的，却是一种叫作“兴奋”的光芒。

这件由夺命的阴魂所引发的悬案，让马浩然陷入了无从下手的窘境之中，同样，也燃烧起了马浩然骨子里所隐藏的推理血液。

马浩然与郑祺的谈话内容，其他人并没有听到，因为大家都在忙着各自手上的工作，虽然只有郑祺一人听见了马浩然刚才所说的那番话，可气氛，仍旧有些沉闷。

“没有继续追查下去的念头……”郑祺突然轻笑了一声，用力地咬了咬烟嘴，双瞳之中，也随之绽放出了一抹坚定之色，“小马，虽然你嘴上这么说，但我从你的眼神中，却看到了想要，或者说，一定要将这件事的真相查出来的坚定，就像……十年前的我一样！”

“郑队……”马浩然闻听郑祺此言，不由得微微一愣。

郑祺没有多说什么，只是朝着马浩然笑了笑，抬起手，用力拍了拍马浩然的肩膀，仿佛是在给马浩然加油打气一般，说道：“去吧！放手去干，我相信你！”

“我知道了！”马浩然双目凝视着郑祺，用力点了点头。

就在这个时候，单房正门那边，鲁兴国的声音突然响起，打断了马浩然和郑祺的谈话。

第六章　讯息

“郑队！”鲁兴国的声音不大，但却足以打破单房内的宁静，当即，所有人，包括马浩然和郑祺在内，大家都将视线锁定在了鲁兴国的身上，对此，鲁兴国并没有表现出任何的扭捏和不自然，自顾自地说道：“这边有发现！”

鲁兴国一边喊着，一边指着实木门内侧的门把手下方门锁的位置，低喝一声道：“门锁上发现了一些东西！”

马浩然和郑祺先是相互对视一眼，旋即，便飞奔向了鲁兴国所在的位置。不仅是马浩然和郑祺，包括始终想和马浩然一较高下的程稳露，也放下了她手上的工作，跑向了单房正门那里。

郑祺、马浩然和程稳露，三人几乎是同时到达鲁兴国身边，而这三人，又顺着鲁兴国手指的方向，同时望向了门锁。

案发现场的正门是那种现代式的实木门，只要把门把手向下压，就能直接打开的大众款式，而在实木门的内侧，门把手的下方，便是门锁，一块椭圆形的立体开关，在里面左右旋转，就能把门反锁的那种。

唯一不同的是，椭圆形立体开关的下面，还有一道凸出来的地方，就像是一块小铁盒，扣在了门上似的。

“这东西，是干什么的？”马浩然狐疑地看了一眼凸起的地方，不解地问了一句。

“这是特制的门锁！”马浩然话音落地，鲁兴国好像很有经验似的，出言解释道，“案发现场的实木门，表面上看起来与我们居家的室内门别无二致，唯一不同的地方，就是这里。简单地说，这里面装的，是一种特制的锁芯，有了这东西，只要房门内部反锁，就算有钥匙，在门外也打不开这道门，算是简易的防盗门！”

“大国，你还懂这些？”马浩然的目光终于从门锁上移开，转而定格在了鲁兴国的脸上，似乎想从鲁兴国的面部表情上，捕捉到一些有关于他这两年的故事。

结果，自然让马浩然失望了，他并没有从鲁兴国的脸上捕捉到任何有价值的线索。

面对马浩然的质疑，鲁兴国并没有回答，而是选择岔开了话题，指着椭圆形的门锁，对众人说道：“我检查过这扇门，合页和门体没有任何机关，而且全部完好无损，只不过，在门锁上，我发现了一些粘痕，上面已经落了不少的灰尘，失去了本应有的黏性。”

鲁兴国的话，很快便将众人的注意力，从他的身上，转移到了门锁之上。

当即，马浩然便不再追问鲁兴国，而是蹲下了身体，开始仔细地端详起了门锁上的异常。

门锁的椭圆形开关上，朝上那面，有一半沾满了灰尘，而朝下的那面，却没有任何灰尘与粘痕。

马浩然微微皱眉，轻轻抬起了手，在门锁的粘痕处，好似蜻蜓点水一般地轻轻一点，入手的那种感觉，微微有些发黏，就像是被胶带粘过，然后又把胶带撕下来之后的状态。

被胶带粘过……

这说明了什么？

难道，凶手是利用胶带，伪造出了这间绝对密室？

想到这里，马浩然立刻趴了下去，他的脸，几乎贴在了地面上，而他的视线，则始终在门缝的位置游离……

“门缝距离地面，大概有两厘米到三厘米的距离……”马浩然轻声呢喃了一句，旋即，便站起了身，一双剑眉微微皱起，似乎在思考某件事情。

就在这时候，一旁的程稳露仿佛已经掌握了所有一切那般，胸有成竹地冷笑了一声："哼哼……我已经知道凶手的杀人手法，以及这间绝对密室的布置过程了！"

程稳露这番话，可谓一石激起千层浪，当即，单房内的所有人，都将注意力集中到了程稳露的身上，尤其是，每个人望向程稳露的目光之中，都充满了复杂、不解、惊讶、意外等多种情绪……

然而，程稳露对于这种万众瞩目的场景，似乎很满意，只见她冷冷地扫了马浩然一眼，嘴角上还露出了得意的笑容，似乎是在告诉马浩然，这一次，她赢定了！

"其实，凶手制造出这间绝对密室的手法，很简单！"程稳露扬扬得意地笑了一声，随后，便开始了属于她的推理，"单房内的窗户是反锁的，玻璃和窗框并没有被打穿的痕迹和洞孔，这样，就可以排除凶手是通过窗户离开案发现场的可能，那么，可疑的地方，就只能是这道门了！

"这道门，属于特殊的室内防盗门，一旦内部反锁的话，就算有钥匙，也无法从外面打开房门，最关键的是，房门内部的椭圆形门锁，在锁上的时候，有粘痕的那边是朝下的，打开的时候，有粘痕的位置是朝上的，这样，我的推理，也就完全成立了！

"首先，门锁处有粘痕，这不用说，就是凶手在门锁上，粘了胶带的缘故。"

"凶手先将门打开，将普通的透明胶带的一头粘在门锁上，然后将胶带绕到门底，通过门缝，把胶带的另一头顺出门外，做完这些之后，凶手关上了房门，在门外用力一拉胶带，这样，在门的内侧，胶带就会受到力的作用，将门锁向下拉，等到门锁的惯性力量开始起作用，门锁自然就在里面自动反锁，而胶带则会自动脱落，凶手再利用门缝，将胶带从单房内抽出去，这样，就形成了我们眼前的绝对密室！"

程稳露洋洋洒洒地说完这番话之后，便双臂环抱在胸前，得意地扫了一眼一脸震撼的众人，最后，程稳露将目光落到了眉头微皱的马浩然身上。

“怎么样？小子，这次，我赢你了！”程稳露趾高气扬地对马浩然说道。

然而，众人似乎还没有从程稳露的推理之中回过神来，马浩然又好像对程稳露的挑衅，充耳不闻一般，所以，案发现场之内，并没有人回应程稳露。

不过，程稳露却一点也不尴尬，相反，她脸上那争强好胜的笑容更加浓郁了。

忽地，马浩然微微摇起了头，轻声嘀咕一句：“错了！”

马浩然这句话所引发的连锁反应，简直比程稳露那番洋洋洒洒的推理还要让人震撼。

当即，所有人又转移了目标，将注意力集中到了马浩然的身上，各人的眼瞳之中，写满了疑惑和不解。

至于程稳露……她的笑容，已经僵硬在了脸上。

大概过了数秒钟之后，程稳露才不依不饶地出声喊道：“你说错了？我的推理错了？那好！你做出否定我的反推理，让我见识见识！”

这一次，没有人站出来劝阻程稳露和马浩然之间的斗争，包括郑祺和苏叶在内，因为，大家都想见识一下，马浩然是如何用他的反推理，来推翻程稳露这番看似完全行得通的推理。

马浩然深深地吸了一口气，又重重地吐了出来，忽地，他眼神一变，变得无比坚毅，旋即，马浩然开口了，用那种不容置疑的口吻，说出了他的反推理……

“你的推理，打从我看见门锁上的粘痕之时，就已经想到了，为此，我特意看了一眼门缝和地面的距离……

“首先，透明胶带的韧性不够。如果凶手在房门外，借助门缝拉扯胶带，很容易将胶带拉断，这样，不仅锁不上这道门，反倒是会画蛇添足，有可能，门锁上了，但半截胶带却遗留在了案发现场之内。

“其次，角度问题。门缝与门锁是外斜角，而且角度并不大，门锁凸起得并不高，这种角度的发力点，很难掌控，算是垂直角度之外，最难掌控的发力角度，外面的人，根本做不到利用胶带将门锁拉下来，再把胶带通过门缝顺出去。做十次试验，会失败十次，没有悬念。

“最后，门底的边沿。如果用你的方法，门底的边沿，毫无疑问会卸掉胶带的力量，综合上述两个问题，胶带会不断地被拉长，变细，直到被门底边沿割断为止。

“所以，你的推理，根本无法创造出我们眼前的绝对密室。

“如果你不相信，可以现在就将你的推理，演示一下，看看能否成功。”

能否成功……

马浩然这种带着明显质疑的口吻，让程稳露听着很不爽，甚至，就是光明正大地打脸。

向来要强的程稳露，又怎么可能会拒绝呢？

“演示就演示！我这就去买制造绝对密室所需的工具。”程稳露一赌气，干脆就跑出了周家老宅。

程稳露离开单房之后，众人也没心思继续调查了，纷纷朝着郑祺和马浩然这边聚了过来，说实话，大家也都很好奇，马浩然和程稳露之间的推理与反推理，究竟谁是对的。

一旦证明有一方的推理是对的，那么，这件表面上看起来毫无破绽的绝对密室自杀案，就会有全新的突破了。

“老大，她没事吧？”影帝有些幸灾乐祸地朝着马浩然挤眉弄眼，接着说道，“这小丫头每次都和你针锋相对，她是想证明，她比你厉害吗？”

“她怎么可能比老大厉害？”吹捧二人组之一的影帝话音刚落，另外一位成员，拳王便出言说道，“老大既然说她的推理是错误的，那就一定是错误的！”

不过，对于拳王和影帝的吹捧，马浩然似乎根本就没听进去，他仍旧微锁眉头，盯着门锁上的粘痕，犹如入定老僧那般，沉默得让人害怕。

整间单房，突然陷入了一种诡异的沉静之中……

然而，就在这时候，唯一没有聚到马浩然和郑祺身边，仍旧坚守岗位，在床那边检查尸体的苏叶，却突然发出了一道迟疑的声音。

“郑队，你们过来看看，这血痕，有问题，而且尸体看起来也很奇怪！”

苏叶的声音，立刻将众人的思绪从马浩然和程稳露之间的推理之争，牵引回了现实之中，当即，不仅众人全部将目光锁定在了苏叶的身上，郑祺和马浩然等几人，更是快步朝着苏叶走了过去。

来到苏叶身边，马浩然并没有去看苏叶，而是直接将目光锁定到了床上的尸体之上。

床上的尸体，自然是死者赵顺，只不过，此时的赵顺，那张已经变得惨白僵硬的脸庞，却是布满了惊恐的表情，嘴巴大张，舌头外吐，双眼爆凸，模样煞是恐怖狰狞，打眼一看，倒像是被吓死的，与民间传言倒是不谋而合，还真有些符合阴魂索命的状态。

随后，马浩然又将目光从赵顺的脸上转移到了手腕的伤口上，最后，落到了地上那摊已经干涸的黑红血迹之上。

这摊血，已经干涸了，从表面上看，马浩然并没有发现任何的异常和问题。

无奈之下，马浩然只能将目光落到了苏叶的身上，似乎是在向苏叶询问……

苏叶淡淡地扫了马浩然一眼，目光复杂地盯着他看了足足三秒钟，这才清了清嗓子，对众人说道：“你们看……”

苏叶指着尸体说道：“第一处疑点，尸体的眼角渗出的血痕已经干涸，但这已经完全可以证实，尸体的双眼，的确流出过血水。

“第二处疑点，尸体的尸斑呈暗紫红色，这不符合割腕自杀的特征。第三处疑点，尸体的面部表情很狰狞，双眼怒瞪，好像要把眼球挤出来，还有尸体的嘴巴，也是张开的，舌头向外吐。

“这三处疑点，所组成的尸体特征，既符合惊吓过度而死，也符合窒息而死，可就是与割腕失血，没有太大的关系。”

苏叶话音落地，众人便立刻相互对视了起来。

大家眼前的这具尸体，手腕上有着明显的致命伤，血液也是流了满地，这分明就是因割腕导致失血过多而死的现场。

可苏叶却说尸体的所有特征，都不符合失血过多，反倒是像惊吓过度或者是窒息而死。

不得不说，一团谜一般的阴云，在此时，已经完全将重案组的众人笼罩了起来。

失血过多？

还是惊吓过度？

抑或是窒息而死？

本来看起来很明确的死因，此时，竟然也成了困扰着众人的一道新谜题。

“惊吓过度，倒是有可能，但窒息而死……”影帝一边说着，一边盯着死者赵顺的脖颈处，那里，没有一点勒痕，甚至连细微的伤痕都没有，“死者身上，似乎没有足以导致死者窒息的伤痕，这手法，就有些让我想不清楚了。”

“是阴魂索命吗？”冉潇抱着笔记本电脑，怯生生地说道，“叶子姐说过，死者的死亡特征，也符合惊吓过度，难不成，赵顺真的是被周茹吓死的？”

说完这句话，冉潇下意识地缩了缩脖子，似乎有些害怕。

“哪来那么多阴魂来阳间索人命？赶紧干好自己的工作，都别围着了。”郑祺笑骂了一声，便挥手将众人驱散，待到众人重新开始了各自的工作之后，郑祺才指着床边地上的那摊血迹，出言向苏叶问道：“小叶，你刚才说，死者的血痕也有问题，可我怎么没发现，血痕有什么问题呢？那就是一摊干涸了的血而已。”

“有问题的血迹，并不是地上的，而是床上的，你们仔细看……”

苏叶言罢，便向着床边迈出了一步，指着死者被割腕的那条手臂下方的血迹中间的位置，说道，“你们过来，仔细看，血迹中间的位置有两道痕迹，就像是‘八’字一样，只不过，这两道痕迹比较笔直，没有‘八’字那么大的弧度弯曲，而且，第二道痕迹，恰巧就在死者的手腕到小臂那里。”

听了苏叶的话，马浩然和郑祺二人纷纷走到了床边，二人的脸，几乎都要贴到被染红的床单上了，屏气凝神地盯着深深印在床单上的那摊干涸血迹……

“你别说，我还真看见那两道痕迹了。”郑祺颇为兴奋地低喝一声，“如果不是仔细检查，还真看不见这两道痕迹。”

郑祺话音落地，另一边的马浩然也凝重地点了点头，也就是说，郑祺所说的两道痕迹，马浩然也看到了。

“两道痕迹，很像小臂印在血泊中所产生的痕迹，尤其是第二道痕迹，就在死者的小臂下方，并且与死者的小臂形状和弧度完全符合，因此，我可以断定，这两道血痕，是因为死者移动了那条被割腕的手臂而造成的。”马浩然斩钉截铁地说道。

“小马说得不错，而且，这两道痕迹，还是在血液没有完全干涸，甚至是刚刚流淌出不长时间的时候，产生的！”郑祺皱起了眉头，“该不会是，死者被割腕的时候，还活着？或者说，还清醒着？他只是想动一动手臂，挣扎一下那么简单？”

“应该不是。”马浩然坚定地摇了摇头，说道，“我觉得，这是死者在临死之前，为我们留下的死亡讯息。”

死亡讯息！

马浩然此言一出，郑祺和苏叶，都用一种狐疑的目光盯着他，似乎二人都在等待马浩然的下文。

只不过，马浩然并没有继续说下去，而是茫然地摇了摇头，自言自语地说道：“凶手杀人的过程，死者死亡的死因，还有这两道痕迹为什么会产生，这些问题，我都还没有想明白……这件案子之中，所隐藏的谜团实在是太多了，我们现在手上所掌握的那点线索，根本无法将其一一解开。”

“慢慢来，别着急。”郑祺拍了拍马浩然的肩膀，轻声说了一句，随后，又扭头问向苏叶，道，“这具尸体上，还有其他的可疑线索吗？”

“没有了。”苏叶摇了摇头，略微思考了片刻，又补充了一句，“死者被割腕的那只手上都是血，这算可疑吗？”

“不算！”郑祺笑着摇了摇头，“割腕的那只手上，如果没有血迹，那才叫可疑。”

“那就没有其他疑点了。”苏叶轻声说道，“不过，想要知道死者到底是惊吓过度，还是失血过多，或者是窒息而死，我需要将尸体解剖，仔细检查一番。”

“解剖尸体，这个需要得到死者亲属的认可，才能实施。”郑祺一边揉着下巴，一边朝着冉潇喊道，“冉潇，去把赵家的人找来。”

“好！”冉潇合上了笔记本，便急匆匆地朝着单房外跑了去。

不过，在冉潇跑出单房的那一刻，程稳露恰好回来，二人撞了一个满怀，最后，在程稳露的威势震慑之下，冉潇道了个歉，窝囊地跑出了单房。

再说程稳露，好像胜利者一般，走进了单房，朝着众人晃了晃手中那两卷大小不一、宽窄不同的透明胶带，自信地说道：“各位，可以停下你们手上的工作，来看我程稳露大侦探的推理秀了。”

程稳露一语，自然让她成了场中的焦点，当即，众人立刻停下了手上的动作，就连苏叶和郑祺，都朝着程稳露所在的门口位置，围了过去。

当然，马浩然仍旧是一动不动，甚至，他好像连程稳露回来都不知道，只是自顾自地蹲在地上，盯着床单上的血痕。

“因为我不确定凶手到底是用的宽胶带，还是窄胶带，所以我准备了两种不同的胶带，现在，就让我来给大家制造出一间与本案一模一样的绝对密室，顺便粉碎某人的嚣张言论。”

程稳露得意扬扬地扫了众人一眼，随后，便开始了她的推理秀……

单房内。

只见程稳露先是抻开了那卷窄胶带，将胶带的一头粘在了门锁上。

而后，程稳露又抻出了老长一截胶带，将中间的一截紧贴地面，并且通过打开了的木门所产生的宽敞空间，将胶带顺着门底的门缝，绕进了门与地面的缝隙之中。

做完了这些准备工作之后，程稳露便站到了门外，自信地关上了木门，随着嘭的一声闷响传来，木门，死死地关闭了。

与此同时，粘在门锁上的胶带，突然动了起来。

当即，众人纷纷瞪起了双眼，一眨不眨地盯着门锁和胶带，仿佛不想错过任何一幅画面似的，当真是专心至极。

再说门锁上的胶带，受到了来自门外的程稳露手上发出的力道，开始紧绷，并且向下拉拽。

可是……

啪的一声轻响传来，粘在门锁上的胶带由于承受不住程稳露的大力，而直接从门锁上弹了起来，在空中几经翻转，最终，飘然落于地上。

失败了！

程稳露的第一次试验，失败了！

胶带并没有像程稳露所说的那般，将门锁拉下来，并且抽离出单房之内，而是在门锁还没有下落之前，便失去了与门锁之间的连接，飘落到了地上。

众人怔怔地眨了眨眼睛，时而盯着地上的胶带，时而看向没有完成反锁的木门，一时间，整间单房之内，仿佛时间凝固一般，静得出奇。

就在这时候，“吱呀”一道轻响声传出，只见，门外的程稳露拧开了没有反锁的木门，脸色有些难看地走了进来。

程稳露一言不发地扯断了胶带，又重新布置了起来。与上一次一样，程稳露仍旧使用窄胶带，将一头粘在了门锁上，中间的部位则是顺着门缝，扯到了门外，做好这些之后，程稳露再次关上了木门。

第二次试验开始了。

和上次一样，站在门外的程稳露又开始发力，拉扯胶带，而这一次，程稳露因为害怕胶带再次脱落，所以放缓了力道，缓慢地拉扯起了胶带，可是，结局却同样是失败的。

这次失败，是因为胶带中间的部位，与门底的边缘不断地相互摩擦，导致门底处的胶带直接被磨断了，小半截胶带挂在门锁上，左右轻晃，显得格外刺眼。

“失败了。”郑祺微微摇了摇头，扫了一眼挂在门锁上的半截胶带，语气中听不出喜怒，“小马说得没错，制造绝对密室的手法，绝对不会这么简单。”

郑祺一语，可谓直接盖棺论定，判定了程稳露的推理是失败的错误推理。

也就在郑祺话音落地之际，程稳露开门走了进来，所以，郑祺的这番话，被程稳露尽收耳中。

“郑队！我还没有失败！我还没有用宽胶带做实验呢！”程稳露立刻紧张地争辩了起来。

郑祺闻言，只是缓缓地摇了摇头，轻声说道：“没用！宽胶带虽然结实，不容易被拉断，但宽胶带本身就存在致命的缺陷，无法将全部的胶带都粘在门锁上，一旦门外发力，宽胶带就很容易失去平衡，门锁到门底那一截胶带，容易乱粘，比如说，粘到门体上，或者胶带与胶带相互粘贴到一起，这样的话，门外的凶手就更加无法利用巧劲拉下门锁了，想要通过胶带的拉扯力，将门锁自动反锁，必要的前提条件之一是，整个胶带都要悬空，不能与任何物体粘连。”

郑祺此言一出，房内的众人立刻下意识地点了点头，毫无疑问，郑祺所说的话很有道理，就算程稳露再用宽胶带做第三次试验，结果仍旧会以失败收场。

这时候，马浩然的视线也从染血的床单之上转移了开，轻声说道：“凶手一定是用了某种我们不知道的方法，将承力点从门底边缘，变成了其他位置，不然的话，胶带拉门锁这个方法是行不通的，任何胶带，都有可能被磨断。”

“那你说，到底是怎么回事？”程稳露有些气急败坏地低喝了一声。

“我不知道！”马浩然很干脆地耸了耸肩，摇头说道。

“你不知道？”程稳露提高了几分语调，“你不知道，那你凭什么在这里大言不惭地教训我？”

“我没有！”马浩然好像油盐不进，只是冷漠地看着程稳露，他的脸上始终没有出现任何一丝一毫的表情波动，就像是念经的老和尚。

这边，程稳露一直在找机会和马浩然吵，而马浩然却始终没有想吵的意思，就像是，程稳露用尽全力的一拳，结果捶到了棉花上，不仅没有发泄出去，倒是把自己反震成内伤，这让程稳露更气恼了！

程稳露还想说什么，可就在这时候，单房外的老李和冉潇，以及几名重案组的人，快步朝着单房这边奔跑过来。

当即，郑祺便挥手打断了程稳露和马浩然之间不算是争吵的争吵，"行了！都别吵了！听听老李得到的口供，看有没有什么新的线索。"

郑祺话音落地，老李和冉潇等人也快步地奔进了案发现场内。

"郑队！"老李喊了一声，随后便急促地说道，"口供录完了，案件的经过我也大概了解完毕。"

"说说看，到底是怎么回事。"郑祺一挥手，打断了老李的话。

"好！"老李应了一声，随后，略微沉吟了片刻，便继续说道，"凶案发生在昨天深夜到今天凌晨之间，起因是一场荒唐的阴婚……昨天是周家故女周茹和赵家生人赵顺的阴婚典礼，根据周家人的口供，说是阴阳先生建议，阴婚必须要在天黑之后举行，这样，才方便周茹的阴魂回到周家大宅，与赵顺结成阴婚，如果是白天的话，周茹的阴魂很有可能回不来，自然也就无法结成阴婚。所以，周鸿和周崎便决定，在昨天晚上八点十八分，正式开始阴婚典礼。

"由于这场婚礼是死人与活人之间的婚礼，为了将影响力降到最低，所以，周崎决定，昨天下午，周家所有的工作人员，包括保姆和门卫等，全部放假，整个周家，除了周鸿和周崎，以及周崎的妻子、周茹的母亲谢小梅之外，便只留下管家周福和厨师李大海，周家共有五人留在了大宅。

"而另一边，赵家也有两个人参加了阴婚典礼，分别是赵顺的父亲赵田和母亲吴芸，而且，赵田和吴芸，并不是很放心周家，所以，昨天晚上，直到现在，二人都留宿在周家大宅之内，并未离去。也就是说，案发之时，周家大宅内，除了死者赵顺之外，共有七人在。

"第一个发现死者尸体的人，是客串打更巡夜的厨师李大海，大概是在今天凌晨十二点三十分左右，他巡夜到这里的时候，见这间单房中还亮着暗灯，就凑了过来，碰巧，房间没有遮挡窗帘，李大海就借着单房里面微弱的灯光，发现了地上的血，以及躺在床上一动不动的赵顺。

“见了死人，李大海自然害怕，就大喊一声，被李大海这么一喊，周家大宅就炸锅了，不管是还没睡的人，还是在婚典上喝多了睡去的人，都纷纷聚了过来，当大家都发现了死者尸体之后，赵田和吴芸立刻报了警，接下来，就是双叶村派出所将案子移交给我们重案组的过程，没什么可说的，主要值得一说的疑点，有三处……

“昨天深夜，所有人都没有离开过各自的房间，也就是说，大家都没有不在场证明，而且，吴芸和赵田，还有周崎和谢小梅这两对夫妻，都没有住在一间房，都是分房睡的，这也直接导致，所有人，都没有不在场证人。

“第二处疑点，凶手在整个犯案过程中，都没有发出一丝声响，最起码，住得离这座单房最近的周崎，并没有听见任何声音，算是无声犯罪。”

“第三处疑点，是这块玉佩！”老李顿了顿，便从身后的一名警员手中，接过了一个密封的透明袋子，而袋子里面，则装着一枚啤酒瓶盖子大小，通体圆润，并且泛着丝丝血红的玉佩。

“这块玉佩，就是当年周茹死后陪葬的那块玉佩，也是在案发现场，死者赵顺的尸体旁边发现的玉佩。”老李晃了晃手中的玉佩，继续说道，“而且，我调查过，玉佩上面没有任何的指纹。根据周崎提供的线索，这块玉佩是周家传了几代人的血玉，价值不菲，应该算是独一无二的东西，在周茹的葬礼上，是周崎亲手将这块玉佩放进棺材里的。”

老李说完这番话，众人脸上的表情顿时变得精彩了起来，纷纷将目光投向了那块血玉。

一块本应陪葬的玉佩，突然出现在了案发现场，而且还是死者的身边，这也仿佛从侧面坐实了，赵顺之死，是周茹的阴魂回来索命而导致的，所以，才会在双叶村引发这么大的动静。

“这就是那块本应该被埋进棺材里，却突然出现在案发现场的玉佩吧？”郑祺饶有兴趣地打量起了袋子里面的血色与白色相间的玉佩，忽地，郑祺冷笑一声，道，“你刚才说，玉佩上没有任何人的指纹，连周茹和周崎的指纹都没有，对吧？”

郑祺话音落地，众人纷纷转头，视线也从那块血玉之上，跳转到了郑祺的身上。

“郑队，你的意思是说……”老李不太确定地试探性问道，“因为这块玉佩上，没有任何人的指纹，所以，可以完全否定这件案子是离奇的阴魂索命，相反，却是实打实的人为凶杀？”

郑祺看了老李一眼，笑着点了点头，道：“没错，就是人为凶杀……如果是周茹的阴魂来索命，那玉佩上，肯定会留下周崎和周茹的指纹，因为是阴魂索命，大家都认为这块玉佩是被周茹的阴魂从棺材里带回来的，所以，玉佩上一定会保留陪葬的时候，所印上去的指纹，可如今，我们拿到的这块玉佩上，却没有任何人的指纹，这就说明，玉佩上的指纹，已经被人为地抹去了！”

“没错！”老李猛地一拍大腿，恍然大悟道，“凶手故意将这块玉佩放在了案发现场，目的就是引人遐想，可如果凶手戴着手套，拿着这块玉佩，手套势必会破坏玉佩上本应存在的周崎和周茹的指纹，这样的话，就摆明了告诉我们，这件案子是人为的，也就没有这些神秘诡异的民间传说和舆论了。”

“看来，凶手还是太低估我们警方的能力，也太高估他自己的能力了！”郑祺冷笑了起来，“也许，我们现在应该搞清楚，这玉佩究竟是用了什么方法，出现在案发现场的。”

郑祺话音落地，鲁兴国便立刻站了出来，毛遂自荐道：“郑队，我去周茹的墓地转一转，查一下是否有人动过周茹的坟墓！”

“好！”郑祺应了鲁兴国一声，便将这个任务交给了鲁兴国，“如果有人动过周茹的坟墓，那就一定会留下线索，说不定，这就是我们破获此案的关键！”

鲁兴国没有说话，只是朝着郑祺点了点头，旋即，便朝着单房外，迈出了步子。

“大国，等等，我也去！”马浩然突然出声，叫住了鲁兴国。

这边，马浩然话音刚落，便不再理会众人，径直快步追上了鲁兴国，而另一边，自然没有人阻拦马浩然，因为，郑祺并没有给马浩然布置什么任务，所以，马浩然现在完全可以自由行动。

可是，当马浩然走到单房外之后，却突然停下了脚步，回身望向老李，淡淡地出言问道：“老李大哥，我想问一件事……”

“你问吧！”老李大笑一声，说道。

“昨天深夜，一直到案发之时，为什么留在周家大宅的七个人，没有离开各自的房间，到大院里透气？”马浩然的表情平静如水，双瞳更是犹如无波古井，就仿佛他是在问一件无关紧要的事情一般。

“这个我还真问过！”老李笑了笑，继续说道，“根据周家管家周福的口供，昨天的婚宴上，气氛很凝重，也很诡异，所以大家都一门心思地喝闷酒，就连李大海和周福都喝了几杯，更别说其他人了，几乎都喝醉了，就连主角之一的赵顺都喝多了。

“大家都喝多了，自然就没人来大院里透气了，还有一点……

“我听周福说，是周家的老太爷周鸿特意吩咐过，晚上任何人都不要出现在大院中，尤其是这间单房的附近，最好都待在各自的屋子里，因为周鸿年纪比较大，又特别地迷信，他担心外出的人会碰见回魂的周茹……”

老李说完这番话，还不屑地笑了一声，顺便补充一句道：“哪来的鬼魂？根本就是无稽之谈！”

“我知道了。”马浩然没有接话，只是朝着老李点了点头，随后，马浩然便和鲁兴国走出了周家大宅。

至于周茹坟地的位置，事先来到双叶村的鲁兴国早就打听清楚了，这一点，马浩然倒是不担心，他只要负责紧跟着鲁兴国的脚步，去周茹的坟地那边查看一番就可以了。

一路上，马浩然并没有和鲁兴国有太多的交流，虽然鲁兴国身上处处透着神秘，但马浩然还是没有主动发问，因为马浩然知道，鲁兴国之所以选择对他们兄弟几个隐瞒，一定有苦衷……

一路无话，没多久，马浩然便和鲁兴国走出了双叶村，来到了郊外。

鲁兴国轻车熟路地引着马浩然走在乡村小路上，二人没走多久，马浩然的眼前便出现了一片满是土丘和石碑的坟地。

“就是这里了！”鲁兴国指了指不远处的大片坟墓，对马浩然说道：“浩然，这片坟地中央，那座修建得最大的墓地，就是周茹的坟墓了。我今天早上来过这里，可是并没有发现任何的蛛丝马迹，但我忽略了坟墓上的土是否被动过，所以才会再来一次。”

“去看看！”马浩然应了鲁兴国一句，便按照鲁兴国手指的方向走进了坟场，朝着最中央的那座大坟走去。

荒郊野岭，阴风呼呼，虽然此时是白天，但马浩然还是感觉到一阵阵彻骨的凉风从他的身边掠过。

马浩然是坚定的无神论者，他根本不相信鬼魂之说，所以，自然也就无视了这诡异的气氛和阵阵阴风。

很快，马浩然和鲁兴国便走到了坟场最中央的那座大坟之前。

这座坟地修建得很考究，水泥堆砌而成的矮墙，将坟地围成了半圆弧的形状，一座巨大的墓碑孤零零地耸立在围墙之内，墓碑上面刻着周茹的名字，还有周茹生前的照片。

对于这些，马浩然并没有太过在意，他只是围着坟地不断地绕圈，似乎是在查看什么，而另一边的鲁兴国，则是径直走到了墓碑后面，那里，是由一堆黄土堆成的土丘。

鲁兴国蹲在了土丘边缘，毫不避讳地随手抓起了一把坟边的黄土，在手中揉了揉，又捏了捏，旋即，鲁兴国便将视线定格在了土丘之上……

由于周茹的坟墓被打理得很好，所以，土丘四周并没有任何杂草，所有的一切都一目了然，值得一提的是，土丘表面的黄土很干，有些地方已经出现了裂痕。

鲁兴国深深地看了一眼土丘，便将手中的黄土洒回到了地上，做完这些之后，这才站起了身体，对仍在坟地外围游荡的马浩然说道：“浩然，这座坟墓，并没有被动过的迹象，坟上的土很干，也很硬，色泽暗淡，并不像被翻过的样子。”

“那就是说……”马浩然听了鲁兴国的话，便下意识地停下了脚步，微微皱起了剑眉，轻声说道，“这座坟墓，没人动过，更加不可能有人从坟下的棺材中将血玉拿出来，对吧？”

“根据现场的环境来看，事实的确如此！”鲁兴国也是颇为无奈地叹了一口气。

没人动过周茹的坟墓，而血玉作为陪葬品，又被埋入了棺材中，最关键的是，这块血玉是周家传了几代人的东西，就算称之为世界上独一无二的玉佩也不为过，可偏偏，就是这么一块玉佩，却好像长了翅膀一样，飞出了棺材，飞出了坟地，出现在了案发现场的尸体身边，这就不好解释了。

“陪葬的血玉……绝对密封的闺房……死因无法确定的死者……荒唐的夺命阴婚……七名嫌疑人……无法破解的血痕讯息……行事怪异的周家人……压不住的民间舆论……完全摸不清楚的杀人动机……”

马浩然犹如梦呓一般，站在周茹的坟旁，不断地念叨起了本案的疑点，忽地，马浩然扬起了嘴角，露出了一抹邪异的弧度：“这件案子，还真是迷雾重重，不过，只有这样的案子，才有挑战！”

“浩然，你是不是想到了什么？”鲁兴国又惊又喜地盯着马浩然。

惊的是，鲁兴国几乎从未见过马浩然会露出这种微笑；喜的是，马浩然的语气中，充满了坚决，这让鲁兴国自然而然地想到了，马浩然已经掌握了一些他们没有发现的线索。

马浩然没有正面回答鲁兴国的问题，只是轻轻地摆了摆手，对鲁兴国说了一声：“走吧！回周家大宅！”

言罢，马浩然便迈开了步子，按照来时的路，快步折返了回去。“好！”鲁兴国也没有追问，只是紧跟马浩然的脚步，朝着周家大宅的方向走去。

离开了坟地，走进双叶村之后，马浩然和鲁兴国倒是路过了一处小型的民众聚集地，那是一棵参天大树之下，不少村民都聚在树下，有男有女，有老有少，一边乘凉，一边闲谈。

“真是造孽！赵顺那孩子怎么就不明不白地死在了周家呢？”

“还不是因为周家小姐心有不甘，回来索了赵顺的命？”

“我看不是这么回事，应该是黑白无常奉了阎王爷的令，来索赵顺的命！”

一众村民的注意力，都被刚才说话的白发老者，吸引了过去。

“老王，你这话什么意思？怎么不是周家小姐来索命，反倒是阎王爷派了黑白无常来索命？”一名中年壮汉十分不解，憨憨地问那名老者。

再说那白发老者淡淡地看了中年壮汉一眼，又瞥了不远处已经停下了脚步，朝着这边观望的马浩然和鲁兴国一眼，这才神秘兮兮地说道：“你们难道不知道一年前，周家小姐临死之前发生的事吗？”

被白发老者这么一说，一众村民立刻来了兴致，纷纷追问了起来，不仅如此，就连路过的马浩然和鲁兴国，都下意识地朝着树下走了过来……

对于马浩然和鲁兴国这两名陌生人的到来，双叶村的村民们倒是没有产生任何的异样，就连那名在滔滔不绝讲话的老人，都没有因为马浩然和鲁兴国的出现，而中断他的演讲。

“一年前，周家小姐死于周家大宅，自己的闺房之内，没错，周家小姐是死于割腕自杀，这是不用怀疑的事实，但周家小姐自杀之前，到底发生了什么呢？”

老人神神秘秘地说罢，便环视起了众人。

再说村民们被老人吊起了胃口之后，见老人突然又不说了，众人立刻急了，纷纷出言催促起了那位老人。

而那位老人似乎很享受这种众星拱月般的感觉，苍老的脸上露出了一抹满意的笑容之后，这才继续说道：“事情，要从很多年前说起……

“具体多少年前，我也忘记了，我只记得，那一年，周家小姐和赵家那小子的年纪，都还不算太大，因为周家小姐发生了意外，导致她的双腿出现了残疾，所以，周家凭借其在双叶村乃至金陵市的财富和影响力，想招个上门女婿，可是，外村的人，并没有太多愿意入赘周家的，毕竟，在我们农村，倒插门的女婿名声不太好听，而且，哪家希望把自己的儿子送出去？于是乎，周家的人，便从双叶村本地挑选起了上门女婿。

“赵家在双叶村，始终都是影响力最小的那几户人家之一，而且当时的赵田，也就是赵顺的父亲，又迷上了赌博，欠了很多钱，为了还债，赵田就让赵顺做了周家的上门女婿，和周家定了娃娃亲。

“其实，对于这桩婚事，赵顺那小子是反对的，可是，赵顺拗不过赵田，只能不甘心地和周家小姐定了娃娃亲……平心而论，赵顺这小子模样不错，又老实，就算周家再有钱，赵顺也看不上周家的小姐，尤其是，周家小姐还是残疾，而周家小姐，对赵顺倒是很满意。

“随着两个孩子逐渐长大，也逐渐有了自己的主见，这桩娃娃亲，也越来越岌岌可危。

“就在一年前，周家小姐自杀的前一天，我在村口的老树下看见了赵顺。他推着轮椅，正和周家小姐散步。与其说是散步，倒不如说是一边走，一边争吵，因为，离老远我就听见了二人的争吵声！

“当时我也是好奇，就悄悄地摸了过去，谁知道，我在无意之中，偷听到了二人一部分的谈话内容。赵顺说，他想解除婚约，他想去外面闯一闯，而不是窝在双叶村，成为周家的上门女婿，尤其是，周家小姐的双腿还残了。

“赵顺的话，自然引来了周家小姐的不满，二人大吵了一番，最后，赵顺以周家小姐残疾为由，狠狠讽刺了周家小姐一番，甚至还将周家小姐独自丢在了村口，自己跑了！

“我猜，一定是赵顺的话刺激到了周家小姐，周家小姐在当天深夜就割腕自杀了！”

老人洋洋洒洒地说了这么一大堆话，其间，无人出声打扰老人的叙述，直到老人最后一个字音落地，围观的村民们才齐齐发出了一声叹息……

也许，村民们是在为赵顺和周茹的悲剧阴婚而叹息……

也可能，是为两条年轻的生命不明不白地终结而叹息……

又或许，是为现实中的各类压力而叹息……

总而言之，老人的故事讲完了。

而老人，则是默默地起身离开了这里。

老人走后，村民们也陆续散了，只不过，在村民们完全散去之前，马浩然和鲁兴国，已经朝着周家大宅的方向，默然行去。

“浩然！”路上，鲁兴国打破了沉闷，出言问马浩然道，“按照那老人的说法，周茹自杀，是因为赵顺的讽刺和无情，那么，你说，这件案子，会不会是一件复仇的案子？”

“你是说，周家人对赵家人复仇？”马浩然的表情，仍旧好似无波古井，不起一丝波澜地说道，“也有可能，既然外人都知道了周茹自杀的前因后果，那周家人不可能不知道，况且……赵顺的父亲，赵田，也有杀人动机！”

“不会吧？虎毒不食子，赵田疯了吗？动手杀自己的儿子？”鲁兴国极其震惊地说道。

“赵田是赌徒，任何人伦常理，在赌和毒面前，都只是摆设而已，这两类人，会不择手段地做出任何事情，以求达到他们心中的最终目的……”马浩然哀叹了一声，似乎在为深陷赌和毒而无法自拔的人感到悲哀般，旋即，马浩然继续说道，“前提是，我要确定，赵田现在到底还赌不赌了。不管怎么说，我们现在掌握的情报，都还太少了。”

“没错，这件案子，的确比二叔那件案子复杂多了！”鲁兴国深有同感地点了点头，呢喃自语了一声。

马浩然和鲁兴国说话之际，已经不知不觉地走回到了周家的大宅之内。

刚刚绕过周家大宅的石壁，一阵阵呼喝叫骂声便传入了马浩然和鲁兴国的耳中。

“我儿子死在了周家，你们周家就一定要赔偿！”这是一道陌生的声音，最起码，马浩然从来没有听见过这道声音。

“你儿子的死，难道不是你们赵家咎由自取吗？一年前，如果不是赵顺伤了小茹的心，小茹会自杀？我看，赵顺的死，就是阎王爷看不惯他的行事作风，派了黑白无常，来为我女儿申冤！”这道声音，在马浩然的记忆之中，是属于周茹的父亲周崎的。

“黑白无常来勾魂申冤？我看就是你们周家记恨我儿子，才用阴婚的借口，把我儿子骗到周家，杀了我儿子！”这次反驳的，是那道陌生的声音。

“杀你儿子？恶人自有天收！况且，你空口无凭，没有证据，既然这样，那我也可以说，一年前，是你儿子杀了我的女儿，那这件事，你们赵家，又要如何向我们周家交代？”周崎的声音，也不甘示弱地响了起来。

二者争吵之际，马浩然和鲁兴国已经循着声音传来的方向，快步走了过去。

首先映入马浩然眼帘的，是一众重案组的警员，包括郑祺、影帝和拳王等人在内，除了不在场的冉潇和苏叶之外，大家都围在事发地的四周，无可奈何地盯着中央的几人。

被警员围在中心的人，是周崎、周福，还有一名五大三粗的中年汉子，这中年汉子，一定是厨师李大海无疑了！

在周崎三人对面，是一对中年夫妇。女人神情呆滞，头发凌乱，好像受到了某种巨大的打击似的，而男人则是满脸怒火，那双深陷的眼睛时不时地转几圈，看起来很圆滑，也很奸诈。

“这对中年夫妻，就是赵顺的父母，赵田和吴芸。”鲁兴国小声地为马浩然介绍了起来。

马浩然没有说话，只是轻轻点了点头，当然，马浩然的双眼，始终都锁定在赵田的身上。

第七章　扭曲

就在这时候，郑祺站了出来，对双方劝道："警方暂时还没有查出本案的真相，你们两家人不要再吵了，我们警方，会还无辜者公道，也会将真正的凶手，绳之以法！"

郑祺这么一喊，倒是终止了周、赵两家人的争吵，不过，马浩然看得出来，两家人都不太甘心停止争吵。

最后，老李带着几名重案组的警员，分别将周、赵两家人，送进了不同的房间，直到此时，周家大宅才安静了下来。

周、赵两家人离去之后，郑祺便迫不及待地走到了马浩然和鲁兴国的身边，急切地问道："小马，你和大国发现了什么线索吗？"

"没有！"马浩然摇了摇头，深邃的双瞳，看不出任何的情绪，"大国说，周茹的坟墓完全没有被翻挖过的迹象，也就是说，自从周茹下葬之后，那座坟墓，就没被人动过，而且坟墓四周也没有可疑的痕迹，包括坟墓的杂草，也是经常被清理，看得出，周家对周茹的坟墓保护得很好，在这种前提下，谁要是想挖坟，周家人，或者其他路过坟地的人，都会发现。"

"老大，这么说来，我们的线索又断了？"影帝也凑了过来，很无奈地插了一嘴。

马浩然想说话，却被郑祺抢先了一步。

只见郑祺朝着周茹闺房的方向扬了扬下巴，轻笑一声道："也未必没有线索……先听听冉潇的调查结果吧！"

郑祺话音落地，众人便将视线，循着郑祺目视的方向，投射而去。

只见，冉潇抱着他那台笔记本电脑，快步从周茹闺房的方向，朝着郑祺和马浩然这边跑了过来。

“郑队！”冉潇气喘吁吁地跑到了郑祺身边，言罢，便直接打开了笔记本电脑。

“潇妹，你这体质也太弱了，这才跑了几步，就喘上了？”影帝笑吟吟地搂住了冉潇的肩膀，一边戏谑地说着，一边抻着脖子，朝着电脑屏幕扫了一眼。

屏幕上，密密麻麻的全是文字，影帝也没看太清楚。

“怎么样？有新的线索吗？”郑祺没搭理影帝，而是开门见山地向冉潇问道。

“新线索倒是有点，只不过，我感觉没有太大的价值……我先说说我找到的线索，估计，等我说完，叶子姐那边的验尸也应该结束了！”冉潇清了清嗓子，便开始操控起了手中的笔记本电脑。

郑祺等众人，谁都没有开口说话，仿佛生怕打扰到冉潇似的，只是轻轻地迈出了各自的脚步，将冉潇围了起来。

“先说赵家，赵顺的父母赵田和吴芸。赵田是赵家独子，吴芸则来自隔壁村一个并不富裕的家庭，是一名典型的农村妇女，只知道赚钱持家，洗衣烧饭，而且，吴芸目前在周家旗下的一家餐厅上班，待遇不错，工作也不累，对此，吴芸不论是对内还是对外，都表示很满足。

“说完吴芸，说说赵田，这家伙就很值得一提了……他是无业游民，不仅嗜酒如命，更是好赌，从赵顺很小的时候开始，赵田就迷恋上了赌博！

“其实赵顺的爷爷倒是给赵家留了一些遗产，只不过，在十几年前就已经被赵田输光了。

“我入侵了双叶村的电脑系统，查到了一些资料……十五年前，赵田将赵家的一切都输光了，但赵田不知悔改，总想着一朝翻本，所以，他继续赌，只不过，本没翻回来，倒是越输越多，债台高筑。

“后来，周家想招上门女婿，赵田就主动联系了周家，要和周家联姻，这样，赵田也获得了不少的好处，毕竟周家的财富很丰厚，也不差赵田这么个小窟窿，值得一提的是，赵田并没有戒赌，而是继续他的赌途。

“这十几年下来，赵田前前后后输了周家不少钱，根据有记载的资料统计，接近三百万元之数，还有一些没记载的大头烂账，我没有统计。

“对于赵田嗜赌如命的性格，周家并没有多说什么，毕竟，赵顺和周茹定了娃娃亲，大家也算是一家人，况且，几百万元，对周家来说，还真不算什么。

“我查了周家的资料，真是不查不要紧，一查吓一跳！

“周家最初，是由周鸿掌舵，而周鸿，起初就是开开小餐厅，后来越做越大，做成了连锁餐厅，我们金陵市内现在有三十几家餐厅就是隶属周家的连锁餐厅。

“周鸿将周家运作得风生水起，而周崎也没有给周鸿丢脸，寒窗苦读十几年，终于顺利从金陵大学土木工程系毕业，又继续读起了建筑系硕士，毕业之后的周崎，带着一腔抱负，准备大干一场，碰巧，周鸿经过几十年的运作，周家已经发展了起来，资金充裕，可谓，天时地利人和，周崎全占了！

“满腔热血的周崎，根据自身所学的专业，以及市场行情，果断地将周家全部资产投入了房地产行业！

“周崎用了二十年的时间，将周家带上了强盛的顶点，成了金陵市足以排进前二十的大企业、大财团。我们金陵市的周氏地产，就是周家的产业！”

冉潇说到这里，终于停了下来，深深吸了几口气。

也就在这时候，影帝突然插话道：“原来金陵市的周氏地产，就是双叶村周家的产业，我说周崎这名字听着这么耳熟呢？如果是这样的话，赵田输的几百万元，对于周家来说，还真不算什么太大的数字。”

对于金陵市的财团和企业，在场的众人，没人比影帝更加熟悉，因为，影帝本身就是来自那个圈子，对于这些事情，自然了若指掌。

冉潇朝着影帝点了点头，便继续说道：“周崎，没什么可说的，在金陵商界，算是一位举足轻重的人物，我主要想说的是，周鸿，以及周崎的妻子谢小梅。

“周鸿，周家的创始人，虽然周家家财万贯，但周鸿却在五年前老伴过世之后，患了重度抑郁症，平时几乎从不说话，也从来不会提出任何的要求，他就像是影子，经常出现在周家上下的眼前，但却又好像，周家没有这个人似的……

“谢小梅，周茹的母亲，极其溺爱周茹，在周茹去世之后，谢小梅便信了佛，整日大门不出二门不迈，只知道诵经念佛，就连昨夜的那场阴婚典礼，谢小梅也只是露了一面，就回房了。

“这两个人，比较值得注意，因为没有人和这二人有太多的接触，全身上下，都写满了神秘和未知……

“还有一处疑点，是有关于周茹的母亲谢小梅的疑点，昨天晚上大家都喝多了，但如果非要找出一个清醒的人，那么，就只能是谢小梅了！

“周福，双叶村本地人，在周家干了几十年的老人了，没什么文化，十几岁的时候就辍学了，始终跟在周鸿身边，他见证了周家从崛起到兴盛的整个过程。

“李大海，这家伙的资料也很简单，初中毕业之后，读了一年高中，便直接不读书了，转而投身于烹饪行业，在烹饪学校学了三年厨师，便在周家旗下的餐厅任职，因为烧菜比较符合周家几人的胃口，所以，就被周家人从餐厅调到了周家老宅来担任厨师，一转眼，李大海在周家也工作十几年了。”

说完这些，冉潇才将手中的笔记本电脑合上，长舒一口气道：“我只调查出了这些信息，不知道能不能帮到大家。”

“差不多了。”郑祺神秘地朝着冉潇笑了起来，随后，还伸出手，用力地拍了拍冉潇的肩膀，别有深意地朝着案发现场那边望了去，“小叶应该快要结束了吧？”

郑祺话音刚刚落地，仿佛为了印证他说的话似的，案发现场的那间单房房门被推开了。

只见身姿高挑的苏叶穿着一身白大褂，缓步走出了案发现场，那张绝美的俏脸上，尽是疲惫。

“郑队，有结果了！”苏叶一边朝着郑祺这边走来，一边轻声说道，“还好我们事先带来了不少仪器，虽然无法准确地确定尸体的死因，但我有九成的把握可以肯定，死者赵顺，并非死于失血过多和惊吓过度，而是，窒息！”

窒息！

赵顺的死因，是窒息！

苏叶这句话刚一出口，重案组众人的脸上，纷纷现出了惊愕。大家怎么也没想到，赵顺，最后竟然是死于窒息！

可是，赵顺的脖颈处，并没有勒痕，这窒息而死，又是怎么回事？

“苏警官，你是说，赵顺死于窒息？”马浩然的眼底，闪过一抹惊诧，呢喃着重复了一声。

“我不敢肯定，但有九成把握！”苏叶深深地凝了马浩然一眼，淡淡地说道。

苏叶话音落地，马浩然立刻甩开步子，冲进了案发现场。

一进案发现场，马浩然并没有去看那些摆放在床边的现代仪器，包括仍旧躺在床上，此时已经被白布盖上的尸体，他只是直接将视线，锁定在了床上。

“原来……杀人手法竟如此简单！没有勒痕的窒息，只有它能够做到了！”马浩然微微扬起了嘴角，而他的目光，也定格在了床上的角落，那里，有一只厚厚的，看起来很柔软的鹅绒枕头，“现在，只剩下决定性的证据还没有找到了。”

马浩然呢喃自语一声，言罢，便缓步朝着单房外走了去。

当马浩然走出单房的时候，碰巧，影帝和拳王又相互抬起了杠。

原因是，影帝的一条手臂搭在了拳王的肩膀上，惹来了拳王的不满。

“我说，你能不能把你的手臂拿下去？都把我的衣服压出褶皱了，老大家里没有电熨斗，我怎么把衣服压平？还有你的汗渍，大热天的，蹭了我一身，我还得洗！”拳王皱着眉头，将影帝的手臂，从他的肩膀上打了下去。

“要不你搬到我家去住算了！”影帝笑嘻嘻地回了拳王一句，“我家有保姆，可以帮你洗衣服，熨衣服！”

“我才不去！”拳王很鄙夷地瞪了影帝一眼。

另一边，站在人群外围的马浩然，怔怔地望着一唱一和的拳王和影帝，在这一瞬间，他好像捕捉到了线索。

“褶皱……血痕……汗渍……证据……”马浩然犹如梦呓一般地嘀咕起了这番话，话音落地之后，马浩然一个箭步，冲到了鲁兴国的身边，急切地问道：“大国，周崎换过衣服吗？”

“换衣服？”鲁兴国被马浩然这么突如其来地一问，问得有些茫然，不过，鲁兴国很快就反应了过来，当即便开口说道：“从我到达周家之后，周崎就没换过衣服。”

“我知道了！”马浩然深深地吸了一口气，双眼微微紧闭，下一瞬间，当马浩然再次睁开双眼的那一刹那，一种胸有成竹的自信之光，便从他那双毫无波澜的眼瞳之中，绽放而出，“我找到真相了，绝对密室与夺命阴婚所隐藏的真相！”

马浩然此言一出，众人无不惊叹，不论是影帝和拳王，还是苏叶与程稳露，包括老李等一众警员在内，所有人，纷纷为马浩然而侧目，无数道目光，死死地定格在了马浩然的身上，其中充满了惊讶与震撼！

众人之中，唯有郑祺，好似早就料到了结局一般，只是淡淡地扫了马浩然一眼，眼神之中，充满了欣慰与欣赏！

“你说，你已经解开了夺命阴婚的所有谜团？”震撼过后，程稳露有些不敢相信地盯着马浩然，质疑道。

“如果我的推理没有错，凶手，就一定是他，包括决定性的证据，一定也还遗留在他的身上！”马浩然一边说着，一边转过头，遥望着周茹和赵顺身死的那间单房，气定神闲地说道。

“哼！”程稳露闷闷地冷哼一声，似乎对于马浩然率先解开了所有谜团感到不满，当然，其实程稳露的内心中，也希望马浩然的推理是错误的，最后，夺命阴婚，由她来破解。

“行了！别吵了！”郑祺适时出现在了马浩然和程稳露的中间，轻轻挥了挥手之后，便扭头对老李说道，“去把人都叫到案发现场，我想，我们差不多可以结案了！”

“好！”老李应了郑祺一声。言罢，老李便带着几名警员，分别前往各人所在的单房，而其余众人，则是一头雾水地朝着案发现场那边，缓慢地走了去。

在众人最后方的，是郑祺和苏叶，似乎，二人有话要说……

“郑队，你对马浩然就这么有信心？”苏叶十分困惑地向郑祺问道，只不过，她的声音，很低，低到只有郑祺能听见罢了。

郑祺微微一笑，用眼角余光扫了苏叶一眼，这才低声说道：“我说过，小马就像年轻时候的我，这一次，我依旧相信他……再退一步，就算他解不开谜团，不是还有我呢吗？”

“相比之下，我还是觉得你更靠谱一些！”苏叶说完，下意识地看了马浩然的背影一眼。

“小叶！”郑祺突然停下了脚步，似笑非笑地对苏叶说道，“记得你刚来重案组的时候吗？那时候的你，心高气傲，谁也不服，如果不是因为几件悬案，恐怕，你连我都不服，对吧？”

苏叶跟随着郑祺，也停下了脚步，与郑祺并肩而立，而听了郑祺的话之后，苏叶有些不好意思地笑了笑，说道：“郑队，那时候的我还年轻，就算心高气傲也是难免的，可是，你不一样，你是我这辈子真正佩服的人……”

苏叶的话还没说完，便被郑祺打断了，“我想，马浩然也会成为你佩服的人，对于心高气傲的你来说，只有特殊的另类，才会吸引到你，马浩然，就是这类人……小叶，我能改变你的心高气傲，小马，一样也可以，他，并不比我差，你其实应该多关注关注他才对！”

说完这句话，郑祺又摇了摇头，最后，递给苏叶一抹充满深意的微笑，这才快步走向案发现场，朝着众人追去。

“他？他和你，一样吗？”苏叶盯着郑祺的背影，呢喃自语，而下一刻，苏叶又将目光，再次跳转到了即将走进案发现场的马浩然身上，一时间，苏叶的眼神，也变得复杂了起来。

“如果他真的能解决这件案子，说不定，我会改变对他的印象。”苏叶释然一笑，心中暗自思忖了起来。

想到此处，苏叶也不由得加快了脚步，走向了单房，她也很想见识一下，马浩然究竟是如何解开绝对密室与夺命阴婚之谜的。

重案组众人陆续走进了案发现场。

随后，马浩然对鲁兴国和影帝低声说道：“大国，影帝，你们想办法帮我弄几样东西回来！”

“什么东西？”影帝顿时来了兴致，立刻追问了起来。

“小型的滑轮，比较坚硬的铁尺，还有胶带……要防水胶带！”马浩然轻声说道。

“防水胶带？”影帝先是一愣，旋即便惊讶地低呼一声，道，“老大，你是想要在现场模拟一下绝对密室的制造过程吧？”

马浩然没有再说话，只是点了点头。

“好！我们这就去！”鲁兴国拉了拉影帝的手臂，对马浩然说道，“对机械方面，我比较在行，你说的那种滑轮和铁尺，我大概知道是什么样子。”

说完，鲁兴国便拉着影帝，走出了单房，离开了周家大宅。

对于鲁兴国和影帝的离开，众人只是表示好奇，并没有多说什么，大家心里都清楚，这二人，肯定是帮马浩然做推理之前的准备去了。

再说鲁兴国和影帝离开周家大宅之后，没多久，老李和一众警员，便引着留在周家大宅的七个人，周崎、赵田、吴芸、李大海、周福以及深度抑郁的周鸿，还有马浩然从未见过面的谢小梅，走进了单房。

本来不算太小的单房，一下子涌入了这么多人，瞬间便显得局促了起来。

当即，郑祺便让老李等众警员离开了单房，站在门外，这样，单房才不那么拥挤。

“郑队长，把我们大家都叫来，是不是已经破解了这件案子？”赵田有些不耐烦地说道，“凶手，一定是周家的人，对吧？这下子，我看他们还怎么赖账，赔偿金肯定是少不了了！”

郑祺瞥了赵田一眼，并没有搭话，说实话，对于赵田这种赌徒，郑祺是打从心里鄙夷唾弃的。

郑祺没搭理赵田，而是指着马浩然，自顾自地说道：“各位，这件案子，我们重案组的马浩然同志，已经完全破解了！”

郑祺此言一出，房内的所有人，不论是赵家人，还是周家人，或者是重案组的人，甚至连深度抑郁的周鸿和吃斋念佛的谢小梅，都下意识地多看了马浩然几眼……

而马浩然，对于四周投来的无数道目光，并没有感觉到任何的异样，而是快速地进入了推理状态。

“各位，关于这起夺命阴婚案，我想，我差不多已经掌握了所有的一切……”马浩然一边说着，一边迈出了几步，走到了单房正中央，自顾自地继续说道，“首先，我们先说死者的死因。

“死者赵顺，死于周家小姐周茹生前的闺房之内，当时，房门是从内部反锁的，就算用钥匙也无法打开房门，而单房内的两扇窗户，又是那种最老式的铁插锁，窗框和玻璃附近，并没有发现任何可疑的痕迹和缝隙，可以确定，整个案发现场，都是完全封闭的绝对密室！

“可是，在这绝对密室之中，赵顺却意外地死了，而且，根据法医苏叶警官的初步鉴定，死者赵顺，并非死于手腕处的伤口所导致的失血过多，而是，死于窒息！

“独自一人，身处于绝对密室之中，怎么会窒息呢？这里并不缺空气！

“还有死者手腕处的伤口，又是怎么回事呢？既然死者赵顺是死于窒息，那手腕处，为什么会平白无故地多出那么一道足以致命的割腕伤痕呢？”

马浩然接连提出了几道问题，问得众人眉头紧锁。

也就在这时候，诡异而神秘的周福，用他那听起来让人很不舒服的声音，出言说道："这还用问吗？一定是小姐显灵，索了赵顺的命！"周福话音落地，单房内，凭空卷起了一阵凉风，呼呼不止，好似有人在哭泣，一时间，气氛恍若凝固，甚至，还有些阴森！

马浩然看了周福一眼，突然，他扬起了嘴角，坚定地说道："身为人民警察，我不相信世界上有鬼，更加不相信阴魂索命之说，犯罪的背后，必定有凶手。"

"那你说说，为什么赵家小子会死在完全密封的单房之内？而且，你自己说了，赵家小子死于窒息，窒息的人，又是如何割断自己的手腕，制造出与小姐当年一模一样的死亡现场呢？"周福咧开了嘴，露出了一抹无比阴森的笑容。

"原因很简单！"马浩然冷冷地说道，"案发现场内，除了死者赵顺之外，还有另外一个人，也就是，凶手！"

马浩然此言一出，单房内，再次炸锅！

只不过，这一次，马浩然并没有给任何人说话的机会，几乎是话音落地的同时，便再次出言说道："我们眼前的绝对密室，包括死者赵顺手腕上的伤痕，都是凶手在杀死赵顺之后，伪造出的假现场，至于凶手是用什么方法杀死赵顺的，其实也很简单。

"阴婚当天，大家都喝了很多酒，死者赵顺更是直接喝醉，所以，凶手有足够的时间杀死赵顺，而且，还是在赵顺毫无反抗之力的前提下，悄无声息地将赵顺杀死！"

言罢，马浩然猛地一转身，指向了床上的枕头，冷喝一声道："赵顺被送回单房，或者他自己在半昏迷半清醒的状态下，走回单房之后，门并没有反锁，所以，凶手可以轻而易举地进入单房，又因为，有人说过，阴婚当天的深夜，大家都不要离开各自的房间，以免冲撞周茹的灵魂，而且众人也都喝醉了，这无疑给凶手提供了绝佳的犯案时机。

"再说凶手进入案发现场之后，利用那只枕头，压住了死者赵顺的面部，导致赵顺的口鼻无法呼吸，进而窒息而死，这一点，赵顺的尸体，就是最好的证据！

“赵顺尸体所表现出的情况，也充分表现出了窒息而死的特征！

“所以，赵顺的脖子上，才没有被勒过的痕迹，因为，赵顺是被凶手用枕头捂死的！

“用这种手法杀死赵顺之后，才是凶手真正表演的时刻。

“凶手先用利刃划开了赵顺的手腕，伪造出割腕自杀的现场，然后，又利用了一些简单的手法，伪造出了困扰我们许久的绝对密室，再之后，这场由阴婚而引起的阴魂索命之案，也就算布置成功了。

“因为赵顺的死状、环境、死因，与一年前死去的周茹一模一样，所以，在坊间和大家的心中，便很容易产生阴魂索命的主观判断，这样的话，这件案子，应该会不了了之。

“可惜，凶手无法如愿，因为，我已经解开了所有谜题……妖魔鬼怪，根本就不存在，世间最险恶、最凶残的，莫过于凶手那颗扭曲的犯罪之心！”

马浩然义正词严地说着，就在马浩然话音落地之际，影帝和鲁兴国，也快步穿过了院子，冲进了单房之内。

“老大，你要的东西，我和大国已经从村里的杂货店中，买齐了！”影帝晃了晃手中的黑色塑料袋，言罢，便将其递到了马浩然身前。

“现在，我就来一点一点剖开凶手那颗扭曲的犯罪之心，以及绝对密室的秘密！”马浩然接过了影帝递过来的黑色塑料袋，微微扬起了嘴角，露出了一抹胸有成竹的笑意。

毫无疑问，单房内的众人，包括周、赵两家人，注意力都已经被马浩然手中的神秘黑色塑料袋，吸引了去。

马浩然没有迟疑，当即便打开了黑色塑料袋，只见，马浩然缓缓地将手伸入了黑色塑料袋中，不多时，便从塑料袋中，拿出了一只长约三十厘米的铁尺，一个超小型的滑轮，还有一卷和程稳露之前买的窄胶带几乎一模一样的胶带，唯一不同的是，程稳露买的胶带，是透明胶带，而马浩然手中的胶带，则是粘贴电线所用的防水防电的塑料胶带。

值得一提的是，这种胶带，每家每户在装修时，都会用到，韧性十足，不易被扯断，而且黏度也很高。

见马浩然一点一点将塑料袋里的工具，全都掏出来，众人的眼神，也从最初的疑惑，变成了惊讶。

“年轻人，你说你要破解绝对密室之谜？就凭这几样简单的小东西吗？”周福阴恻恻地盯着马浩然手中的那些简单工具，冷冷地笑了起来。

马浩然淡淡地扫了周福一眼，并没有出言反驳，而是自顾自地将铁尺和滑轮，递给了鲁兴国，说道：“大国，郑队说你在机械领域很有天赋，能帮我把这个滑轮固定在铁尺的一端吗？”

“小意思！”鲁兴国接过了马浩然递过来的铁尺和滑轮，轻松地笑道，“两枚小螺丝就能搞定！”

说完，鲁兴国便奔出了单房。

再说鲁兴国离开案发现场之后，马浩然并没有着急去推理，而是气定神闲地站在原地，一言不发，似乎是在等鲁兴国回来。

马浩然不说话，其余众人，自然也没有开口，就这样，大家只是站在原地，你看看我，我看看你，一时间，案发现场内的气氛，很是诡异……

约莫过了十分钟的时间，鲁兴国终于快步奔进了案发现场。

“浩然，做好了！”鲁兴国将手中的东西递向马浩然，道，“不知道，是不是你想要的那种？”

马浩然接过铁尺，定睛一看，便见笔直铁尺的一头，已经和滑轮连接到了一起，看起来很坚固的样子，毫无疑问，这就是马浩然想要的工具。

“可以了！”马浩然点了点头，随后，便拿着铁尺和防水胶带，朝着案发现场的木门那边走了去。

当马浩然走到木门跟前的时候，停下了脚步，轻声道：“现在，我就为大家解开绝对密室之谜！”

说完这句话，马浩然便蹲在地上，先是将铁尺平放在地面上，用连接着滑轮的那一端，尝试着朝门缝捅了捅，结果，铁尺一端的滑轮，可以轻而易举地通过门缝，自由地在门底伸缩进出，毕竟，这是最小号的超小型滑轮。

随后，马浩然又扯开了防水胶带，将一头粘在了门锁之上，而在粘贴胶带的过程中，马浩然发现，防水胶带的痕迹，几乎与门锁上留下的痕迹，完全吻合！

不知不觉间，马浩然的嘴角之上，浮上了一丝冷笑……

没有任何的停顿，马浩然很干脆地将防水胶带粘贴好，而后，又与之前的程稳露一样，将胶带抻出了老长，顺着木门和地面的缝隙，绕到了木门的另一侧，也就是门外的位置。

做好了这些之后，本来还算安静的单房之内，突然出现了一阵阵的急促呼吸声，大家似乎都在期待马浩然这次试验的结果。

而马浩然，对于众人表现出的情绪，几乎完全屏蔽了，他此时就像是完全沉浸在只属于他自己的那个推理世界中一般。

接着，马浩然将鲁兴国做好的那只连接着滑轮的铁尺，以中间部位为切入点，顺着门缝，挤进了门缝与地面之间的那处缝隙之中，而后，马浩然走到了门外，蹲在地上，将铁尺顺着门缝又往里面推了一段距离，直到与防水胶带重叠在一起，这才停止。

“之前，程稳露已经做过了一次试验，普通的透明胶带，不论是韧性，还是黏度，都不足以将门锁拉下来，这一点，我早就已经想到了，只不过，让我意外的是，凶手的手法，其实与程稳露的试验极其接近，凶手在制造绝对密室的过程中，换了另外一种胶带，而且还用了这件小工具……”

马浩然一边说着，一边动起了手……

他先是将胶带扭翻过来，用不黏的那一面，紧贴顶在铁尺最前端的滑轮上，由于铁尺带有滑轮的那一端，是通过缝隙探进了木门的内侧，也就是案发现场之内，所以，马浩然可以利用这一点，轻易地将胶带和门锁的角度，调整成了完全垂直的直角。

做完这些准备工作之后，已经拿着胶带的源头，站在门外的马浩然，突然关上了房门。

“砰”的一声响，好似洪钟，深深撞进了所有人的内心之中！

此时的画面，是这样的。

案发现场唯一的那扇门，与地面保持垂直角度，紧紧关闭，只不过还没有反锁。

而留在门内的一部分胶带，在铁尺和滑轮的影响之下，几乎与木门保持平行状态，也是九十度垂直于地面，但是，铁尺附近的胶带，却是突然转变角度，又与地面平行，那一截被扯出来的胶带，差不多就是先竖再直的九十度直角状态，而转折点，便是顶在胶带底部的铁尺滑轮。

再说铁尺，则是几乎紧贴、平放在地面之上，与木门和门内的胶带，也呈现出直角。

马浩然蹲在门外，一手将铁尺按在地上，一手拽着胶带的源头，所有的一切，都是通过木门与地面，那条大概有两厘米到三厘米距离的缝隙，而完成布置的。

“小马，你这试验，能行吗？”之前，被郑祺派到了门外的老李，十分好奇地蹲在了马浩然的身后，轻声问道。

“没问题！”马浩然很自信地回了老李一句，但是，他并没有回头，而是缓慢地将铁尺微微抬起了一点，同时，被马浩然握在手中的那卷防水胶带，也跟着微微提起了一点，这样，铁尺和胶带，距离地面，又产生了一条极其细微的缝隙。

忽地，马浩然尝试着微微发力，向外拉扯起了防水胶带。

一秒钟……三秒钟……五秒钟……马浩然不断发力，胶带时而松弛，时而紧绷，大约过了十几秒的时间，突然，一道并不算太响亮，但却扣人心弦的“咔嚓”声终于响起！

这声音，不仅单房内的众人能听见，连单房外的马浩然和老李等人，都听得一清二楚！

然而，这道“咔嚓”声的回音还没消散，马浩然便通过门缝，将连接着滑轮的铁尺，缓慢地从门缝中抽了出来，随后，他又将没有连接滑轮的那一头，插进了门缝之中，顶在了门内的胶带之上。

当即，马浩然再次发力，这一次，他用的是一个寸劲，利用铁尺顶着胶带的角度，一边拉扯胶带，让胶带始终保持紧绷的状态，一边狠狠地顶了几下铁尺，让铁尺去冲击门内侧的胶带。

啪！一道轻微的响声再次传出，胶带直接被马浩然从门锁上给拉了下来，并且，顺着门缝，被马浩然从门内的空间之中，拽了出来！

最后，马浩然稳健地将铁尺顺着门缝从木门与地面的缝隙之中，拉了出来。

当马浩然做完这一系列的动作之后，门内，突然发出了一道道震撼不已的惊呼声！

“我的天！我看见了什么？老大真的利用三厘米左右的门缝空间，制造出了绝对密室！”这声音，是影帝的！

“太厉害了！这样说来，绝对密室之谜，就完全破解了！”紧随影帝之后的，自然是拳王。

“浩然这小子，真有两下子！”鲁兴国也发出了感叹的声音。

“哼！他还不是被我的推理所启发，才弄出了这么一出戏？没有我的推理，让马浩然想破头，恐怕也想不出这种方法！”程稳露很不爽地叫嚷了起来，似乎是想提醒众人，最先用胶带尝试制造绝对密室的人，是她！

众人的惊呼声还未消散，单房的房门，便被打开了，而开门的人，是郑祺。

“小马，干得不错，进来和大家解释一下原理吧！”郑祺打开了木门，笑吟吟地盯着仍旧蹲在地上的马浩然，随后，郑祺便让出了半个身位，将马浩然让进了单房中。

马浩然朝着郑祺点了点头，而后，收起了工具，在众人震撼惊愕的目光注视下，缓步走进了单房中……

走进单房之后，马浩然完全无视了众人怪异复杂的眼神，只是自顾自地推理起了案情。

“其实，制造绝对密室的手法很简单，首先，选择一种结实的胶带，也就是我所用的防水胶带，这种胶带，不仅韧性足够，黏度也很强。

“然后，是铁尺和滑轮，这就要花一些小心思了，因为，这两样东西，可以隔绝胶带和木门的接触，就是说，有了这两样东西，胶带和木门，就能在一种完全没有摩擦力的环境中工作，避免了胶带半途被拉断的可能。

“第三，是角度问题……想要在九十度的直角环境中，利用胶带将门锁拉下来，几乎是不可能的事情，哪怕防水胶带比透明胶带坚韧，也不行，但是，如果利用铁尺和滑轮，将胶带和门锁调整到垂直的角度，这件事就变得并不困难了。

“我将胶带的反面，完全没有黏度的那一面，紧贴在滑轮上，再利用滑轮的润滑效果，就将最难发力的九十度角，改变成了最容易发力的九十度角，只要在发力的时候稍微小心一点，就能将门锁给拉下来。

“最后，将滑轮那一端抽出去，换成没有滑轮那一端，插进门缝之中，顶在胶带那里，这样，没了滑轮的作用力，最容易发力的九十度角，也就变成了最难发力的九十度角，不仅如此，这样做，还能让胶带和门底，继续保持不接触的状态，最大限度地减少摩擦力。

“其实，最后拉出胶带的时候，我拿着胶带的手，并没有用太大的力，真正发力的，是拿着铁尺的手，用毫无润滑程度可言的铁尺，顶着胶带，让胶带的受力点，完全转移到门内侧的那截胶带上，然后，保持胶带紧绷，用力地让铁尺不断顶着胶带，在这种极限力的作用下，胶带自然会安全脱落，最后，快速拉扯胶带，将胶带完全拉出案发现场。

“就这样，我们眼前的绝对密室，就布置完成了！”

马浩然说完这句话，便停了下来，那双深邃的眼瞳，一一扫过了昨夜留在周家大宅的七名嫌疑人。

赵田根本不理会马浩然的目光，只是急切地出言追问道：“就算你破解了绝对密室，可是，凶手呢？到底是谁？指认凶手的证据呢？”

马浩然没搭理赵田，说实话，对于赵田这种根本不把儿子的生命放在心上的滥赌鬼，马浩然恨不得把他直接送进监狱。

这时候，郑祺走到了马浩然的身边，抬起手，那厚重有力的手掌，用力地落在了马浩然的肩膀上，笑吟吟地说道：“小马，来吧，解开夺命阴婚的所有谜团，将凶手绳之以法吧！”

“好！”马浩然坚决地点了点头，忽地，马浩然将视线，牢牢地锁定在了周崎的身上，低喝一声道，“周崎，杀死赵顺，伪造出绝对密室的人，就是你！”

周崎？

这一刻，所有人都转过了头，目瞪口呆地盯着周崎。

貌似，凶手就是周崎的结局，让众人很难接受，或者是，无法理解！

“我？”周崎眯起了双眼，冷冷地说道，“证据呢？”

“别急！”马浩然的双眼，一眨不眨地盯着周崎，缓声说道，“我一点一点地解谜，一步一步地将你绳之以法！

“先说本案，赵顺之死。

“赵顺死于窒息，而且是被凶手用枕头，在喝醉酒的状态下给捂死的！

“虽然死者喝醉了酒，不省人事，但是，在窒息的边缘，死者的身体一定会本能地做出挣扎，这是人体潜意识所发出的动作，与清醒程度无关！

“而七名嫌疑人中，除了年老的周鸿、周福，以及柔弱的谢小梅和吴芸之外，只有你、赵田和李大海这三名壮年人能够做到，在赵顺挣扎的时候，仍旧能将他不留痕迹地捂死，其余四人，如果赵顺挣扎，未必能按得住他，毕竟，赵顺是年轻力壮的青年，潜意识地挣扎一下，轻微挪动一下枕头的角度，透一口气，应该是可以做到的。

“一旦赵顺透了一口气，那就有可能发出呼喊声，这样，杀人计划也就泡汤了。

“这一点，你不要否认，因为，我从你露在外面的小臂判断，你是一个很注重养生的人，而且还会经常健身，所以，你绝对有这种能够持续发力，捂死赵顺的力量。

“第二处疑点，是制造绝对密室的过程……李大海是厨师，地地道道的厨师，赵田是滥赌鬼，这俩人，应该都想不出这么巧妙的方法，尤其是滑轮和铁尺、胶带与木门之间的相互作用力，他们二人，更加不可能懂。

“但你不同，身为名牌大学金陵大学的毕业生，又是双学位精英，这种小儿科一般的力的作用，你简直是了若指掌，尤其是，土木工程系和建筑系所学的东西，有一部分就与机械之类的东西挂钩，所以，这一点不需要怀疑，我所做的这些试验原理，你都懂！

“第三处疑点，是那块陪葬品，血玉！”

马浩然说到这里，略微地缓了一口气，这才继续他的推理。

“大家都知道，那东西，之前一直在周茹身上，而周茹死后，又是你亲自放进棺材中的……可是，你真的将那块血玉放进棺材里陪葬了吗？

“周茹的坟墓，并没有被挖开过的迹象，这样的话，我是不是可以认为，当时，你根本就没有将这块血玉放进周茹的棺材里，或者，你只是找了一块外形差不多的替代品来迷惑大家而已。

“反正，这块血玉，始终都是由你来保管，就算放进棺材中的时候，你用手帕包起来，也不会有人生出打开手帕，看一看血玉的想法。

“也就是说，早在一年前，周茹自杀的那一刻，你就已经开始筹备这场复仇了！

“至于你杀赵顺的动机，也很简单。

“我和大国去查看周茹坟墓，回来的路上，听到了村民们的一些议论，我发现，周茹之所以自杀，是因为她受不了赵顺的刺激，一时失控，而选择了割腕自杀。

“所以，你便将这一切，都算在了赵顺的头上！

“为女报仇，这就是你杀赵顺的动机！”

马浩然这番话说完，众人无不侧目！

只不过，身为当事人的周崎，却是冷冷地笑出了声音。

“这位警察同志，我不得不承认，你的头脑很灵活，思维也很跳跃，但是，你所做的一切推理，都需要证据来支撑，才能站得住脚，那么，你的证据呢？证明我就是杀死赵顺凶手的证据呢？”周崎盯着马浩然，仿佛吃定了马浩然无法拿出证据似的。

而这时候，面对周崎的质问，马浩然的嘴角突然扬起了一抹神秘的弧度。

随后，马浩然抬手指着床上那具盖着白布的尸体，淡淡地说道：“证据，其实赵顺已经告诉了我们，而且，就在你的身上，那是已经死去的赵顺所留下的指控，对你的指控！”

马浩然此言一出，全场再次炸锅，所有人的思维，都被马浩然这句摸不着头脑的话，带进了没有出路的死胡同。

决定性的证据，赵顺已经告诉了大家？

已经死了的赵顺，怎么可能会把证据告诉大家？

而且，马浩然还说了，决定性的证据，就留在了周崎的身上，这又是怎么一回事？

随着马浩然话音落地，众人的视线，也开始不断地在周崎的身上游离了起来，似乎，众人也想在周崎的身上，找到马浩然口中那决定性的证据。

而周崎，被马浩然这么一说，表情虽然没有任何的变化，身体却产生了幅度极小的僵硬扭动。

马浩然冷冷一笑，继续说道：“我们在赵顺手腕的下方，也就是印在床单上那摊干涸的血迹中，发现了两道痕迹，那痕迹，分明就是赵顺在被你割腕之后，移动手臂的痕迹！

“那么，赵顺为什么要移动手臂呢？他是想在临死之前，给我们留下指证你的死亡讯息！

“周崎，你知道什么叫作假死吗？

“假死，又叫微弱死亡，是因血液循环和呼吸不畅，导致身体机能高度抑制，进而导致心跳、呼吸、脉搏极度衰弱，而产生的短暂死亡状态。

“赵顺，应该就是在被你用枕头捂住口鼻的时候，短暂地进入了假死状态。

“可假死之后的赵顺，在你割开他的手腕之后，奇迹般短暂地活了过来，也许是因为疼痛的刺激所导致。

“还有一点，也是我刚刚才想明白的一件事，也许，正是因为赵顺的假死，才导致你割开他手腕的时候，鲜血会快速地从赵顺的身体里流淌出来，因为，人死之后，血液流动会减缓，甚至停止，也就是说，赵顺不应该会流出那么多的鲜血才对！

“这，应该算是一种冥冥中注定的巧合吧！

“我们继续说……在你割开赵顺手腕的时候，碰巧，那时候的你，因为某种原因，还没离开赵顺的身体范围，所以，赵顺几乎是出于潜意识的本能，移动了一下手臂，这才导致，血迹上出现了赵顺手臂移动的痕迹。

“而赵顺移动手臂，所产生的死亡讯息，其实就是，他在你的身上某处，留下了血迹，属于他的血迹！

“直到做完了这些事情，赵顺才真正地死去。

“这一点，我也是受到了影帝和拳王有关于褶皱和汗渍的启发，才想到的。

“现在，周崎，你敢让我们搜一下身，寻找一下血迹吗？

“只要找到了血迹，我们就能对其进行化验，如果血迹是赵顺的，那么，你的杀人罪也就坐实了，毕竟，等你们进入案发现场的时候，从赵顺体内流淌出的血迹，几乎已经干涸，况且，又有谁会平白无故让死人的血，蹭到自己的衣服上呢？尤其是，蹭到之后，还不和警方解释，也没有录进口供之中。

“所以，解释只有一种，血迹蹭到你身上的时候，连你自己都不知道，更加不知道血迹蹭到了什么位置，因为，那是赵顺留下的死亡讯息！

“现在，我给你个机会，说出血迹的位置。没有换过衣服的周崎，这是你唯一一次机会，等到我们找到血迹的时候，一切都晚了。”

马浩然胸有成竹地盯着周崎，这一次，双方气场完全转变，变成了马浩然吃定周崎！

再说周崎，经过马浩然这番长篇大论的推理之后，一时间竟无言以对。

“说不出来？那么，我们警方可要动手了！”马浩然冷声怒喝道。

这边，马浩然话音刚落，那边，郑祺便猛地一挥手，当即，拳王和鲁兴国便一左一右，干净利落地冲了上去，在周崎没有做出任何反应的一刹那，将周崎的双臂背扭，直接制服了周崎。

“搜！”郑祺大喊一声，门外的老李等人，也大步流星地冲了进来，开始对周崎的外衣、裤子、鞋袜，进行全方位的搜索。

最终，老李在周崎裤脚的内侧，发现了一块早就完全干涸了的血迹……

望着周崎裤脚内侧那块隐藏得很好的血迹，郑祺不由得冷笑出声道：“周崎，别着急，我们带了仪器过来，最多十分钟，小叶就能化验出这块血迹是否属于死者赵顺。”

“不必了！”面对如山的铁证，周崎终于低下了高傲的头颅，“赵顺，是我杀死的，而且这位马警官的推理，全部正确！”

周崎认罪了！

那么，一切也就真相大白了！

随后，郑祺将无关人员全部赶出了单房，除了重案组的几人之外，单房内，便只有凶手周崎这一名非警务人员了。

这时候，马浩然走到了周崎的身边，凝视着这位曾经在金陵市十分出名的企业家，而现在，却仿佛瞬间苍老了几十岁的杀人凶手。

“周崎，我想知道，你杀赵顺，真的是单纯想为周茹报仇吗？可是，你知道吗？周茹，真的只是自杀，并非赵顺所杀，你的复仇，太偏激了！”

“我女儿的死，与他有关，或者说，就是因为他，我女儿才自杀的！我要为我女儿报仇！”周崎听了马浩然的话，突然抬起了头，脸上完全没有了之前的威严，取而代之的，是狰狞！

第八章　黑猫

马浩然凝视着周崎，微微叹了一口气："周崎，你对周茹的爱，真的很让人羡慕，但是，你的爱，是扭曲的爱，周茹，其实并不想让你帮她报仇，或者说，你为周茹所安排的一切，周茹，并不喜欢。

"为人父母，都希望自己的子女能够成龙成凤，从小开始，父母们便为子女铺好了通向不同终点的路，可父母们却并不知道，那条路，其实并不是孩子们想要走的路。

"孩子们想要的生活，很简单，健健康康，快快乐乐，足矣。

"父母对孩子们的期望，其实，也变相地成了孩子们的负担。

"就比如说，周茹！

"虽然周茹身有残疾，但只要她开心快乐，这一世，她应该就是无悔的……而你们，为周茹安排了娃娃亲，虽然周茹还算满意赵顺，但这毕竟是父母们的安排，在心中，周茹就已经被印上了不得不接受的印记，所以，才会导致最后的悲剧，以及，两条正处于花样年华的生命的消逝。"

说完这句话，马浩然便不再理会若有所思的周崎，而是自顾自地走到了单房外，拿出了那本泛黄的笔记本，在笔记本上，写下了简单的四个字，扭曲的爱……

不多时，老李等人便押着周崎，坐上了警车，而郑祺、影帝、苏叶等人，也陆续从单房中走了出来。

"马浩然！"苏叶站在马浩然的身后，轻轻地唤了一声。

马浩然闻言，有些茫然地转过了身，满是疑惑地盯着苏叶那张白皙的俏脸，以及灵动的美目。

“周末有时间吗？我有件事想找你帮忙！”苏叶恬然一笑，完全没有了之前的高冷。

“我应该是没什么事……”马浩然有些丈二和尚摸不着头脑地回了苏叶一句。

“那好！到时候我给你打电话！”说完这句话，苏叶便快步朝着不远处的郑祺追了去。

苏叶走后，影帝立刻凑到了马浩然的身边，神秘兮兮地拍着马浩然的肩膀，说道：“老大，对于苏大美女的怪异举动，身为情圣的我，可以免费为你解惑。”

“你想说什么？”苏叶离开之后，马浩然的表情也恢复到了曾经那种标准的冷漠脸。

“苏大美女这是在向你发出邀请，约会的邀请！”影帝的声音很低，同时，脸上还露出了贱贱的笑容。

“滚！”马浩然冷冷地骂了影帝一句。不过，骂过影帝之后，马浩然的目光，也下意识地定格在了苏叶婀娜高挑的背影之上。

此时，苏叶的背影，以及刚才和苏叶所说的那几句话，在马浩然的心中，掀起了前所未有的惊涛骇浪……

距离夺命阴婚一案结案，已经悄然过去了十天。

毫无疑问，马浩然的出色表现，再次为重案组争得了荣誉，再加上他之前又完美地解决了黄狼诡影和头七回魂等几件悬案，也使得马浩然这个名字，在金陵市局变成了耳熟能详的名字，为此，金陵市局的几位领导，还专门在内部，为马浩然召开了一次表彰大会，至此，马浩然也顺理成章地成了金陵市局当仁不让的风云人物之一！

重案组，会议室。

郑祺一如既往地坐在会议室的主位，并且召开起了迟来的案后总结会。

“各位！”郑祺一边说着，一边点燃了叼在口中的香烟，满脸笑意地抬起了腿，并且将腿搭在了办公桌上，完全没有一点领导风范地叫嚷了起来，“我们重案组在这段时间里，屡破奇案，不仅在警局内部赢得了领导和同事们的称赞，更是在金陵市的民众心中，树立起了正面的形象，对此，我要先感谢大家这段时间的努力，尤其是小马，我们能够破获这几件悬案，小马厥功至伟，连领导都特意为他召开了表彰大会，你们要多向小马学习才行！”

郑祺在临时会议中的长篇大论，也从侧面彰显出，他现在的心情真的很不错！

这边，郑祺话音刚落，那边，众人便下意识地将目光聚集到了马浩然的身上，随后，由郑祺带头鼓掌，拳王和影帝热烈响应，众警员也是纷纷拍起了巴掌，就连苏叶都很官方地鼓起了掌，那双美目，还时不时地在马浩然身上游离打量。

若说会议室中，谁没有鼓掌，那么，也就只剩下程稳露一个人了。

坐在下首的程稳露很不满地瞥了一眼面无表情的马浩然，当然，马浩然的面无表情，在程稳露眼中，就是膨胀，就是装蒜，就是臭屁！

在掌声的掩盖下，程稳露不由得轻声嘀咕了起来：“如果没有我，他马浩然会这么简单的就破了那几件悬案？”

程稳露的声音并不大，最多，也就是让她身边的几个人听见而已，尤其是，在掌声的掩盖之下，程稳露的抱怨声，就连坐在她身边的人，貌似都不能完全听清楚。

只不过，可惜的是，程稳露身边坐着的是影帝。

从程稳露成为全场唯一没有鼓掌的那个人开始，影帝就格外地注意起了她……

当即，程稳露的声音还未消散，影帝便出言嘲讽道：“你说的也对，如果没有你的失败推理来衬托，老大的推理的确不会有那么震撼的效果！”

“你……”程稳露美目一瞪，指着一脸坏笑的影帝，恨恨地一甩手，径直走出了会议室。

当然了，程稳露和影帝的小插曲，众人并没有真正意义上的听见，大家只知道程稳露愤然离场，然后影帝一脸得意地朝着程稳露的背影摆起了手……

其实，众人根本不用想，也知道发生了什么。

“行了！”郑祺一挥手，将众人的注意力从程稳露和影帝的身上拉回到了现实之中，“其实，我召开这个临时的总结大会，主要是想告诉你们，明天周末，全体放假！”

说完这句话，郑祺便不理会欢呼的众人，叼着正在燃烧的香烟，迈着轻快的脚步，离开了会议室。

郑祺走后，众人也相继返回到了各自的工作岗位，毕竟，结束了今天的工作，接下来，就是久违的假期了，所以，投入工作中的众人，也是格外的有效率。

重案组，办公室。

马浩然坐在窗沿上，时而透过落地窗，望向市局大楼下的车水马龙，时而低头凝视着手中那本泛黄的笔记本，他并没有注意到，一个倩影，正在悄然接近他。

“马浩然！”穿着白大褂的苏叶，轻声喊了马浩然一声。

马浩然的思绪，也被苏叶这么一喊，从笔记本中，拉回到了现实。

当即，马浩然扭过头，望着俏生生立在他身边的苏叶，颇为疑惑地问道：“苏警官，有事吗？”

苏叶略微犹豫一阵，最后，她好像下了很大决心似的，轻咬樱唇，这才开口说道：“我没什么事，就是想问你，周末有时间吗？我请你吃顿饭！”

“我没事！”马浩然不明所以地应下了苏叶的邀请，顺便，还多看了一眼已经被苏叶咬出了一道浅浅齿痕的嫩红香唇。

“好！”苏叶深深看了马浩然一眼，仿佛有些不好意思似的，直接转身，跑出了公共办公室。

在夺命阴婚这件案子侦破的过程中，郑祺的言论以及马浩然过人的头脑和思维，改变了苏叶对马浩然的看法和印象，于是乎，苏叶履行了当初的话，向马浩然发出了邀请。

按照当初影帝的推断，苏叶的邀请，就是二人约会的前奏，可惜不然……

周末，金陵市某西餐厅。

马浩然应邀出现在了西餐厅内，与苏叶见面，只不过，出乎马浩然意料的是，与苏叶同来的，还有另外一名马浩然没见过的年轻人。

西餐厅大堂。

马浩然坐在座位上，一边轻抿了一口不知道是什么牌子的褐色咖啡，一边微微皱眉。

马浩然皱眉的原因有二。其一，马浩然几乎从不喝咖啡，他喜欢喝茶，其二，坐在他对面，也就是苏叶身边的年轻人，打从马浩然坐下来开始，就一直盯着马浩然看，而且，这年轻人的双眼之中，还时不时地冒出鄙夷之色……

“马浩然，他是我亲弟，苏天杰，在燕京警校读大三，趁着暑假，来找郑队帮忙，进入重案组实习一段时间。”苏叶一边说着，一边指了指坐在她身边的倨傲年轻人，语气平淡地说道。

今天的苏叶，倒是一改往昔的沉稳高冷之风，她穿着一身浅色的碎花连衣裙，如瀑的长发毫无束缚地披散在香肩之上，本就精致的俏脸，更是化上了一层淡妆，使她看起来格外美艳！

马浩然没有说话，只是盯着坐在他对面，穿着牛仔裤、T恤衫的倨傲青年。

见马浩然不说话，苏天杰率先开口，只不过，他的话语中，却透着一丝明显的不屑口吻：“你就是马浩然？最近金陵市的几件诡案都是你侦破的？”

“算是吧！”马浩然面无表情，轻声回应了一句。

这苏天杰，马浩然怎么看都像一个人——重案组的程稳露！

当然，这个想法，马浩然是不会说出来的，甚至于，马浩然已经完全无视了苏天杰，转头望向苏叶，有一搭没一搭地随口问道：“郑队可以随意调人进重案组吗？之前是我、影帝和拳王，然后是程稳露和大国，现在是你弟弟……”

“你进警局的时间不长，不了解郑队在金陵警界的地位。”苏叶一改常态，没有和马浩然抬杠，反倒是耐心地为马浩然介绍起了郑祺，“郑队的名字，金陵警校出身的你，不可能没听说过，但有一些内部消息，作为金陵市局的新人，你应该是不知道……

“其实，早在三年前，上面就有意提拔郑队为金陵市局的局长，只不过，郑队以不喜欢坐办公室，更喜欢在前线办案为理由，回绝了上面，从那之后，郑队在金陵警界的威信，便无人能出其右。

“一年前，上面再次提出要晋升郑队的提议，而郑队又一次拒绝上任，继续留在重案组。

“接连两次拒绝晋升，郑队表现出的胸怀和热情，金陵市局上下无人不佩服，就连我们的总局长，对郑队的话都是言听计从——这是一名放弃大好前途，始终以伸张正义为己任的警界标杆式人物应有的待遇。

“别说调你们几个进重案组当临时警员，就是让你们几个转正，只要郑队提出来，就会引起金陵市局各领导的高度重视，而且，有很大的机会，能办成！”

听了苏叶的话，马浩然的神色不由得一滞。

郑祺在金陵市警界的威信，当真是独一无二，而这也从侧面反映出郑祺这些年的功绩。

然而，就在苏叶和马浩然畅谈郑祺的过程中，始终没人搭理的苏天杰，有些怒了。

“我说你们两个，想聊天，可以等我走了之后再聊，像这样把我晾在一边，你们不觉得很没礼貌吗？”苏天杰一边说着，一边怒气冲冲地站起了身，瞪了马浩然一眼，说道，“马浩然！人我见到了，也就没必要留在这里了，希望你不是浪得虚名！”

说完这句话，苏天杰便气冲冲地走出了西餐厅……

苏天杰离开之后，苏叶再次开口，对马浩然说道：“我请你吃饭，主要的目的，是想让你见一见我弟弟，如果有可能的话，我希望你能改变他目中无人的性格。”

“我只是一名警察，并不是心理医生！”马浩然微微摇头，深邃的眸子，看不出喜怒。

“你可以！”面对马浩然的拒绝，苏叶却是斩钉截铁地说道，“曾几何时，我和天杰一样，骄纵、自负，但郑队，却用过人的能力，改变了我，我相信，你一样可以像郑队改变我那样，改变我弟弟！”

这一次，马浩然没有说话，而是微微皱起了眉头，似乎，他在想一些事情。

“我们苏家，世代行医，我太爷爷，曾经参加过几十年前那场开国之战，作为军医，太爷爷将苏家的名望，提升到了前所未有的高度，从那之后，苏家人无不学医，在这和平盛世，苏家后人，也顺理成章地进入警局或军队，做一名法医或军医。

“我大哥除外，他目前在国外，参加更加复杂的医学项目研究，更多的话，我不方便透露。

“我父亲，前几年刚刚从金陵市局退休，和郑队是老搭档。

“要说苏家最有能力的人，还是我爷爷，爷爷目前在燕京，负责首长们的医疗工作。”

苏叶优雅地抿了一口咖啡，为马浩然讲起了苏家的故事。

马浩然松开了紧锁的眉头，倒是饶有兴趣地听苏叶讲起了故事。

马浩然想不到，苏家的背景竟如此之大，且不说苏叶那位刚从金陵市局退休的父亲，单说苏叶的大哥和爷爷，那可都是了不起的人物！

能够去国外参加保密的医疗研究项目，这是普通人能触及的圈子吗？

很显然，苏叶的大哥，不是普通人！

最夸张的是苏叶的爷爷，目前在燕京，负责首长们的医疗工作，单单这简单的一句话，就已经足以说明，苏家老爷子，更不是普通人，在古代，那就是御医中的御医，而且还是地位绝对超然的那种御医！

“因为苏家强盛，所以，才造就出了天杰这种骄纵自负的性格！”苏叶微微叹息，道，“这可不是一件好事，我希望，你能用你的能力，改变天杰，让他知道，天外有天，人外有人！”

“我懂了！”马浩然若有所思地点了点头，“就像当初的你，对我很敌视，但经过这段时间的相处，你对我的态度也发生了翻天覆地的变化，对吧？”

被马浩然这么一说，苏叶的俏脸，倒是情不自禁地浮上了两朵红云，几乎是出于本能，苏叶低下了头。

也许是说者无心，听者有意，苏叶，似乎误会了马浩然的话，好像又默认了马浩然的话……

总而言之，马浩然没有发现苏叶的异常。

就在这时，西餐厅外，却突然传来一阵乱哄哄的叫喊声。

由于马浩然和苏叶，坐在了靠窗的位置，所以，对于外面乱哄哄的叫喊声，或多或少都能听到一点儿。

当即，二人便同时转过了头，朝着窗外的大街，望了去……

只见，一名满脸怒容的中年人，将一只一动不动，已经没了生息的黑猫，狠狠地摔到了地上！

而另外一边，一名年轻人则是抡起了拳头，准备去打那名扔黑猫的中年人，幸亏有不少人在旁边，将那名年轻人抱住，这才没有酿成全武行，只不过，争吵和喝骂，却是避免不了的。

马浩然和苏叶，不了解外面那件事的始末，自然就都没有妄加评论。二人并不是多管闲事的那种人，只是静静地看了几眼，便纷纷收回了视线。

苏叶还想开口，可是，就在这时，刚才还在外面看热闹的一对年轻男女走进了西餐厅，并且很八卦地聊起了外面的事情……

“老赵是不是太过分了？竟然把小徐养了五六年的黑猫给打死了，怎么说，他们也是对门邻居啊，不用把事做到这种地步吧？”

“你不知道，老赵家的孩子高烧不退，已经三天了，去医院也没有用，老赵就迁怒到了小徐养的黑猫身上……猫狗通灵，狗厌邪，猫亲邪，尤以黑狗黑猫最甚，黑狗可以驱邪，但黑猫就只能招邪了，老赵怀疑是小徐家的黑猫，招来了邪物，冲撞了他家的孩子！”

“就因为这么迷信的说法，就把小徐家的黑猫打死了？也难怪小徐会如此生气，换成是我，我也生气！”

“你别说，老赵这次真的是有些过头了！”

“老赵打死了小徐家的黑猫，那老赵家的孩子好了吗？”

“这我就不知道了，毕竟，老赵才刚刚打死黑猫……我估计，小徐和老赵这仇，是结下来了！”

这对年轻男女，一边说着，一边走到了距离苏叶和马浩然不远的座位，坐了下来，点好餐之后，便聊起了别的话题……

马浩然和苏叶几乎是齐齐朝着那对青年男女望了一眼，不过，二人很快便收回了目光，转而，便将视线再次定格到了窗外。

外面的人群已经散了，包括之前扔黑猫的中年男人，以及作势要打中年男子的年轻人，都已经消失在了马浩然和苏叶的视线之内……

“之前扔黑猫的人，应该就是老赵吧？”苏叶毫无征兆地说出了这么一句话，就好像是在刻意地寻找话题，避免让气氛继续尴尬似的。

马浩然没说话，只是一边点头，一边向苏叶投去了不解的目光，因为，马浩然没想明白，苏叶为什么要提这件事。

“马浩然，你说，黑猫真的能招来那些不干净的东西吗？”苏叶轻声问了一句。

马浩然摇头，淡淡地说道：“我不相信鬼神之说，所谓的黑猫招邪，只不过是民间的一些传说而已！”

“我就知道你会这么回答！”苏叶微微一笑，恬静而大方，与之前的高冷法医，倒是形成了极其强烈的视觉反差。

盯着苏叶的微笑，马浩然不由得一滞，似乎，马浩然从没想过，高冷的苏叶，竟然也会露出这般恬静的微笑。

这边，苏叶和马浩然之间的气氛，随着马浩然表情的停止，再次陷入了尴尬之中，而另一边，西餐厅的门，又被推开了，紧接着，一阵急促而快速的脚步声，便传入了马浩然和苏叶的耳中，与脚步声一同传来的，还有一阵坏笑和轻语。

“果然在这里！”

“哇！真的是浩然哥和苏姐姐！”

这两道一前一后分别响起的男声和女声，立刻将马浩然和苏叶的注意力给吸引了过去。

当即，映入马浩然眼中的，便是套着一身休闲运动装，头发梳理得一丝不苟，并且面带坏笑的影帝，以及踩着高跟鞋，穿着公主裙搭配浅色系的衬衫，活泼又不失漂亮的卢倩，最后，是衣着朴素，手里还捏着一本厚厚的书籍，一脸憨笑的拳王。

马浩然淡淡地扫了影帝三人一眼，那双清澈无比的眸子，没有任何的情绪变化，“你们怎么来了？大国呢？”

“我们就是想看一看你和苏大法医的约会，进展到了什么地步而已。”影帝挠了挠头，很八卦地笑了笑，继续说道，“大国那家伙今天一整天都没消息，好像人间蒸发了似的，真是个神秘的家伙！”

影帝说完这番话，卢倩和拳王的脸上，便露出了不好意思的神色，貌似，来这里的主意，应该就是影帝想出来的，拳王和卢倩的本意，应该是不想来的，不然，也不会露出这种表情了。

就在这时，苏叶毫无征兆地站起了身，拎起了黑色的包包，轻声说道：“你们聊，我先走了！”

说完这句话，苏叶便离开了座位，一言不发地朝着西餐厅外走去。“苏大美女，别走，晚上我请大家吃饭！”影帝朝着苏叶婀娜的背影一边挥手，一边喊了起来。

苏叶并没有转身回头，仍旧脚步不停地朝着西餐厅外走去，只不过，苏叶还算给面子，竟然回了影帝一句话：“你们去吧，我晚上还有一堂法医的课要听！”

声音落地，苏叶的倩影，也消失在了西餐厅外……

而仍旧留在西餐厅内的马浩然等人，则是不约而同地目送苏叶坐上了那辆和乔烟同款的甲壳虫车，随后，汽车启动，一溜烟便消失在了众人的视线之内。

“苏姐姐是不是生气了？”卢倩微微叹了一口气，随后，卢倩一怔，恶狠狠地对影帝说道：“都怪你，我就说不来这里，你偏要来！”

“我也是比较好奇，苏大美女请老大吃饭，是不是真的想追求老大。”影帝讪笑着回道，随后，这家伙便恬不知耻地直接坐到了刚才苏叶坐的位置，异常八卦地向马浩然追问道，“老大，苏大美女找你到底什么事？是不是真的像我猜测的那样，她被你的智慧迷倒，并且开始追求你了？”

“你很闲吗？”马浩然没有正面回答影帝的问题，而是淡淡地瞥了一眼影帝，那双眼瞳之中，毫不掩饰地流露出了一抹嫌弃的神色。

不过，影帝对此却是完全免疫，仍旧自顾自地继续追问起了马浩然，“老大，快说说，到底怎么回事？”

就在马浩然和影帝说话之际，拳王坐到了马浩然的旁边，而卢倩则坐到了之前苏天杰坐过的位置，三人全都瞪起了眼睛，无比好奇地凝视着马浩然。

“苏警官只是介绍了她的弟弟给我认识。”马浩然异常平静地说道。

“苏大美女的弟弟？”影帝嘿嘿坏笑道，“该不会，苏大美女是想让她弟弟先给她把把关？”

马浩然扫了影帝一眼，淡淡地说道：“苏警官的弟弟想见我，她只不过是把她弟弟介绍给我认识一下而已。”

影帝正在点菜，一听马浩然这话，便立刻把菜谱丢给了卢倩，极其八卦地探出了身子，凑到马浩然身边，问道：“老大，苏大美女的弟弟想认识你？是什么意思？她弟弟想干什么？”

“你很快就会见到苏叶的弟弟了，到时候你就知道苏警官的弟弟想干什么了。”马浩然轻语一声，言罢，便开始品尝起了桌子上的西点。

“我对苏大美女的弟弟还真挺好奇的！”影帝继续坏笑，“先吃饭，吃完饭我们去对面的新时代广场看电影，可别浪费了难得的假期！”

马浩然没搭理影帝，只是将目光跳转到了一言不发地坐在他身边，全神贯注看书的拳王身上。

“你在看什么？”马浩然有些好奇地问了拳王一句。

上次拳王看的书，还是那本民间五大仙，至于再上次，马浩然已经记不得是什么时候了，所以，对于拳王会如此专心致志地看书，马浩然表示十分的好奇。

被马浩然这么一问，拳王也抬起了头，神色迟疑地对马浩然说道：“我在看推理小说，对了，老大，书上有一件案子，凶手使用的凶器是冻成冰的毛巾，将其当成了冰棍，直接将死者的头敲碎了，你说，这东西能作为杀人凶器吗？”

“小说夸张的表现方式罢了。”马浩然微微摇头，说道，毛巾就算冻成冰，也达不到棍子的强度，我记得，国外曾经有一件案子，死者的头部被子弹击穿，当场毙命，可国外的警察却找不到子弹，有些人就认为，凶手使用了冰子弹来杀人，随着时间的推移，冰子弹变成了水，子弹自然也就消失无踪了！”

“后来，国外有些专家专门分析过冰子弹，并且肯定地说过，冰子弹根本无法杀人，或者说，离开枪膛的那一刹那，冰子弹就已经崩碎了！”

马浩然说完，轻抿了一口咖啡，温热的水流通过食道，滑入胃中，马浩然也下意识地轻皱起了眉头，他还是不习惯喝咖啡。

“原来如此！那我再继续看下去，也没什么用了，小说上都是夸张的手法，在现实中，很少会成立。”拳王说完这句话，便合上了书。

就在马浩然和拳王说话之际，西餐厅的侍者也陆续把影帝和卢倩点的西点牛排送了上来，几人一边闲聊，一边吃饭，气氛很轻松……

吃过饭，马浩然并没有跟着影帝和卢倩去看电影，而是与拳王一起返回了家中。马浩然自然是看书，而拳王则顺理成章地睡起了觉。

轻松的假期，很快便过去了，马浩然的生活，并没有因为苏叶的邀请，而变得充满色彩，他的生活，依旧是枯燥无味，也许，这种安静的生活，对于马浩然而言，便是他最想要的生活，也说不定呢？

第二天，马浩然和拳王一如既往地起床、洗漱、吃早餐，很准时地来到了金陵市局，准备开始新一天的工作。

拳王绕开了市局正门前的一处浅水坑，随口问了马浩然一句："老大，昨天什么时候下的雨？"

"昨天午夜时分。"马浩然淡淡说道，"你睡得太沉，没听见雨声。"

拳王还想说什么，却被一道突如其来的声音打断了："没心没肺的人，睡眠质量都好。"

声音落地，影帝便迈着轻快的脚步，走到了马浩然和拳王的身边，并且搂住了拳王的肩膀，肆无忌惮地继续嘲讽道："你这家伙，能吃又能睡，难怪这么壮！"

"滚！"拳王用力打开了影帝搭在他肩膀上的手，一边嬉闹，一边与马浩然一起走进了市局的办公大楼，走向重案组的办公区域。

当马浩然三人走进重案组之后发现，大家来得都很早，最起码，马浩然认识的那些人，苏叶、程稳露、冉潇、老李和郑祺等人，已经都到了，而且，还围在了一起，似乎是在讨论着什么，气氛颇为沉闷。

"发生了什么事？"影帝第一时间察觉到了气氛的不对劲，立刻凑到了郑祺那边，问道，"队长，又有案子发生了？"

马浩然、影帝和拳王的到来，也打断了众人的讨论，尤其是影帝的提问，更是让众人将视线定格到了三人的身上。

"你们来得正是时候！"郑祺点燃了一支香烟，将手中的一沓资料扔到了身前的桌上，"新时代广场对面的老旧小区发生了命案，我们正在讨论这件事呢！"

"新时代广场对面的老旧小区？"马浩然闻言，剑眉立刻挑了起来，喃喃自语道，"那不是我们昨天吃饭的地方吗？"

"是啊！"苏叶盯着马浩然，神秘无比地接了一句话，"的确很巧合，但是，你如果把资料翻开看一看，会感觉更加巧合！"

苏叶的话，倒是引来了马浩然、影帝和拳王三人的兴趣，三人面面相觑了一阵之后，马浩然便率先伸出了手，将桌子上那一沓资料拿了起来。

马浩然打开资料后，首先映入眼帘的，便是一名叫赵东的中年男人的资料，而且，上面还附上了赵东的照片。

马浩然狐疑地打量着资料上的照片，忽地，马浩然猛地瞪起了双眼，下意识地脱口而出道："赵东！他不就是昨天打死黑猫的那个男人吗？"

马浩然此言一出，重案组众人的目光，便齐刷刷地定格到了他的身上。

"怎么回事？小马，你认识死者？"郑祺盯着马浩然，好奇地问了一句。

马浩然并没有回答郑祺的话，而是将目光落到了苏叶的身上。

虽然，昨天影帝和拳王也去了那家西餐厅，只不过，影帝和拳王二人并没有见到黑猫之死的场面，所以不知道这件事。

而真正知道这件事的，或者说，见过死者赵东的人，只有马浩然和苏叶，以及苏叶的弟弟苏天杰而已。

而在重案组内，马浩然并没有见到苏天杰的身影，也就是说，只有马浩然和苏叶见过死者赵东。

想到此处，马浩然便将目光落到了苏叶的身上，似乎是在询问苏叶。

苏叶见马浩然将目光落到了自己的身上，便缓缓摇了摇头，说道："我也刚来，只是看了一下死者的资料，还没来得及告诉队长这件事，你们就进来了。"

原来苏叶没把昨天的事情说出来，怪不得郑祺会好奇马浩然为什么会认识死者。

这边，苏叶话音刚落，那边，影帝便一脸坏笑地凑到了马浩然的身边，目光不断在苏叶和马浩然的身上游离徘徊，还贼兮兮地问道："你们两个神秘兮兮的，是不是有什么秘密瞒着大家？"

影帝的话，立刻引来了众人的兴趣，甚至，众人对马浩然和苏叶之间的事，好像要比对命案更加感兴趣。

"小马，你说说，死者赵东到底是怎么回事？"郑祺敲了敲桌案，将众人的视线和注意力，都拉回到了他的身上，并且，打断了众人对于马浩然和苏叶之间关系的好奇。

当即，众人便将好奇心压到了内心最深处，开始正视起了这件案子。马浩然倒是没有任何的犹豫，直接开口，为郑祺和众人讲述起了昨天在西餐厅的所见所闻。

“昨天下午，苏警官邀请我去新时代广场对面的西餐厅喝咖啡，也就是案发现场的附近，我们在喝咖啡的过程中，西餐厅外面发生了争执，当时，我和苏警官都很好奇，就透过西餐厅的落地窗，朝着外面张望起来。

“西餐厅的窗外，有两个人发生了争吵，而且其中一方已经准备动手了，还好四周有不少邻居劝架，不然的话，双方肯定会打起来。

“至于这件事的起因，我和苏警官从后来进入西餐厅就餐的人那里，了解到了一些情况。

“起因是，老赵，也就是死者赵东，家里的孩子高烧不退，而且赵东此人又比较迷信，便将矛头指向了争吵的另外一方，赵东家的对门邻居，一名姓徐的年轻人身上，简单地说，是迁怒到了徐姓年轻人所养的黑猫身上。

“赵东认为，黑猫是招邪之物，正是因为黑猫的存在，才给他家的小孩惹来了鬼魂之类的不干净的东西，进而，导致赵东家的小孩高烧不退。

“所以，赵东一怒之下，就干脆把那只黑猫给打死了！

“黑猫是徐姓青年养了五六年的宠物猫，彼此之间一定有很深的感情，所以，那徐姓青年也发怒了，想打赵东，最后，被邻居劝开了，这就是我和苏警官见到，以及了解到的事件过程。”

当马浩然最后一个字音落地，重案组内，便此起彼伏地响起了一阵议论声……

“我倒是听说过猫狗通灵这一说，其中，黑狗驱邪，黑猫招邪，在民间，的确有这种说法！”

“可这死者赵东未免也太偏激了吧？他家小孩高烧不退，那就去看医生，看不好就再换一家医院，怎么还把责任推到一只猫身上了？”

“况且，就算死者赵东把黑猫打死了，那他家小孩的高烧退了吗？”

“真替那徐姓青年感到委屈，养了五六年的宠物猫，说被打死就被打死了！”

老李等一众警员小声地议论了起来，从最初的有关黑猫的民间传说，一直聊到替徐姓青年感到委屈，话题跳跃得很快，不过，都是一些与此案无关的话题！

“静一静！”郑祺见议论的势头已经有了扩大的趋势，便连忙喊话，叫停了众人的议论，“我们在这里瞎讨论，也是无济于事的，不如去案发现场，看看能否找到什么蛛丝马迹，还有，这件案子，现在已经被移交到我们重案组手上了，我们新来的警员，已经去勘查现场了，我们也出发吧！”

说完这句话，郑祺便站起了身。

“队长，我们又有新同事了？”老李颇为意外地插了一句话。

顿时，众人的注意力，便从这件案子上转移到了新同事的身上，不得不说，大家对于这件看起来没什么特别的案子，貌似并没有太放在心上。

其实，这也是避免不了的事情，重案组最近接手的案件，都是一等一的悬疑诡案，而这件案子，暂时并没有什么特别之处，而且，是意外还是他杀，暂时都没有确定下来，故而，老李等众警员才没有将这件案子放在心上！

“关于新同事的问题，一会儿去案发现场你们就能见到他了。”郑祺有些不满地摆了摆手，沉声道，“我们现在应该关注的是这件案子，而不是新同事，你们这群家伙，还不赶快收拾装备，出发去案发现场？”

“好！”老李缩了缩脖子，连忙招呼起了其余警员，收拾工具，准备出发。

随后，郑祺便率领重案组众人，一共驾驶了五辆警车，浩浩荡荡地朝着案发现场，也就是新时代广场对面的老旧小区行驶而去。

值得一提的是，由始至终，马浩然都没见到鲁兴国，也许是和那位新同事一起去了案发现场？

夺命阴婚一案，不就是这样吗？

所以，马浩然并没有多想。

一路无话，五辆警车浩浩荡荡地驶入了新时代广场对面的老旧小区。

这处老旧小区，属于二十年前开发的老楼盘，没有物业，没有围墙，只是将零零散散的三栋楼划归到了一起，组成了一处所谓的“小区”而已，与对面楼体崭新、车水马龙的新时代广场一比，就好像是两个世界般地截然相反！

将警车停好之后，郑祺和马浩然等众人便陆续走下了车。

仰头看了一眼三栋外墙体都开始脱落的老楼，郑祺抬手一指中间那栋七层高的老楼，说道：“这栋楼的三单元，就是案发现场了，根据上面交给我的资料显示，死者赵东，住在三楼东户。”

郑祺说完，便朝着身后的冉潇和老李摆了摆手，轻声说道：“老李，安排弟兄们拉警戒线，去三楼隔离和控制现场，小冉，你先把死者的资料介绍一下！”

老李闻言，便立刻指挥三名警员拉起了警戒线，而他本人，则带领另外两名警员，亲自跑进了中间那栋老楼的三单元。

再说冉潇，老李走后，冉潇便拿起了一沓资料，怯生生地念起了官方给出的信息：“死者名叫赵东，今年四十岁，金陵市本地人，初中毕业之后，学了厨师，干过一段时间厨子，后来又开过饭店，赔了不少钱，最近几年才干起了出租车司机的职业，并无任何案底，算是那种最普通的老百姓，没什么特别的事迹和经历，自然也没什么特别的仇人。

“赵东的妻子叫李珍，今年三十七岁，是紧挨着金陵市的扬市人，目前在对面的新时代广场做文员。

“赵东和李珍的独生子叫赵阳，今年只有八岁。

“因为赵阳生了病，所以没去上学，李珍自然也请了假，在家照顾儿子，并且于昨天上午离开了金陵市，根据有关部门内部网络的资料显示，李珍买了昨天上午到扬市的火车票，带着儿子去外婆家养病去了。

“至于这次案件的报警人，是同住这栋楼的一名住户，五楼的钟先生。

“钟先生在报警电话中说过，他工作的地方离家不太近，所以每天早上都会坐赵东的出租车去上班，这一习惯，已经持续了很长时间，直到今天早上七点，钟先生按照老习惯，下楼来等赵东，等到七点半，仍旧不见赵东出现，于是，钟先生便去了三楼，敲起了赵东家的房门，足足敲了十几分钟都没人来开门，其间，钟先生还特意给李珍打过电话，确认赵东在家里之后，钟先生就报了警！

“最开始，接手这件案子的，是这片区域的分局，当民警来到这里，撬开了防盗门之后，发现了死在家里的赵东，所以，才将案件移交给我们重案组。

“整个事情的大概经过，就是这样！”

冉潇说完，便将资料本合上，静静地等候着郑祺下一步的指示。

“赵东一家的资料，和发现赵东死亡的过程，大概就是这样，我们先去案发现场了解一下情况吧！”郑祺挥了挥手，一边说着，一边当先朝着三单元迈出了步子。

郑祺动了，马浩然等人自然是紧随其后，众人鱼贯走进了三单元，很快就到了三楼。

此时的三楼，东户的防盗门已经被打开了，而西户的防盗门，却是仍旧紧闭着。

当然，马浩然和郑祺等人，并没有将注意力停留在西户太长的时间，便纷纷走进了东户，也就是死者赵东的家中。

赵东的家，是那种最普遍的两室一厅格局，当众人走进赵东家里的时候，一道挺拔的身影进入了众人的视线之内。

这是一名衣着整洁的年轻人，而且这年轻人的眉宇之间，还透着一股倨傲之色，仿佛极其自负一般……毫无疑问，这位年轻人，便是郑祺口中的新同事，也就是与马浩然见过一面的苏叶的弟弟，苏天杰！

“郑队！”苏天杰朝着郑祺点了点头，目光有意无意地朝着马浩然这边扫了一下，不过，他并没有选择与马浩然说话，甚至，连看都不看其他人，便继续对郑祺开口说道，“案发现场很奇怪，疑点也有很多，实质性的线索，却几乎没有！”

苏天杰的自负，众人看在眼里，当然，除了之前见过苏天杰的马浩然，以及对苏天杰很了解的郑祺和苏叶之外，其余众人，皆是面露愠怒之色，尤其是程稳露，她还没见过这么臭屁嚣张的家伙呢！

其实，不仅是程稳露等众人第一印象就对苏天杰的产生了不满，就连先大家一步来到案发现场的老李，脸色都有些不太好，很明显，先一步进入案发现场的老李应该也是在这位新同事身上，吃了暗亏。

“队长，他就是新同事？”天不怕地不怕的程稳露，当先朝前踏出一步，走到了郑祺身边，一边说着，一边上下打量起了苏天杰，颇为不爽地说道，“找不到实质性的线索，那说明你不行！”

程稳露就是这种直爽的女汉子，她可不懂什么拐弯抹角，她只知道，你嚣张，那她看你就不爽，就比如现在的苏天杰，以及之前莫名躺枪的马浩然。

其实马浩然并不嚣张，只是因为风头太盛而被程稳露针对，可现在，程稳露针对的人，已经从马浩然变成了苏天杰。

“我不行？”苏天杰剑眉一挑，脸上登时闪过了不爽的表情，就连声音都下意识地提高了几分，“案发现场，是最普遍常见的两室一厅布局，我观察过案发现场，主卧和次卧都很干净，没有任何痕迹，厨房的橱柜上摆放着昨天晚上剩下的饭菜，很显然，死者打算将那些当成今天早上的早饭，也就是说，死者赵东，并没有自杀的念头，这件案子，是一件凶杀案！”

“你说的这些，只要来过现场的警员，都能分析出来，你之所以比我们先知道这些，只不过是因为你先来了案发现场而已。”程稳露微微冷笑，不急不缓地反驳起了苏天杰。

这边，苏天杰还打算和程稳露继续争论，那边，郑祺已经直接挥手，叫停了二人这场与本案无关，完全是意气用事的争吵。

郑祺捂着额头，颇为头疼地瞪了苏天杰和程稳露一眼，用眼神制止了二人的争吵之后，郑祺便开口为众人介绍起了苏天杰：“他叫苏天杰，是我们的新同事，来重案组实习一段时间。苏天杰，这位是影帝沈家辉……拳王王大全……程稳露……”

郑祺极其简单而敷衍地为苏天杰和众人做了个介绍，便一门心思扑到了案发现场之中……

因为，在郑祺心中，安抚这些意气用事的小屁孩，简直就是在浪费时间，有这些时间，不如赶紧勘查案发现场。

当然，除了郑祺之外，还有一个人，由始至终，对苏天杰和程稳露的争论，都处于漠不关心的状态，甚至，他已经先郑祺一步，投身到勘查现场的工作之中了。这个人，正是马浩然！

这边，郑祺为苏天杰和程稳露等人做完了简单的介绍之后，马浩然刚巧从主卧室走出来。

马浩然通过这段时间，将主卧、次卧和厨房，都查了个遍，而且，马浩然的勘查结果，与苏天杰得出的结论，并没有太大的出入，所以，马浩然便将全部的注意力，都集中到躺在客厅地上的尸体上了。

客厅的正中央，茶几和电视柜中间的那片空敞区域，安静地躺着死者赵东的尸体。

马浩然快步走到了尸体旁边，几乎和郑祺不分先后地到达了尸体的两侧。

再说赵东的尸体，平躺在冰冷的瓷砖上，身上的衣服并不凌乱，就仿佛，死者在临死之前，并没有太过剧烈的挣扎动作。

尸体的脸上已经出现了尸斑，双眼瞪得老大，好像死不瞑目一般。

当然，尸体所表现出的状态，马浩然和郑祺都不能做进一步的深入调查，因为，这是法医苏叶的工作，而马浩然和郑祺唯一关注的地方，便是尸体颈部的致命伤！

致命伤在尸体的咽喉部位，好像被某种利器割断了咽喉，然后，死者体内的鲜血，便顺着这道伤口，疯狂地喷涌出来，将死者上半身的居家睡衣都浸透了，并且，汇聚在了尸体下方，凝固成了一摊近乎固态的血渍，从伤口以及尸体下的血量来分析，死者赵东的死因，很有可能是失血过多。

马浩然和郑祺分别蹲在尸体的左右两侧，一言不发地凝视着尸体颈部的致命伤。

忽地，马浩然转过了头，望向了茶几，他发现，茶几上有一只玻璃杯摔到了地上，地上还静静地躺着几片崩裂了的玻璃碎屑，在碎玻璃杯的位置，一摊干涸的水迹，也若隐若现地映入了马浩然的视线。

循着那只摔碎的玻璃杯，马浩然继续向着尸体这边望去，这一次，换了一个视角望向尸体的马浩然，突然发现，在尸体的下面，有一圈若隐若现，已经干涸了的水迹。

如果不是马浩然事先看到了破碎玻璃杯下面的那摊水迹，恐怕，尸体下面这摊干涸的水迹，马浩然也不太可能会发现，毕竟，水在瓷砖上干涸之后所产生的痕迹很浅、很淡，而且非常难识别。

都是因为玻璃杯下面的水迹的提示和衬托，才让马浩然发现了尸体下方，血迹外圈的干涸水迹。

当即，马浩然便直起了身体，居高临下地望着尸体的全景，意外地发现，那摊很难看出的水迹，将整个尸体都笼罩了起来，就像是有人用一支颜色很浅的笔，在尸体外圈画出了一道不规则的椭圆形的弧线一般。

这，又是什么意思？

马浩然不由得皱起了眉头。

此时此刻，马浩然的心中突然冒出了一个念头，这个念头，是根据现场那些不自然的痕迹，出于本能而总结出的……这一切，就好像是有人刻意制造出的一般，整个客厅的场景、摆设，所有的一切，仿佛都是为了让马浩然等人发现尸体下面那不易察觉的干涸水迹。

这时候，苏天杰和苏叶，一前一后地缓缓走了过来。

“队长，我先对尸体进行简单的验尸，如果有必要，可能会申请解剖尸体。”苏叶走到了尸体的头顶位置，也就是马浩然与郑祺中间的位置，轻声对郑祺说道。

“好！”郑祺的注意力被苏叶的声音从尸体上拉回到了现实中。当即，郑祺也站起了身，朝着正在客厅角落中排查指纹的老李喊道：“老李，马上安排人联络赵东的妻子李珍，我们警方要申请解剖验尸，还有，联系报警的钟先生，我们需要他的完整口供！”

“我这就去安排！”老李应了郑祺一声，便匆匆忙忙地跑到了一边，打起了电话，安排郑祺交代给他的任务去了。

苏叶开始了她的常规验尸，而苏天杰，则是一脸倨傲地扫了马浩然一眼，便开口对郑祺继续说道：“队长，我刚才说，案发现场疑点重重，但实质性的线索几乎没有，主要有以下几处疑点……”

第九章 现场

苏天杰说完这句话，又微微侧过头，冷冷地扫了程稳露一眼，好像是在对程稳露挑衅一般，这才接着对郑祺说道："首先，客厅中的沙发垫，很干净，没有任何褶皱，就好像是根本没人坐过似的，但是，我们都知道，穿着睡衣的死者是死于客厅的，那么，他生前肯定在客厅停留过，也许是小坐，也许是喝水，也许是看电视，这些都有可能发生在几个小时之前的客厅里。

"接着是电视机，电视机是关闭的，可这并不能代表，死者昨天没有看电视，这，只能算是一大疑点，因为，电视机很有可能就是凶手关闭的，目的，应该是营造出客厅的干净整洁，以及毫无挣扎和搏斗痕迹的场景！

"第三处疑点，是茶几旁边的水杯！"苏天杰说完，抬手指向了茶几下端，那只马浩然之前观察过的破碎水杯。

说到这里，苏天杰的嘴角立刻扬起，露出了一抹傲慢而自信的微笑。

苏天杰继续说道："这只水杯摔碎了，但是，这只摔碎的水杯，似乎并不应该出现在案发现场，因为，案发现场太干净了，连沙发垫的坐痕都没有，那么，这只水杯，又为什么会摔碎呢？它的碎裂，与现场的环境格格不入，甚至，还会起到反效果，毕竟，这是现场唯一破损的东西！

"第四处疑点，便是水杯之下的水痕，这水痕，如果不仔细观察，还真无法发现，可是，当我们发现了水痕之后，自然而然就会顺着水痕往下看，也就会看到尸体，这时候，我们就会发现，尸体的四周也有一层淡淡的水痕，如果我们事先没有发现水杯下的水痕，那么，尸体四周的水痕，也会被我们自动无视！

“尸体四周的水痕，算是第五处疑点，可是，当我总结出这五处疑点之后，我却意外地发现，这五处疑点如果串联到一起，就会形成一条细思极恐的线索——有人故意这样安排，这样布置现场，从一开始就牵着我们的思维走，一直到我们发现死者尸体四周的水痕为止！

“因为，倘若我们没有注意到茶几下面的破碎玻璃杯，就不会发现水痕，不发现水痕，自然就不会发现尸体四周的那圈水迹，再回过头去想，如果沙发垫很凌乱，我们又怎么会去在意那只破碎的水杯呢？不在意那只破碎的水杯，自然也就不会仔细地观察水杯，进而发现干涸的水痕！

“这一切，都像是被那幕后的黑手，很有规律地精心安排过一番，包括反差、对比，以及引我们发现尸体四周的水痕，一切的一切，就像是一处刻意布置而成的现场！”

苏天杰洋洋洒洒地说完这番话，便傲慢地作出了总结，“所以，我才会说，疑点重重，但没有实质性的线索！”

苏天杰的话，从最开始，只有郑祺一人在听，一直到他最后一个字音落地，已经演变成了所有人都在听，包括已经开始验尸的苏叶，也都停下了手上的工作，仔细地听着苏天杰的分析。

当然，除了完全沉浸在自己世界中的马浩然之外，所有人的思绪都被苏天杰的推理吸引了过去。

足足过了半晌，案发现场之内，没有任何一个人开口说话，似乎，大家都在仔细品嚼着苏天杰的这番推理。

忽地，郑祺微微扬起了嘴角，弯成一抹神秘莫测的弧度，轻声笑道：“苏天杰的推理很有道理，这里的确像是一处被凶手精心布置过一番的案发现场，对此，大家有什么意见吗？”

出人意料的是，郑祺说完这番话之后，并没有像往常一样，将视线定格在马浩然的身上，而是堂而皇之地扫了程稳露一眼。

郑祺的眼神，被大家尽收眼底，自然，大家也知道，郑祺这道眼神，主要想看的人，是程稳露！

于是乎，众人纷纷将视线跳转到了程稳露的身上。

而程稳露则是一点也不怯场，直接站了出来，走到了苏天杰的旁边，针锋相对地说道："你说出的推理，并不能证明你有多么优秀，你只不过是因为比我们早到案发现场，才比我们先找出这些疑点罢了。"

苏天杰本就自傲，而且，他来重案组的最终目的，其实是想和马浩然一较高下，但他没想到，半路杀出个程稳露来，而且还三番四次地被其嘲讽，这对于心高气傲的苏天杰来说，是绝对不能忍的！

"是吗？"苏天杰冷冷地笑了一声，眼神轻蔑地瞥了程稳露一眼，"就算先进入案发现场的人是你，我想，你也绝对不可能有能力说出这番推理！"

程稳露是示弱的人吗？

自然不是！当即，程稳露便和苏天杰争论起来，至于争论的内容，大家已经不关心了，打从二人吵起来的那一瞬间，众人便作鸟兽散，各自去忙各自的任务了。

这边，程稳露与苏天杰争吵不止，而且大有愈演愈烈的趋势，而另一边，苏叶则是悄然走到了郑祺的身边，拉了拉郑祺的衣袖，颇为不满地对郑祺轻声说道："队长，你是故意想挑起小程和天杰之间的争吵吧？"

不论是程稳露还是苏天杰，与郑祺之间，都有着非同寻常的关系，郑祺不可能不知道这两个小年轻的脾气，而郑祺刚才的举动，也的确是在故意引起二人的争吵。

对此，郑祺并不否认。

"没错，我就是想让他们两个吵一架！"郑祺笑吟吟地看了苏叶一眼，轻声说道，"苏天杰在推理方面，很有天赋，但他比几年前的你，更加高傲自负，碰巧，小程最喜欢针对自负的人，或者是有真才实学的人，比如之前的小马和现在的苏天杰！"

苏叶没说话，只是狐疑地盯着郑祺，说实话，苏叶的确想不明白，郑祺为什么要故意引起二人的争论。

"你想知道原因？其实很简单！"郑祺一边说着，一边朝着紧锁眉头，做沉思状的马浩然扬了扬下巴，转而，对苏叶轻声说道，“苏天杰刚才发现的那些疑点，我看出来了，小马同样也看出来了，我之所以想让苏天杰和小程吵一架，就是想让这两个小家伙别来干扰我和小马，就这么简单！

“这件案子，不是普通的命案，凶手极其狡猾，而且布置周密，简直就是环环相扣，但我始终认为，案发现场绝对不仅仅有那么五处疑点，一定还有隐藏在暗处，我们看不见的关键，世界上，根本就没有完美的杀人，只看凶手能将破绽藏得多深罢了。”

被郑祺这么一提醒，苏叶瞬间明白了他的想法，原来，他是怕苏天杰和程稳露捣乱，毕竟，这件案子，到目前为止，所展现出的难度，远远要高于之前的几件案子。

“我懂了！”苏叶缓缓地点了点头，只不过，她这次却没有说出任何挖苦马浩然的话，就好像，她已经认可了马浩然的能力一般，只是淡淡地看了一眼正在沉思的马浩然，便对郑祺说道：“我去验尸，如果凶手真的有破绽遗留在现场的话，我想，我们眼前的这具尸体，就有可能是那处破绽的承载体。”

“去吧！”郑祺对着苏叶微微一笑，随后，便自动屏蔽了苏天杰与程稳露的争吵，转而，将视线定格到了马浩然的身上。

再说马浩然，他好像完全没有听见苏天杰的推理，更加没有听见苏天杰与程稳露的争吵，以及郑祺与苏叶之间的窃窃私语，他只是自顾自地再次蹲下了身体，先是仔细地观察一阵尸体身下的水痕，旋即，马浩然的目光，便缓慢地开始移动，从尸体上，移向门口……

入了神的马浩然，好像疯子一样，竟然下意识地趴到了地上，用膝盖和双掌支撑着他的身体，而他的双眼，几乎都快要贴到地面上了！

马浩然做出了如此怪异的举动，自然是将众人的注意力，再次吸引到了他的身上，只不过，对于这些，马浩然却是完全屏蔽了，他的世界里，或者说，他的眼中，只有地上那极其不易察觉的痕迹而已。

马浩然保持着趴在地上的动作，从尸体的脚边开始，一点一点地朝着门口的方向缓慢爬行。

尸体距离赵东家的进户门，只有四五米的距离，马浩然却足足用了十分钟，才爬到进户门那边。

值得一提的是，在这十分钟的时间内，整个案发现场，没有一个人发出任何的声音，仿佛生怕打扰到行为举止怪异的马浩然一般，就连苏天杰和程稳露，都情不自禁地闭上了嘴巴，停止了争吵，静静地凝视着举止奇怪的马浩然。

终于，马浩然站起了身，紧闭双眼，深深地吸了一口气，直到这口气被他重重吐出之后，他那双眼瞳才陡然睁开！

只不过，与以往不同，马浩然那双漆黑的双瞳之中，写满了疑惑与不解。

“小马，有发现了？”郑祺笑吟吟地望着马浩然，语气轻松地开口说道。

马浩然点了点头，略微迟疑片刻，这才开口说道：“我发现了第六处疑点，而且，这第六处疑点，很奇怪！”

“奇怪？”郑祺重复了这两个字，“说说看，哪里奇怪？”

郑祺话音落地，马浩然便指着尸体脚部的位置，然后，将手指落到了进户门的门口位置，开口说道：“从死者的脚部位置开始，一直到进户门的门口位置，我发现了三条长度在五厘米至十厘米不等的水痕，是那种细长轮廓的水痕，就好像是某种狭长的物体，在地面上拖行过的痕迹，比如，较粗的毛笔蘸了水之后，在地上画过的痕迹。”

“细长的物体拖行过的痕迹？蘸了水的毛笔？而且还是出现在尸体的脚部，到进户门的位置？”郑祺狐疑地皱起了眉头，下意识地脱口而出道，“这是不是说明，那水痕，是凶手从进户门走进来的时候，遗留在现场的痕迹？我记得，昨天夜里下过雨吧？会不会是未干的雨水留下的痕迹？”

“有可能！”马浩然迟疑片刻，似乎有些不确定地说道，“案发现场的一系列水痕，也许，和昨夜的那场雨有关，只不过，我始终想不明白，到底是凶手的哪个部位与地面接触，才会留下这种细长的拖痕呢？总不会，凶手真的用毛笔在地上随意画几道痕迹吧？”

马浩然说出的疑问，便是水痕谜题的关键之处！

因为，众人根本想不出，到底是哪种物体，才会在案发现场留下那种细长的水痕。

而留下的那三道水痕，究竟是凶手有意为之，还是无心之失？

当马浩然话音落地之后，一时间，整个案发现场，被一阵沉闷而诡异的气氛完全笼罩了起来……

沉默持续发酵了半晌，忽地，已经完成了郑祺所布置的任务的老李，怔怔地出言问道："队长，我们才刚刚进入现场，甚至连指纹都没有完全排查清楚，你们就已经列出了六大疑点，等我们排查完现场，小叶验完尸体，说不定还会有更多的疑点冒出来，我们这案子，还怎么查？"

老李的话，虽然有一些抱怨的情绪在其中，却是说出了众人的心声。

其实，大家对于这件案子，起初并不是太在意，直到郑祺、马浩然和苏天杰陆续列出了六大疑点，才引得众人正视，不对，不能说是正视，应该说，这件案子，已经让众人产生了一种抵触的情绪，而且，还是那种查无可查、无迹可寻的抵触心理。

"我们可是人民警察，谁都可以抱怨，只有我们不能抱怨。"郑祺摆了摆手，对老李以及一众愣在当场的警员说道，"该干什么就干什么去，这件案子，一定有线索，只不过，我们还没发现而已。"

面对重案组众人的抵触情绪，郑祺不得不出言安慰，毕竟，老李他们不是郑祺，也不是马浩然，他们的内心，可没这两个人那么强大，那么坚韧！

所以，郑祺的安慰是很有必要的，因为，这件案子可不是单单一两个人就能解决的案子，想要解决这件案子，需要大家齐心协力才行！

被郑祺这么一说，老李耸了耸肩便走进了卫生间，继续排查现场，而其他警员，也重新投入到了各自的工作之中。

"队长说得没错，这件案子，一定有线索，就比如……"就在郑祺话音落地，众人重新投入各自工作之中的时候，马浩然突兀地开口说道，"我还发现了第七处疑点，同样，也是水痕！"

马浩然此言一出，众人再次下意识地停下了手上的工作，将目光跳转到马浩然的身上，就连已经走到了卫生间门口的老李，都不由得停下了脚步。

“小马，关于地上的水痕，又有什么新发现？”郑祺微微一愣，旋即便问道。

“地上一共有三处水痕，水杯之下，尸体之下，还有尸体和进户门这段距离之间的三道痕迹，我刚才很仔细地观察了一番，我发现，这三处水痕，有非常细微的异常！”马浩然迟疑地说道，“水杯下的水痕，和那三道拖痕的深浅程度，几乎一样，但尸体之下的水痕，要比另外两处略微地深一些，这点细微的差别，如果不像我刚才那样趴在地上去观察，几乎很难发现。”

马浩然话音落地，苏天杰的脸色立刻阴沉了下来……

其实，马浩然并没有讽刺苏天杰的意思，他只不过是实话实说而已，水痕的异常，如果不像马浩然那样趴在地上近距离观察，几乎察觉不出任何的异样。

而苏天杰，作为最先进入案发现场的人，他只是发现了现场的表面，并没有深究其中，就比如，那三道水迹拖痕，以及几处水痕之间的不同。

这说明什么？

说明苏天杰自视甚高，不会去做这种趴在地上找线索的事情，因为在苏天杰眼中，这是很丢人的事情。

“哼哼！”望着苏天杰微变的脸色，程稳露立刻冷笑了起来，而这次，程稳露却出人意料地站在了马浩然这边，尽管马浩然并没有讽刺苏天杰的意思，但程稳露直接加了一把火，“作为最先进入案发现场的你，竟然连水迹拖痕，以及几处水痕的不同之处都没有发现，你还真是浪费了最先进入案发现场的绝佳时机！”

“你说什么？”苏天杰立刻瞪起了双眼，盯着程稳露，冷喝道：“你说我浪费了绝佳时机？”

“难道不是吗？”程稳露讥讽道，“我想，如果你也能像马浩然一样，趴在地上找线索，现在，你也就不会尴尬地站在这里了！

“身为人民警察，连这点事都办不到，真是可笑！

“如果你连趴在地上找线索都办不到，那以后去真正的前线办案，恐怕，你也不用去了，那苦你吃不了！”

程稳露话音落地，影帝和拳王也立刻附和了起来，毕竟，程稳露现在站在了马浩然这边，大家可以摒弃前嫌，又因为，苏天杰实在是太嚣张了，影帝和拳王早就看不顺眼了，尽管，影帝和拳王已经猜出了苏天杰就是苏叶的弟弟，但这又如何？

任何向马浩然叫嚣的人，都是影帝和拳王的敌人。

面对众人的围攻和嘲讽，苏天杰的脸色越来越冷，紧握的双拳产生了轻微的颤抖，可以想象，心高气傲的苏天杰，此时的内心是多么地愤怒！

而这一切，都是因为马浩然说出了第七大疑点！

不由得，苏天杰便将目光定格在了马浩然的身上，那双眼瞳，充满了怨恨！

其实，这一切与马浩然根本就没半毛钱的关系，他只不过是把他的发现说出来了而已。

当然，马浩然这类人自然也不会在意苏天杰的眼神，他只是眉头紧锁地站在原地，略微沉思片刻，这才出言对郑祺说道：“队长，我想，如果我们能解开水痕深浅不一的谜题，许多问题，就会迎刃而解了。”

“你说得没错，只不过，案发现场其实还有第八和第九大疑点！”郑祺没理会争吵不休的几位小青年，而是和马浩然聊起了疑点。

这边，郑祺的话音刚落，那边，马浩然便立刻接上了郑祺的话，沉稳地说道：“第八大疑点，血迹。死者的咽喉处有致命伤，但现场实在是太干净了，除了死者身下之外，其他地方根本没有喷溅出来的血迹，这一疑点，可以归纳到凶手刻意布置的现场之中，换而言之，有可能是凶手杀人之后，清理了现场！

“而第九大疑点，我觉得，便是本案的关键之处——凶器！”马浩然继续说道，“我们在案发现场，并没有发现凶器，这很奇怪，但又很正常……奇怪的是，凶手精心布置的案发现场之中，如果有凶器，那我们所面临的疑云就更浓郁了，可偏偏，凶手没将凶器故意遗留在案发现场，难道，这件消失的凶器，隐藏着什么秘密不成？”

“说得好！”郑祺听了马浩然的话，不得拊掌，赞赏地说道，“目前这九大疑点，我们一个都没解开，想要解决这件案子，我们就必须从这九大疑点入手！”

郑祺说罢，挥了挥手，示意众人继续排查现场。

也就在这时候，已经走进卫生间开始排查的老李，突然喊了起来，“队长！我这有发现！”

老李的声音立刻将刚刚准备投入工作的众人吸引了过去，只不过，郑祺却是朝着众人压了压手掌，示意大家继续进行各自的工作，之后，便和马浩然当先朝着卫生间奔了去。

随后，苏天杰和程稳露对望了一眼，二人均是毫不犹豫地追上了郑祺和马浩然的脚步，四人一股脑地冲进了卫生间。

可是，问题来了！

赵东家的卫生间并不大，两到三个人进去都略显拥挤，更别说加上老李，一共五个人同时挤进卫生间里了。

当即，狭窄的卫生间变得局促起来，甚至连转个身都吃力。郑祺一脸无奈地扫了苏天杰和程稳露一眼，说道：“我们先出去，让老李告诉我们他的发现。”

话音落地，郑祺便带头走出了卫生间，而马浩然、程稳露和苏天杰，自然也是跟着郑祺的脚步，走了出去，瞬间，卫生间又变得宽敞了。

“队长，我在卫生间的垃圾桶里发现了这个！”老李似笑非笑地扫了一眼卫生间外的四人，随后，老李便从垃圾桶中，摸出了一条又大又长的浴巾，而且，还是一条染血的浴巾！

“这是……”郑祺盯着那条浴巾，立刻喊道，“马上送回局里的鉴定科，让鉴定科在最短的时间内，鉴定出浴巾上的血液，以及其他纤维和皮屑的情况！”

“好！”老李应了一声，便将那条染血的浴巾装进了大号塑封袋中，随后，便将塑封袋交给了一名警员，那名警员拿到了塑封袋，便径直跑出了案发现场。

这条在卫生间的垃圾桶中发现的染了血的浴巾，倒是让这件案子取得了新的突破，最起码，当看到了这条染血的浴巾之后，马浩然、郑祺，甚至是苏天杰和程稳露，都已经有了新的想法……

浴巾已经在送往鉴定科的路上了，而案发现场的众人，却是围绕着这条浴巾，开始了新一轮的推理。

“队长，毫无疑问，这条浴巾，一定是凶手用来擦拭喷溅出的鲜血的，这样的话，第八处疑点也就可以解释了，包括地上的水痕，也可以得到合理的解释！”苏天杰迫不及待地说道，“喷溅在地上的鲜血，被浴巾擦拭干净，这是凶手刻意布置现场的一处环节，可是，想要将血迹完全擦拭干净，就需要将浴巾浸湿，这样的话，清理血迹才会更加彻底，我想，死者尸体四周的水痕，应该就是凶手在擦拭地上的血迹的时候，遗留下来的。”

苏天杰刚刚说完，程稳露便说道：“这点常识，谁都知道，你就不要说出来了。”

“哼！”苏天杰朝着程稳露冷哼一声，但他却并没有和程稳露斗嘴，因为，关于那条染血的浴巾所延伸出的推理，是他苏天杰先说出来的，换而言之，苏天杰认为，他更胜一筹，所以，自然也就懒得和程稳露争辩了。

郑祺微微皱起了眉头，看了苏天杰一眼，又看了程稳露一眼，最后将目光定格在了马浩然的身上。

只见，马浩然眉头紧锁，很有节奏地揉着下巴，仿佛陷入了沉思一般，对于苏天杰的推理，马浩然完全无动于衷。

平心而论，苏天杰的解释很合理，但马浩然觉得有些不太对劲，至于到底是哪里不对劲，马浩然现在也说不出来。

“小马！”郑祺出言打断了马浩然的思绪，“你是不是有其他想法？”

马浩然被郑祺这么一喊，也回过神来，当即微微点头，说道：“队长，按照正常的逻辑分析，我认为这条浴巾，其实并不应该出现在案发现场，因为，这会给凶手的周密布局造成一定程度的影响，毕竟，染血的浴巾上，肯定隐藏着不确定的变数。

“可如果反过来推理的话，这条浴巾的出现，又好像是在情理之中，因为，这很符合凶手的行凶特点，比如说，故布疑阵，又比如说，这里，是一处精心布置过的案发现场，而染血的浴巾，也是凶手释放的一枚烟幕弹，或是这处精心布置的现场，必不可少的一环！

“而且，还有另外一种可能……”

马浩然说到这里，突然停顿了片刻，直到郑祺、苏天杰和程稳露将目光全部聚集到他的身上之后，这才缓缓开口说道：“那就是……雨！”

“雨？”郑祺轻声念出了这个字，仿佛在细致地琢磨似的。

“没错，就是雨！”马浩然继续开口说道，“昨天夜里，下了一场雨，客厅的水痕，也有可能是凶手进入案发现场之后，带进来的雨水，进而，转化成了地上的水痕，如果，地上的水痕用外面的雨水来解释的话，那么，那条染血的浴巾就有其他作用了，比如，在凶手行凶的时候，挡在凶手身前，防止死者的鲜血喷溅到凶手的身上。

“只不过，这种推理需要一个前提，那就是，凶手犯案的时间是在下雨之后！”

马浩然说完这番话，便停了下来，而不远处的客厅里，仿佛为了证明马浩然的推理是正确的，苏叶很是时候的喊道：“初步的验尸结果已经出来了！”

苏叶一语，立刻将众人吸引到了她的身边，哪怕苏天杰和程稳露想出言反驳马浩然的推理，都没有来得及。

“你们两个配合得还不错，算是无缝衔接了！”围到了苏叶身边之后，郑祺瞥了一眼面露不甘之色的苏天杰和程稳露，便打趣地对苏叶和马浩然调侃了一句，调侃过后，郑祺根本不给马、苏二人反驳的机会，直接开口向苏叶问道，“验尸结果是什么？”

苏叶先是瞪了郑祺一眼，好像在为郑祺刚才调侃的话而恼怒似的，不过，苏叶很快便忘记了刚才的调侃，进入了工作状态，指着尸体说道：“根据尸体的瞳孔变化来判断，死者的死亡时间应该是在午夜十二点至凌晨两点之间，我又检查了一下尸体的尸斑扩散程度和尸僵程度，将死者的死亡时间范围缩小到了凌晨零点三十分至凌晨一点三十分之间，也就是说，凶手犯案的时间，只有一个小时！”

“我记得，昨天晚上的那场雨是午夜十二点左右开始下的，这符合我的另外一种推理，凶手淋过雨，然后进入案发现场，留下了水迹，而那条浴巾，则是凶手遮挡血痕的工具……可是，凶手为什么要将浴巾留在案发现场？直接处理了不就行了吗？如果我们在浴巾上发现了线索，那凶手岂不是前功尽弃了？按照凶手的逻辑和犯案手法来看，凶手不应该会犯下这种小错误才对！”

马浩然呢喃自语，好像是在自问自答，又好像是在问郑祺等众人。

苏叶深深地看了马浩然一眼，没有做过多的解释，而是继续说道：“死者的致命伤有两道，全都在死者的颈部，而且紧挨在一起，死因是被利刃割断喉咙，至于伤口以及其他方面，我需要将尸体带回警局进行解剖，才能得出最终的结果。”

“两道致命伤……”马浩然微微皱眉，有些想不通地说道，“被利刃割断咽喉，只需要一道致命伤就可以了，凶手为什么会弄出两道致命伤？而且都在死者的颈部，还紧挨着……”

“这我就不知道了，需要你们自己找答案！”苏叶耸了耸肩，随后便摘掉了白皙修长的纤纤玉手上的手套，这才对郑祺说道，“郑队，尽快联系死者的家属，申请解剖验尸吧！”

郑祺点了点头，便朝着老李喊道：“老李，死者家属联系到了没有？”

“已经联系到了，队长！”老李快步跑到了郑祺身边，一边翻开了手中的记录本，一边对郑祺开口说道，“死者的家属李珍，正在赶回金陵市的火车上，估计不久之后就会回到金陵市了，还有，我们的现场排查也做完了。”

“说！”郑祺简单明了地一挥手，道。

“根据我们的排查，案发现场，也就是赵东的家里，指纹分布很密集，但绝大多数的指纹只有三种，冉潇用电脑通过大数据库调查出了其中两种指纹的主人，一个是死者赵东，另外一个是赵东的妻子李珍，至于第三种指纹，大数据库中并没有资料记载，但我根据这些年的办案经验来判断，第三种指纹，是属于小孩子的指纹，而且，有很大的可能是赵东和李珍的儿子赵阳的指纹！”

“继续说下去！”郑祺微微点头，示意老李继续说下去。

案发现场是赵东的家，会出现赵东、李珍以及赵阳的指纹，这是再正常不过的事情了，最关键的是，李珍没有动机杀赵东，赵阳更不可能，而且，李珍和赵阳又有充分的不在场证明，所以，哪怕案发现场遍地都是李珍和赵阳的指纹，也在情理之中，这个插曲，并没有让郑祺将怀疑的矛头指向李珍母子。

老李得到了郑祺的授意之后，便继续说道：“案发现场的环境，如大家所见，很干净，除了那九大疑点之外，并没有发现任何打斗、挣扎，以及可疑的痕迹，唯一有价值的线索，就是我之前说过的指纹！

“我刚才说过，案发现场绝大多数的指纹，都是赵东一家三口人的，但是，却有四个例外。

“通过我们的排查，发现除了赵东一家三口的指纹之外，还有另外四个人的指纹，零零散散、模模糊糊地留在了赵东的家里，而且，这四个人都不是小孩子！

“由于那四个人的指纹太过模糊，冉潇需要用电脑完善一下指纹的痕迹，才能通过大数据库调查出指纹的主人！

“对了，队长，除了那四个神秘的指纹之外，还有许多零零碎碎的指纹痕迹，由于时间太久，也因为不断有新的指纹添加，所以，那些零零碎碎的指纹已经支离破碎，根本无法提取了。”

老李说完这番话，郑祺和马浩然便面面相觑，因为，二人真的没想到，案发现场竟然会出现四种可疑的指纹！

至于那些支离破碎的指纹，马浩然和郑祺已经将其完全无视了！

经过长时间的沉淀，或者是新增指纹的累积，老旧的指纹自然会变得支离破碎，不过，那些指纹存在的时间太久远了，对于本案根本不会有任何的帮助，所以，郑祺和马浩然才会选择自动过滤，这是每一个合格的警察，都能够在第一时间做出的常规判断。

那么，真正值得注意的，便是那四种神秘的指纹了！

“还有其他疑点吗？”郑祺沉声问老李。

老李合上了记录本，一边摇头，一边对郑祺说道：“没有了！队长！”

“让冉潇抓紧追查那四种指纹的主人，还有报警人钟先生……”

郑祺的话还没说完，老李便突然开口，将其打断了。

“队长，刚刚联系上了钟先生，他已经到楼下了，你看，我们是不是下楼去找钟先生录口供？毕竟，这里有尸体在，钟先生未必敢上来。”老李说完，便指了指静静躺在地上的赵东的尸体，试探性地问郑祺。

“走！去楼下见钟先生！”郑祺朝着老李点点头，随后一挥手，便径直朝着楼下走去。

郑祺离开了案发现场，朝着楼下走去，而跟着郑祺走下楼的人，却是不少，马浩然、苏天杰、程稳露、影帝、拳王、老李，就连已经做完了初步验尸，目前没什么新任务的苏叶，也好奇地跟了下去。

这件案子目前掌握的线索太少了，疑点却是非常多，报警人钟先生到底能不能提供更加有用的情报，大家都很好奇，也很关心，所以，郑祺干脆也就没制止大家，就这样，一行人浩浩荡荡地离开了案发现场，朝着楼下奔去。

众人走出了三单元后，首先映入眼帘的，便是一名穿着黑西裤、白衬衫，皮鞋闪亮，发型精神，一副标准职场男人打扮的中年男子。

“你就是这起命案的报警人钟先生吧？”郑祺率先开口，言罢，朝着那中年男子伸出了右手。

“我叫钟志成，是我报的警，没错！”钟志成见状，立刻伸出了右手，和郑祺握到了一起。

“我是重案组的组长郑祺，钟先生，请把你报警的详细过程说一下！”由始至终，郑祺的脸上都挂着微笑，仿佛是想用他的笑容来为钟志成缓解紧张似的。

“我在广播和电视上经常看到你，郑队长！”钟志成好像被郑祺的笑容感染了，双肩下意识地向前耸了耸，腰杆也没那么直了，看得出，钟志成现在很放松。

“我之前在报警电话里已经说过了，我工作的地方离这里比较远，平时上班都是乘坐老赵的出租车，这个习惯，我和老赵已经保持两三年了，而且，老赵这人很守时，早上七点，我就会到楼下，最晚七点十分，老赵也会出来，这两三年中，从来没有超过七点十分还没下楼的情况，今天是第一次！

“最开始，我也没想太多，只是在楼下耐心地等着老赵，直到七点三十分，老赵还没下楼，我就有些心里打鼓了。”

说到这里，钟志成微微叹了一口气，似乎是在为赵东的突然死亡而惋惜，毕竟，他和赵东做了很长时间的邻居，又是每天都见面的那种，有些感情也是正常的。

而郑祺并没有出言催促钟志成，只是一言不发地站在原地，耐心地等候钟志成继续说下去。

大概沉默了十几秒的时间，钟志成的情绪终于稳定了下来，这才继续说道：“我跑上了三楼，开始敲赵东家的门，足足敲了五分钟，里面都没有任何的反应，然后，我就给赵东的老婆李珍打了电话，李珍十分确定地告诉我，赵东就在家里！”

“我当时感觉事情有些不太对劲，就打电话报了警，本来，警察是不准备受理我报的案，因为没人确定赵东是不是真的在家里，而且失踪不足四十八小时，好像也不能算是失踪，也就不能立案。

“还好，接警的那位警官人好，立刻受理了我的报案，并且和同事找来了开锁的人员，打开了防盗门。

“然后，我们就见到了赵东的尸体！

“我今天没上班，已经向单位请了假，我知道，你们来了之后会找我录口供，所以，我就一直在楼下等你们，事情的经过，就是这样。”

说完了整件事情的前因后果之后，钟志成还弱弱地问了郑祺一句，“郑队长，老赵这件案子，有进展吗？”

郑祺深深地看了钟志成一眼，不过，他脸上的笑容并没有丝毫的减弱，只是轻轻地朝着钟志成摆了摆手，很官方地回答道："这属于我们警方的机密，暂时不方便对外人透露。"

"好吧！"钟志成耸了耸肩，又道，"那我现在应该如何配合警方？"

"你只要正常进行你的工作和生活就可以了！"郑祺淡淡一笑，道，"我们警方如果有需要你配合的地方，一定会联系你的！"

钟志成也不说话，只是朝着郑祺点了点头，随后，便朝着老旧小区走了去，至于他去干什么，郑祺等众人就不知道了。

直到钟志成的背影彻底消失在了众人的视线之内，郑祺突然朝着影帝招了招手，轻声对影帝说道："跟上他，但不要被发现！"

"收到！"影帝应了郑祺一声，便一路小跑地朝着钟志成消失的方向追了过去。

"队长，你怀疑钟志成？他的态度很好，而且也很配合我们警方。"老李望着一前一后消失在他视线内的钟志成和影帝，不解地向郑祺问了一句。

只不过，老李的话还没说完，便被一旁的苏天杰给打断了……

"钟志成是第一个，也是唯一一个，我们目前所掌握的见过尸体的警外人员，尤其是，他还是报警的人，单凭一种习惯，便坚决报警，很可疑，而且，他未免也太配合我们了吧？过度的配合，只能让我联想到，他想从我们警方这边套出一些消息！还有最关键的一点，我认为，钟志成应该就是出现在赵东家里的四种指纹其中之一的主人。"苏天杰的话语之中，透出一股盛气凌人的傲气，就好像，老李根本不应该问出这么没水平的问题一般。

平心而论，苏天杰的分析很谨慎，而且大方向也没有错，尤其是最后的指纹分析。

不仅仅是苏天杰这么认为，包括郑祺、马浩然，甚至是程稳露，都已经认定，赵东家里的四种指纹，必有其一是属于钟志成的。

按照钟志成的描述，他和赵东的关系很不错，所以，钟志成绝对不可能没去过赵东家里，如果凶手真的是钟志成，那么，钟志成就算在犯案的时候在赵东家里留下了不完整的指纹，他也有借口和说辞。

这边，苏天杰话音落地，那边，老李的脸色也沉了下来。

说实话，老李忍苏天杰很久了，他早就看苏天杰不顺眼了。

正当老李准备出言反驳苏天杰时，他手中的电话突然响了起来。

老李狠狠地瞪了苏天杰一眼，扫了一眼电话上显示的号码，便毫不迟疑地接通了电话。

“小妹，怎么回事？”老李对着电话说了一句。

小妹，这是冉潇在重案组特有的称呼，所以，郑祺和马浩然等人也在一瞬间，便确定了打电话的人是谁。

“什么？我们马上上去！”老李目露惊讶地低吼了一声，言罢，便匆忙地挂断了电话，挂断电话之后的老李几乎没有任何停顿地扭头对郑祺说道：“队长，赶紧上楼，去案发现场，有重大发现！”

老李这句话，就像是强心剂一样，注入了每个人的心中！

当即，也不等郑祺下命令了，马浩然一马当先地反身跑上了三楼，紧接着是程稳露和苏天杰，然后是郑祺和拳王，第一个接到消息的老李，反倒和苏叶成了最后一批上楼的人。

马浩然等众人鱼贯冲进了案发现场，而此时的案发现场，赵东的尸体已经被装进了存尸袋里，看样子，是打算先带回警局，等赵东家属同意解剖验尸之后，便在第一时间将其解剖。

再说赵东的尸体，之前躺着的那片区域，此时，已经是空空如也……不对，不是空空如也，而是有一缕黑色的毛发，静静地躺在那里。

“你们看。”冉潇指着地上残留的那一缕黑色毛发，对众人说道，“队长，各位，同事们抬起尸体，准备将尸体带回局里，可是，我们却在尸体下，发现了这东西！”

“这是什么？”言罢，郑祺立刻迈出步子，和马浩然一左一右蹲在了地上，仔细地观察起了地上那一缕黑色的毛发。

随后，程稳露、苏天杰、老李、拳王，包括苏叶，都凑了过去，几人围成了一个圆弧形，将那一缕黑色的毛发，围在了核心处。

当即，苏叶拿出了已经收好的手套，重新戴上之后，这才小心翼翼地捏起了那一缕黑色的毛发，仔细观察起来。

“很软，很直，也很柔顺，而且并不太长，只有一节手指的长度……”苏叶微皱秀眉，迟疑片刻，这才用不确定的语气，出言说道：“这应该不是人类的头发或汗毛，好像，是属于某种动物的毛发！”

“某种动物的毛发？”郑祺盯着苏叶手中那奇怪的黑色毛发，自言自语道，“类似动物身上的毛发，为什么会出现在案发现场？而且还出现在了尸体的下面？”

其实，不仅郑祺心中有这个疑问，包括马浩然等人在内，所有人的心中，都有这个疑问！

这一缕黑色的毛发，出现得太过突兀，也太过意外，谁能想到，隐藏着无数秘密的尸体下面，竟然还有更神秘的黑色毛发。毫无疑问，这件案子，真的越来越扑朔迷离了！

可就在这时候，全神贯注地盯着那一缕黑色毛发的马浩然，猛地瞪起了双眼，无巧不成书，几乎是同一瞬间，苏叶也做出了相同的动作，最关键的是，马、苏二人的目光，还不约而同地碰撞到了一起！

“黑猫的毛发！”

这句话，是马浩然和苏叶异口同声喊出来的。

通过苏叶刚才的判断，马浩然和苏叶很自然就想到了昨天被赵东打死的那只黑猫，毕竟，案发现场的黑色毛发，很像动物身上的毛发。

自然而然，马浩然和苏叶也就会顺着这条线索继续想下去，首先映入二人脑中的，便是昨天带给二人极深印象的那只已经死去了的黑猫。

尽管，马浩然暂时还无法确定案发现场的毛发是不是黑猫的毛发。

再说案发现场，被马浩然和苏叶这么一喊，众人也都不由得愣住了。早在来案发现场之前，大家在重案组的办公室内，就已经听说过赵东与黑猫的事件经过了，如今，再被马浩然和苏叶这么一喊，众人自然会发愣，甚至产生了短暂的失神。

死一般的沉寂，足足持续了十几秒钟，而第一个打破沉默的，便是郑祺。

“老李，马上把这东西送到鉴定科去鉴定，我要知道，这东西到底是人身上的毛发，还是动物身上的毛发，或者，是黑猫身上的毛发！”

最后一句话，郑祺几乎是吼出来的！

由此可见，马浩然和苏叶的话，以及这一缕黑色毛发的突然出现，带给了郑祺多么大的震撼和意外。老李知道事情的严重性，郑祺话音刚落，老李便从身上摸出了塑封袋，直接将苏叶手上的黑色毛发套了进去，做完了这些，老李二话不说，直接飞奔出了案发现场。

看得出来，这一缕黑色毛发带给老李的震撼，绝对不弱于郑祺，甚至还要更强！

老李走后，众人谁都没有开口说话，仍旧保持着沉默，只不过，大家却下意识地将目光落到了门口，不对，简单地说，众人是将目光落到了赵东的对门邻居，那位养了黑猫的徐姓青年的家门口。

也就在这时候，那徐姓青年的家里突然传出了几句轻微的说话声，郑祺和马浩然等人并没有听清楚门内的人到底在说些什么。

不过没多久，对门的防盗门便被打开了，两名年纪相仿的男青年一前一后走出了徐姓青年的家。

这两名青年，一名穿着运动背心和短裤，高高瘦瘦，头发微长，而且长相也还算不错，而另外一名则是很随意地套着一条牛仔裤和T恤衫，模样平凡，身材普通，属于那种扔进人群里都没人会注意的类型。

自然而然，赵东家里的众人将目光落到了那两名男青年的身上，与此同时，那两名男青年也朝着赵东家里投来了好奇的目光。

“大清早的，老赵家就吵吵闹闹的，也不知道怎么了！”那名高高瘦瘦的男青年一边撇嘴说着，一边抻着脖子朝着屋内张望起来。

而另外一名相貌平凡的男青年则是不耐烦地对高高瘦瘦的青年说道：“别看了，吃饭重要，昨天看了一夜的球赛，赶紧吃一顿饭，吃完我好回家睡觉去！”

高高瘦瘦的青年没说什么，只是任由另外一名青年推搡，两名青年很快便走下了楼。

忽地，马浩然压低了声音，无比急切地对身边的拳王说道：“大全，跟上他们，那个高高瘦瘦的家伙，就是黑猫的主人，徐姓青年！”

马浩然此语，犹如洪钟一般，在众人的脑中炸响开来。

黑猫的主人！

徐姓青年！

昨天，死者赵东打死的黑猫，就是他养的！

尤其是，郑祺和马浩然等人，还刚刚在案发现场发现了疑似黑猫毛发的东西。

自然而然，众人对这徐姓青年也就更上心了。

当即，拳王没有任何犹豫地冲出了案发现场，也就是赵东的家，开始去盯梢那徐姓青年。

“那家伙就是黑猫的主人？”苏天杰微微侧过头，只不过，他并没有去问马浩然，而是将目光落到了他姐姐苏叶的身上。

众人之中，只有苏叶和马浩然见过徐姓青年，而苏天杰自然不可能主动去问马浩然问题，所以，他只能问苏叶。

苏叶没说话，只是朝着苏天杰缓缓地点了点头。

“他应该是最有嫌疑的人，而且，他的优先级要远远甩开钟志成！”苏天杰一边说着，一边站起了身，根本不理会众人，径直追了出去，看样子，他也打算去盯梢徐姓青年。

拳王和苏天杰相继离开了案发现场，去盯梢徐姓青年，郑祺却并没有出言干涉或阻拦，其实，在郑祺的心中，也将徐姓青年列入了最值得怀疑的目标人物之一，而且优先级要超过所有人。

“冉潇，能不能查到徐姓青年的资料？”郑祺站起了身，虽然他是在对冉潇说话，但目光却始终都没有离开过徐姓青年的家门。

“应该没问题！”冉潇娴熟地打开了电脑，当话题回到了电子科技领域，冉潇仿佛就像换了一个人，就连说话的语气都充满了自信，“我先试着连接一下这片管理区的局域网，从房屋管理部门的内网，调查一下赵东家对面房子的所有者是谁。”

第十章　调查

冉潇一边说着，一边敲击起了键盘，“噼里啪啦”的声音，很有节奏。

大概过了三分钟，冉潇突然出声说道：“找到了！”

“说！”郑祺几乎是在冉潇说话的下一瞬间，便接上了话，由此可见，郑祺的内心是多么急切地想要掌握徐姓青年的资料。

“死者赵东家对面的房屋属于张梅女士所有，不过，根据有关部门的资料记载，张梅女士在国外生活了很多年，这套房子只是用来出租的，而徐姓青年便是租客，而且，他在这里已经居住两年了。

“徐姓青年名叫徐正飞，江北省人，未婚，两年前从金陵财经学院毕业，目前在金陵市一家小企业做会计，他的底子很干净，没进过局子。

“目前只能掌握这些资料，我可以尝试入侵徐正飞所在的那家公司的内部网络，查一下徐正飞更详细的资料。”

冉潇这句话，好像是在对郑祺说，又好像是在自言自语，因为，他说完这句话的同一时间，双手便开始在键盘上疯狂地敲击起来，看样子，应该是已经开始入侵那家公司的内部网了。

“金陵财经学院，专科毕业，算是三流的学历，他的身份是会计，而且底子很干净，从表面上看，除了那只黑猫，徐正飞与死者赵东并没有太大的关联。”马浩然轻声说道，“除非，我们可以确定，现场发现的黑色毛发就是黑猫的毛发，只有这样，才能将徐正飞和赵东之死联系到一起。”

“这些问题，等鉴定结果出来了再讨论吧！”郑祺小幅度地摇了摇头，又为自己点燃了一支香烟，挥了挥手，对众人说道，“赵东的尸体先带回局里，案发现场暂时封锁，小程，你去和李珍沟通一下这几件事，毕竟，这也是李珍的家，封锁了现场，对李珍也会造成不小的影响。其余人，收队！”

言罢，郑祺当先一步踏出了案发现场，而其余众人则是各自忙起了各自的任务。

再说马浩然，他一言不发地跟在郑祺身后走出了案发现场，只不过，在下楼之前，马浩然还朝着徐正飞家那道紧紧关闭的防盗门深深地看了一眼，仿佛想要用眼神看穿防盗门似的，当然，马浩然的做法是徒劳的，他并没有发现任何的异常。

微微摇了摇头，马浩然缓步走下了楼梯。

就在这时，一道银铃般清脆的声音突然从马浩然的身后响起，尽管声音很低，但马浩然听得一清二楚！

“得到了解剖尸体的许可之后，我会立刻解剖验尸，还有鉴定科那边，应该很快就会传来消息，包括四种指纹，冉潇也在排查，其实，我们目前所掌握的线索并不少，只不过都还没有浮出水面而已。”

声音落地，马浩然猛地回头，狐疑地望向了这道声音的主人——苏叶！

马浩然之所以会露出狐疑的眼神，是因为他从来没想过苏叶会出言安慰他。

从第一次和苏叶见面开始，苏叶就横竖看马浩然不顺眼，更不可能会安慰马浩然，可这一次，苏叶对马浩然的态度却发生了翻天覆地的变化，尽管马浩然并不知道原因是什么。

“就因为我们掌握的隐藏线索太多，所以，这件案子才会变得越来越困难。”马浩然望着苏叶，递给了她一道略显僵硬的微笑，“我们需要将这些完全不挨边的线索，在符合逻辑的前提下串联到一起，线索越少，串联起来就越方便，反之，线索一旦多了起来，对逻辑性的要求也就越高，串联起来也就越困难。”

“你泄气了？”苏叶一如既往地高冷。

“没有！”马浩然嘴角向上扯起了一抹更明显的弧度，“这样的悬案只会让我更兴奋！”

说完这句话，马浩然便收回了停留在苏叶身上的目光，与郑祺一同走出三单元，并且坐上了同一辆警车。

而苏叶则是默默地注视着马浩然的背影，直到他的身影被警车完全吞噬，这才呢喃自语地嘀咕了一声：“这句话，我记得是队长曾经经常挂在嘴边的话。”

马浩然坐上了郑祺驾驶的那辆警车，对此，郑祺并不意外，甚至，郑祺还有意不让其他人坐上来，包括苏叶。

马浩然刚刚坐定，郑祺便一脚踩下油门，警车直接冲出老远，驶离了这片老旧小区。

“队长！”当郑祺驾驶着警车驶离了案发现场所在的老旧小区，马浩然便急切地问道，“这件案子，你有什么看法？”

这么多年，马浩然从来没有表露过心急的情绪，而且，也没有太多事能让马浩然如此心急，按理来说，这种情绪根本就不应该属于马浩然。

但这次是例外，因为这件案子有些让马浩然头疼，所以，马浩然现在很急切地想知道郑祺对这件案子的看法。

通过之前的几件案子，尤其是头七回魂和夺命阴婚这两件案子，马浩然对郑祺的印象发生了翻天覆地的变化，甚至，在马浩然的心中，认为郑祺的推理能力要强于他。

经过了这段时间的相处，以及各个凶案的侦破过程，对待郑祺，马浩然的态度也从下属对上司，变成了亦师亦友。

所以，马浩然才会迫切地想要聆听郑祺对于此案的意见。

“我没什么看法。”郑祺咧嘴笑了起来，一手扶着方向盘，一手拿着烟盒凑到了嘴边，用牙齿咬出了一支香烟，再把烟盒甩到中控台上，自顾自地拿出打火机，将香烟点燃，整个过程，郑祺显得娴熟无比，就好像他经常做这种事似的。

马浩然不语，双眼只是一眨不眨地盯着郑祺，仿佛郑祺不说话，就不会收回目光一般。

郑祺深吸了一口香烟，用余光扫了一眼满脸正色的马浩然，突然坏笑起来，那笑容就像是影帝。

“小马，你觉得苏叶怎么样？”郑祺没头没脑地问了这么一句话。

“苏警官？工作能力强，而且很认真，家世又好，人又漂亮，就是有些冷……”马浩然出于本能地将他对苏叶的印象说了出来，可是，后半句话却让郑祺差点把嘴里叼着的香烟给吐出来，“队长，你该不会怀疑苏警官就是凶手吧？苏警官根本不可能是凶手，她没有作案时间，没有作案动机，更加不符合本案的一切疑点。”

“噗！”郑祺一口老血差点没喷出来，随后，极其无奈地望着马浩然，苦笑一声道，“小马，你脑子里除了案子之外，还有别的事吗？”

“没有！”马浩然很坚决也很郑重地摇起了头。

“服你了！”郑祺耸了耸肩，很是无奈地撇了撇嘴，这才迫不得已地将话题转移到了案子上，“这件案子疑点太多，而且我们有许多线索都在调查中，太多的不确定因素都没有得到确定的答案，所以，我暂时对本案并没有太多的看法，我们现在只能等，等着各方面将我们所掌握的线索都查个水落石出，到了那时候，才是我们侦破本案的真正开始！”

听了郑祺的话，马浩然无比失望地收回了目光，好似入定老僧一般，呆呆地凝视着汽车之前不断后退的景象。

其实，马浩然对于本案的态度和郑祺一样，只不过，他总感觉郑祺知道的东西要比他多那么一点点，所以，他才会迫切地询问郑祺。

车内，马浩然和郑祺都没有再开口，一时间，除了发动机的轰鸣声，便再无其他声音了。

就在这时，郑祺的手机突然响了起来。

郑祺摸出了手机，看了一眼来电显示便将手机接通，并且按下了免提开关。

“队长！”电话中传来的声音属于冉潇，他气喘吁吁地喊道，“我查到那四种指纹的主人了！”

“说！”郑祺斩钉截铁地低喝了一声。直到此时，警方撒出去的大网才终于收到了第一条回馈。

“那四种指纹分别属于报警人钟志成、黑猫的主人徐正飞，另外两人则分别叫齐悦，以及杜凡！”冉潇继续说道，“我这就把齐悦和杜凡的资料发给你，你在汽车导航的屏幕上就能看见。”

说完，冉潇便挂断了电话。

而警车内的马浩然和郑祺则若有所思地闭口不语，当然，二人所思考的事情都是围绕后两名神秘人——齐悦和杜凡展开的。

钟志成和徐正飞的指纹会出现在赵东的家里，其实早就在马浩然和郑祺的预料之内，但齐悦和杜凡这两个人并没有进入警方的调查视线，甚至，警方连这两个人是谁都不知道，那么，这二人的指纹为什么会出现在赵东家里？

忽地，警车中控台上的导航系统发出了一道轻微的“哔”声，马浩然和郑祺的思绪自然也被吸引到了导航系统的屏幕上了。

当即，郑祺将警车停靠在了路边，然后和马浩然一起全神贯注地观看起了导航的屏幕。

随后，屏幕的画面产生了变化，一名年纪大约二十七八岁的年轻女性的照片出现在了导航上。

这年轻女性头发中长，模样说不上漂亮，但也不算丑，总而言之，只能算是一名扔进人群里也不会引起太大浪花的普通人。

只不过，马浩然看到了屏幕上显示的照片之后，整个人突然愣住了，双眼也情不自禁地瞪了起来！

就坐在马浩然身边的郑祺自然发现了马浩然的异常，当即便出言问道：“小马，你认识她？”

“我不认识她！”马浩然摇了摇头又点了点头，“但我见过她，就在昨天，在新时代广场对面的西餐厅，我和苏警官看到了赵东和徐正飞因为死去的黑猫而产生争执的时候，有一对青年男女走进了餐厅，而且还聊起了徐正飞和赵东发生矛盾的简单过程。”

“照片中的女人，该不会就是当时那对青年男女之中的女子吧？”郑祺不假思索地说道。

“就是她！”马浩然坚决地点了点头，“她应该就是齐悦，那么，杜凡很有可能就是那名男子！”

马浩然的话刚刚说完，仿佛为了配合他似的，屏幕上的齐悦照片消失了，转而换成了一名短发男青年的照片，这男青年眼睛不大，脸上还有几颗雀斑，虽然模样不帅，但辨识度倒是挺高的。

在照片出现的第一时间，马浩然便认出了这人，正是昨天在西餐厅偶然碰见的青年男女之中的男人！

“是他！”马浩然深吸了一口气，对郑祺说道。

“有意思！”郑祺扬起嘴角，痞痞一笑，随后便拨通了冉潇的电话，仍旧是免提的方式。

电话没响几声便被冉潇接通了，“队长，我可以通过导航系统来和你们实时对讲，重案组的警车里都被我安装了接收器。”

“我忘记了。”郑祺讪讪地笑了一声，“那我挂了，你把齐悦和杜凡的资料发过来！”

说完这句话，郑祺便直接挂断了电话，而这时，导航的屏幕上也再次发生了变化，一行资料文字出现在了屏幕上。

齐悦，女，二十八岁，江南省金陵市本地人，目前于金陵大学攻读博士学位，居住在新时代广场对面小区第二栋楼的三单元二层东户。

杜凡，男，二十八岁，江南省金陵市本地人，同样在金陵大学攻读博士学位，居住在新时代广场对面小区第二栋楼的三单元二层东户，并且是这间房屋的所有人。

齐悦和杜凡在大学时期就开始了恋爱，二人一起在金陵大学本科毕业，一起考上硕士，一起攻读博士，而且，二人已于上个月在金陵市民政局登记结婚。

“这对小夫妻是金陵大学的高才生，这就有意思了！”郑祺又为自己点燃了一支香烟，“而且，根据你之前在警局里的讲述来看，这二人对猫狗通灵之事，既没有表露出嗤之以鼻的排斥，也没有提及过绝对相信的字眼，这就有些让我怀疑了，而且，二人居住在同一栋楼的二楼，是赵东的楼下邻居，又是夫妻关系，如果这两个人想犯案的话，倒是有很大的便利条件，最起码，两个人可以相互做伪证，也可以在行凶过程中相互帮助，相较于一人行凶，二人一起行凶的成功率要高很多！”

“队长，齐悦和杜凡同样有嫌疑！”马浩然坚定地说道，“我们应该尽快将钟志成、徐正飞、齐悦和杜凡，请到警局！”

“你说得对，现在，是该把这四名有犯案嫌疑的人请回警局谈一谈了！”郑祺别有深意地扬起了嘴角。

这一次没等郑祺拨通冉潇的电话，汽车内，被冉潇改过的导航系统便出现了他的声音：“队长，要马上把这四名嫌疑人请回警局吗？”

“联系王大全和影帝，立即把徐正飞和钟志成请回警局，你负责把齐悦和杜凡请回去，马上去办！”郑祺雷厉风行地下达了命令。

“我知道了！”冉潇应了一声，便切断了与导航系统的联系，然后，导航系统又恢复到了最开始的画面。

安排完各自的任务之后，郑祺便狠踩了一脚油门，警车飞速地朝着金陵市局的方向狂奔而去。

其实，不仅是郑祺着急，连马浩然也有些着急了，他们之所以着急，是因为同一件事——不论是郑祺还是马浩然，都迫不及待地想要见一见这四名嫌疑人，并且和他们好好谈一谈。

一路无话。

郑祺驾驶着警车，风驰电掣一般地驶入了金陵市局的大院。

当郑祺刚刚将警车停稳，他的手机便毫无征兆地响了起来。

郑祺扫了一眼电话上显示的号码便直接将其接通了，电话中传出了一道熟悉的声音：“队长，徐正飞和钟志成已经被我们请回警局了，杜凡和齐悦还在路上。”

马浩然依稀能听得出这声音的主人是老李。

“分别将他们带到五楼，找两间空办公室，我这就上去！”郑祺回了电话中的老李一声，便挂断了电话。

马浩然没有发问，只是一言不发地与郑祺一同打开车门，跟在郑祺的身后进了金陵市局的办公大楼，直奔五楼而去。

马浩然和郑祺刚刚踏上五楼，守在楼梯口的老李便迎了上来。

“队长!·先见谁？”老李开门见山地问道。

“钟志成我们已经询问过了，除了指纹这方面之外，其他方面再问也不会有太大的价值，我们还是先见一见徐正飞吧。”郑祺不假思索地回了老李一句，说完，还用余光扫了马浩然一眼。

马浩然没说话，只是轻轻点了点头，表示他完全赞同郑祺的提议。除了指纹方面，钟志成的确没有什么太大的询问价值，但徐正飞就不一样了。

作为死者赵东的对门邻居，又是黑猫的主人，他的嫌疑，目前来说应该是最大的!

“好！”老李点了点头，便引着马浩然和郑祺直奔一号办公室走了去。

所谓一号办公室，并不是市局一号人物的办公室，而是市局内部众多办公室之中的第一间，所以才叫一号办公室，而且，那里并不是真的有人办公，而是专门为这种称不上嫌疑人，又无法押解进审讯室的特殊人员，特意准备的询问室。

没走几步，老李便引着郑祺和马浩然走到了一号办公室的正门前，接着，老李抬手扭开了一号办公室的实木门。

吱呀!

木门发出了一道尖锐的声音之后，便完全被打开了，门后，徐正飞便进入了郑祺三人的视线。

徐正飞仍旧穿着那身他离开家时所穿的运动背心和短裤，高高瘦瘦的他并没有安静地坐在座位上，而是在房间里来回走动，并且好奇地打量着房内的一切摆设，挂在墙上的人员表、职位表、法律法规守则，以及办公室内那些简单的陈设，都在他的打量范围之内。

木门被打开时所发出的那道声音，惊动了徐正飞，当即，他的目光便从墙上的宣传栏上转移到了门口的位置。

徐正飞转过头来的那一刻，马浩然三人也算是真正见到了他此时的表情——很平静，只不过，那双眼瞳之中还隐藏着一丝愠怒。

几人视线相交，还不待郑祺等人开口，徐正飞眼底的愠怒便立刻转变成了愤怒，并且瞬间喷发了出来！

“我说，我饭还没吃完，就被你们警察粗鲁地带了回来，难道警察就可以随便限制我的人身自由吗？”徐正飞愤怒地叫嚷道。

“误会！”郑祺对于徐正飞的愤怒，没有表现出任何的异状，反而露出了很和蔼的微笑，“我们警方请你回来，只是想通过你了解一下赵东之死的案子而已，至于去请你的警员，如果有冒犯的地方，我代他向你道歉，而且，我们也没有任何想要限制你人身自由的意思，毕竟，我们警察的宗旨就是为人民服务。”

郑祺这番话说完之后，徐正飞的脸色缓和了不少，声音之中的怒气也消散了许多：“好吧！想问什么你们就问吧！”

徐正飞说完这句话，便直接坐到了沙发上，而郑祺则是回身关上了门。

趁着郑祺关门的空隙，老李用一种极轻的声音对马浩然说道：“这家伙怨气真重，就是请他来警局问几个问题，还扯到限制人身自由上了，还真是能给我们警察抹黑。”

马浩然只是轻轻地耸了耸肩，并没有回应老李。

而另一边的徐正飞只是看到老李和马浩然在轻声嘀咕着什么，但具体内容他却听不见，所以，这家伙刚刚被郑祺安抚下来的情绪，又再次爆发了！

“有什么话就直说，别偷偷摸摸的！”徐正飞冷嘲热讽地瞪了老李一眼。

被徐正飞三番两次地挑衅，就算是泥人也得有三分火气。

更别说老李本就是个直肠子！

只见老李眉毛一挑，双眼一瞪，正准备和徐正飞争论，也就在这时候，关好房门的郑祺走回到了老李的身边，直接朝着房门的方向推了他一把。

“很闲吗？去忙你自己的工作去！”郑祺低喝了一声。

郑祺都发话了，老李自然不敢反驳，只能悻悻地瞥了徐正飞一眼，便独自走出了一号办公室，顺便把房门带上了。

老李走后，郑祺才朝着马浩然招了招手，二人一起坐到了徐正飞的对面。

“徐先生，我们警方有几个问题想询问你。”郑祺将身体靠在沙发上，一边为自己点上一支香烟，一边丢给徐正飞一支，并友善地笑道，“徐先生，我们只是询问，不是审问，更不需要给你做笔录，就是正常的警民合作，所以，徐先生回答问题的时候，不要太拘谨。”

徐正飞先是朝着郑祺点了点头，然后将郑祺丢过去的香烟放到了身前的茶几上，冷冷地说道：“我不吸烟。”

“那好吧。”郑祺耸了耸肩，仍旧面带笑容，“第一个问题，徐先生，赵东在昨天打死了你养了很多年的黑猫，而且，你和赵东还在楼下的街道上发生了冲突，差点动手，对吧？”

“没错！”一提到那只被赵东打死的黑猫，徐正飞的脸上立刻涌现出悲伤之色，“那只猫，我从上大学的时候就开始养了，一直养到现在，它已经不单单是宠物那么简单了，它更像是我的朋友……可恨的老赵，竟然趁我在外面遛猫的时候，出其不意地抓住了我的猫，直接把它摔死了，真是太可恨了！”

说完，徐正飞的手掌便紧握成了拳头，狠狠地砸了一下沙发的扶手。

看得出，对于黑猫之死，徐正飞很伤心，而且，对于杀死黑猫的赵东，徐正飞也很痛恨，即使是在赵东死亡之后，以及马浩然和郑祺面前，也毫不掩饰地表露出了对赵东痛恨的情绪。

郑祺深深地看了徐正飞一眼，脸上的微笑却并没有消散，继续问道：“那么，徐先生，今天凌晨零点三十分至凌晨一点三十分之间，你在干什么？”

“你什么意思？你怀疑我？”听了郑祺的话，徐正飞的情绪立刻变得不稳定起来，声音也陡然提高了不少。

“我只是在进行例行公事的询问，请徐先生配合我们警方。”郑祺并没有因为徐正飞的情绪波动而产生任何的异常，他的语气一如既往地平和，脸上也仍旧挂着微笑。

剧烈地喘了几口粗气之后，徐正飞似乎已经把刚刚涌上的那股怒火压了下去，这才对郑祺说道：“凌晨十二点三十分到一点三十分之间，我和方旭在看足球！”

“方旭？就是今天和你一起走出家门的那位年轻人？”郑祺问道。

“没错！”徐正飞点了点头。

“那徐先生，方便把你们昨天晚上的情况说一下吗？比如，你们昨天晚上什么时候去的你家，中途有没有离开过，除了看球，还干了什么？”郑祺语气淡然地问道。

“我和方旭大概是在昨天晚上八点三十分回到了我家，因为我的猫死了，所以方旭主动提出要来我家陪我喝酒，顺便看一下晚上的球赛，因为我们两个都是足球迷，所以平时经常会一起熬夜看球，不是在我家，就是在他家。

“我们叫了一些烧烤和啤酒，一边聊天，一边喝酒，大概在晚上十点多不到十一点的时候，我和方旭都有些喝多了，就都睡着了。

“对了，因为我的猫死了，所以我心情很差，喝酒的状态也很不好，没喝多少酒就有些发晕了，所以，方旭喝的酒其实要比我多，只不过，我应该是在他之前睡着的，因为我记得，当我精神恍惚即将昏睡过去的时候，那家伙又自己开了一瓶酒。

“直到十二点十几分的时候，我和方旭才被我事先调好的手机闹铃叫醒，醒了之后，我们两个就起来看球了，一直看到今天凌晨五点三十分，球赛结束，我们又小睡了一会，然后就被你们在赵东家弄出的动静吵醒了。

“离开我家之后，我们去外面简单地吃了一顿饭，接着，我就被你们带回警局了！”

徐正飞几乎是不假思索地，一口气说完了昨天晚上的经过。

只不过，当徐正飞的最后一个字音落地，马浩然和郑祺却是齐齐皱起了眉头！

马浩然和郑祺之所以会皱眉头，是因为徐正飞在赵东死亡的那段时间有十分确凿的不在场证明及不在场证人，可以说，他应该算是脱离了赵东之死这件案子的嫌疑范围。

可是，徐正飞真的没有嫌疑吗？

平心而论，马浩然和郑祺都不相信，甚至，二人仍旧认为徐正飞是本案最大的嫌疑人！

可偏偏，最大的嫌疑人却有最完美的不在场证明，这就让郑祺和马浩然不得不重新思考整件案子了。

空气仿佛凝固了一般，办主室内的三人，谁都没有再开口。

沉寂的气氛大概持续了十几秒的时间，忽地，马浩然率先打破了沉闷，问道："徐先生，你刚才说，你和方旭都是被你事先设定好的闹铃吵醒的，那么，你是什么时候设定的闹铃呢？"

"我是在精神恍惚的时候，出于本能地拿起了手机，设定了闹铃，我和方旭的主要目的，除了喝酒聊天解闷之外，就是看球了，我可不想错过比赛！"徐正飞瞥了马浩然一眼，淡淡地说道。

"我们在死者赵东的家里发现了你的指纹，对此，徐先生你有什么想说的吗？"马浩然语气平淡地问道。

"我住在赵东家的对门，去他家难道不是很正常吗？不仅我去过他们家，连我的猫都去过他们家，正是因为如此，赵东才将他儿子高烧不退的事赖到了我养的猫身上！"说到这里，徐正飞的脸上，又浮上了憎恨的神情。

听了徐正飞的回答，马浩然不再发问，而是微皱剑眉，似在思考。

而另一边，郑祺趁着马浩然和徐正飞对话的这段时间，一直在假装玩手机，其实，他是悄悄给老李发了一条短信，内容也很简单：调查并询问方旭有关于昨天晚上的一切事情，就是和徐正飞在一起的那个年轻人，并且，跟踪徐正飞！

不论是马浩然还是郑祺，都不愿意相信徐正飞与本案无关，哪怕他真的有完美的不在场证明。

将短信发送完毕之后，郑祺便将烟头按进了烟灰缸之中，随后，一脸笑容地站起了身，大大方方地朝着徐正飞伸出了右手，说道："徐先生，感谢你的配合，现在，你可以离开警局了。"

徐正飞狐疑地打量了郑祺一眼，不过，他还是选择站起身，与郑祺握了一下手。做完这些，徐正飞就头也不回地走出了一号办公室。

直到徐正飞的身影完全消失在了马浩然和郑祺的视线之内，甚至连走廊里徐正飞发出的脚步声都听不到之后，郑祺才抽出一支香烟，为自己点燃，并且淡淡地对马浩然问道："小马，你怎么看？"

"先找方旭问一问，看看二人的口供是否相同，如果相同的话，那徐正飞基本上就可以排除嫌疑了，当然，仅仅是在逻辑方面可以排除徐正飞的杀人嫌疑，但是，我心中仍然认为，拥有完美不在场证明的徐正飞是值得怀疑的对象之一！"马浩然面无表情地说道。

"我的想法和你一样！"郑祺耸了耸肩，还准备再说什么，却被一阵凌乱的脚步声打断了。

踏踏踏……

脚步声越来越近，几秒之后，冉潇气喘吁吁地出现在了一号办公室的门外，由于徐正飞没有关门，所以，冉潇也就省下了开门的时间。

"队长！"冉潇大喘了一口气，急忙说道，"我已经把齐悦和杜凡分别安排到了七号和八号办公室里。"

"人请来了？好！我们去见见那两位嫌疑人吧！"郑祺朝着马浩然摆了摆手，随后便当先朝着一号办公室的门外走去。

马浩然见状也站起了身，跟上了郑祺的脚步。

只不过，当郑祺和马浩然二人走到一号办公室门口的时候，气息略微平缓的冉潇再次出言道："苏天杰已经进入了八号办公室，开始询问杜凡了！"

"那小子已经开始了？"郑祺闻言不由得抽了抽嘴角，看得出，郑祺对苏天杰也很无奈，随后，郑祺仿佛想到了什么，问冉潇，"那我们另外一个活宝程稳露警官呢？没去七号办公室？按理来说，这两个家伙都不是老实人，苏天杰去询问男的，那程稳露肯定会去询问女的！”

冉潇立刻摇头，说道：“程警官并没有跟我们一起返回警局，她应该还留在新时代广场那里！”

“她没回来？”郑祺颇为意外地惊叹一声，立刻迈开步子，走出了一号办公室，同时还说道：“没回来也好，少了一个活宝，我们查案也能快一些！”

说完这句话，郑祺便直奔齐悦所在的七号办公室而去，马浩然和冉潇则是紧随其后。

推开了七号办公室的门，嫌疑人之一的齐悦便映入了郑祺等人的眼中。

齐悦身材中等，样貌平凡，与郑祺和马浩然之前看到的照片并没有出入，但她并不像徐正飞一样在办公室里走来走去，而是很安静地坐在沙发上，似乎是在等什么人……自然，齐悦等的人就是郑祺等人。

“齐悦女士，你好！”郑祺很有礼貌地打了个招呼，随后，便和马浩然、冉潇一同坐到了齐悦的对面。

“几位警官好！”齐悦平静地朝着郑祺等人点了点头，同样很有礼貌地说道：“各位警官把我和阿凡找来，是不是想了解一下有关老赵的事情？”

“不错！”齐悦如此直接，郑祺自然也不会和她绕弯子，开门见山地问道：“齐女士，我们在死者赵东的家里发现了你和杜先生的指纹，对此，你有什么想说的吗？”

“我们住在老赵家的楼下，平时自然免不了到各自家中做客，所以在老赵家找到我和阿凡的指纹很正常，因为，我们家里也有老赵家三口人的指纹，这说明不了什么！”齐悦轻轻地撩起一缕挡在额前的中长发，将其捋到了耳后。她的态度很平静，与之前暴躁的徐正飞相比，当真是两个极端。

“那齐小姐，你能说说昨天晚上，你和杜先生都在干什么吗？尤其是凌晨十二点三十分至一点三十分之间。”郑祺出言问道。

“我们昨天和平时一样，白天在金陵大学的自习室自修，吃过晚饭后，大概是七点左右，我和阿凡回到了家里，看了一会儿电视，聊了一会儿天，应该是在晚上十点左右，我们就睡着了，一直到今天早上七点，我和阿凡离开了家，去了金陵大学。

“对了，走的时候，我们还看见五楼的老钟在楼下等老赵呢！”齐悦话音刚落，郑祺便继续追问道：“那凌晨时分，你有没有听见楼上有异常的声音？”

齐悦略微沉思片刻，摇了摇头，说道：“我睡得比较沉，没听见任何声音，阿凡应该也是，因为早上起来的时候，阿凡没有说过有关楼上的事。

“因为老赵家的小孩子很调皮，难得昨天不在家，我和阿凡睡得自然会比平时沉一些。”

“还有一个问题，齐小姐。”郑祺顿了顿，继续问道，“对于猫狗通灵之事，你有什么看法？”

“这方面我没有什么研究，但我对鬼神是比较敬畏的，虽然我并不确定那种生物是否存在于世间。”齐悦如实说道。

这边齐悦话音刚落，马浩然突然出言问道：“齐女士，你刚才说，因为赵东家的孩子昨天晚上没在家，所以你和杜先生睡得很好，那我是不是可以理解成，你们平时睡得不太好，而且还是因为赵东家的孩子太调皮的缘故？”

马浩然这番话可谓是一针见血，直接道出了齐悦之前那番话当中的漏洞！

听了马浩然的质询，齐悦脸上的表情明显一滞，不过，她很快便恢复了平静，坦然地点了点头，对马浩然说道：“这位警官说得不错，赵家的孩子很调皮，又是在我们家的楼上，经常又蹦又跳，又哭又闹，影响到了我和阿凡的学业，所以，我和阿凡才会经常去金陵大学的自习室自修，毕竟，我们住的是旧楼，旧楼的隔音是很差的！”

“那么，齐女士，我是不是可以理解成，你和杜先生，与赵家三口人，有过摩擦？因为小孩子的吵闹问题？”马浩然眯着双眼，紧盯齐悦。

其实，小孩子吵闹蹦跳也是很正常的，谁家的孩子到了那个年纪，都会异常活泼，而现代社会中，每家几乎都只有一根独苗，自然会倍加关爱乃至宠溺，进而，也就造成了许多熊孩子的出现，这种现象，在现代社会中属于再平常不过的情况了。

关于熊孩子这个话题，如果是在其他时间点出现，并不能引起警方太大的关注，但现在不同，因为，赵东死了！

只要齐悦和杜凡与赵东家之间有过摩擦，那么，也可能引发杀人动机。

这可绝对是不能忽略的关键！

“其实，事情并没有你想的那么夸张，我们两家只是因为小孩子的吵闹蹦跳发生过几次小争吵罢了。”齐悦的智商和情商都很高，马浩然只是问出一个问题，齐悦便已经猜出了马浩然所要表达的意思。

毫无疑问，马浩然是在将话题往家庭摩擦与杀人动机这方面靠拢，对于这一点，齐悦自然能想得到。

“希望是这样！”马浩然若有所指地回了齐悦一句，随后，马浩然便闭口不语，似乎也没有准备再开口的打算了。

郑祺看了马浩然一眼，站起身对齐悦和善地笑了笑，道：“感谢齐女士的配合，现在，齐女士可以离开警局了，或者等杜先生那边结束之后，一起离开！”

齐悦没说话，只是朝郑祺点了点头。这时，隔壁的八号办公室也传来了开门的声音。

当即，郑祺、马浩然、冉潇与齐悦四人走出了七号办公室。而苏天杰和杜凡则一前一后地从隔壁八号办公室走了出来。

对于杜凡，马浩然和郑祺不由得多看了他几眼，毕竟，二人还没有与其真正接触过。

再说那杜凡，留着短发，眼睛不大，而且脸上还有雀斑，对于这种辨识度极高的人，马浩然和郑祺一眼就认出了他，简直和照片中一模一样！

随后，郑祺与杜凡简单地打了一个招呼，便示意二人可以离开了。齐悦挽起了杜凡的手臂，二人一同离开了五楼，走出了金陵市局。直到齐、杜二人彻底消失在了众人视线范围之内，郑祺才歪过头盯着苏天杰，问道：“你小子，谁允许你提前询问嫌疑人了？”

“我只是着急而已，下次我会先向队长申请的！”苏天杰对郑祺说话的态度虽然很客气，但这家伙的眼里始终充满自负与骄傲，仿佛连郑祺也不能让他低头似的。

郑祺盯着苏天杰看了好一阵，最后，只能无奈地吐了一口气：“看在你爸的面子上，这次我不追究你的责任，但如果再有下次，你马上从我眼前消失！”

“好！”苏天杰见郑祺有些微怒，立刻岔开了话题，对郑祺说道：“队长，我把审问杜凡的过程和你汇报一下！”

还不待郑祺说话，苏天杰便自顾自地将刚刚询问过杜凡的那几个问题，转述了出来。

苏天杰询问的内容与郑祺和马浩然一样，并没有太大的出入，而杜凡的回答也与齐悦的回答保持高度一致，没有一丁点的出入，包括与赵家的小矛盾，杜凡也都如实地讲述给了苏天杰听。

听了苏天杰的汇报，马浩然和郑祺同时陷入沉思。

“杜凡和齐悦的口供完全一致，这就说明，这两个人要么说的是实话，要么就是事先串好了口供。”郑祺一边说着，一边揉起了下巴，“如果杜凡和齐悦真的是凶手，那么，我们查案的难度可就又增加了不少！”

“同样，如果杜凡和齐悦真的是凶手，那么，二人相互做的伪证也可以成为完美的不在场证明，而且，其完美程度并不弱于之前的徐正飞。”马浩然面无表情地说了一声，他的声音没有任何的波动，就好像他并不是在述说一件悬案，而是在阐述一件很平常的事情。

这边，马浩然话音刚落，那边，苏天杰好像刻意在针对马浩然，又好像是不甘示弱一般，立刻接话道：“将拥有完美不在场证明的犯人绳之以法，这样的案子才有挑战，如果某人觉得智商和逻辑到了极限，可以请几天假去放松一下，这件案子，我可以解决！”

苏天杰的话很自信，而且，他话语中的某人，毫无疑问就是指马浩然！

可是，马浩然就像是一团棉花，无论其他人用什么样的方式攻击他，他都不会产生任何的情绪波动，甚至连眼皮都不会抬一下，而且还会将那些所谓攻击完全地无视掉，就比如现在。

马浩然根本没搭理苏天杰，只把他当成空气，只是轻声对郑祺说道："队长，我们应该对杜凡和齐悦也展开盯梢，马上开始行动。"

"你和我想的一样，而且，不仅要盯梢杜凡、齐悦和徐正飞，包括我们还没有开始盘问的钟志成，也要盯梢！"郑祺朝着马浩然微微扬起了嘴角，露出了一抹神秘莫测的笑容，随后，对身边的冉潇安排道，"你去找影帝和拳王，让他们两个在市局门口等着钟志成，然后你联系程稳露，你们两个马上去盯梢杜凡和齐悦，嫌疑人有任何的风吹草动，都要与我联系！"

老李盯上了徐正飞，拳王和影帝一组负责钟志成，而程稳露和冉潇一组，负责盯梢齐悦和杜凡。由于齐悦是女人，派男人盯有些不太合适，而重案组又只有程稳露和苏叶两名女同志，自然而然地，盯梢齐悦的任务就落到了程稳露的身上，哪怕程稳露现在不在警局，这项任务也非她莫属。

"明白，队长！"冉潇应了郑祺一声，便飞奔下了楼。

冉潇走后，苏天杰便急切地问郑祺："队长，我干什么？"

苏天杰这次来重案组，可不是审审嫌疑人那么简单，他要的是破获悬案大案，他要的是一鸣惊人，他要的是在各个方面打败马浩然！

"你？你去找钟志成聊聊吧！"郑祺朝着苏天杰摆了摆手，然后便自顾自地走下了楼。

而马浩然则好像完全无视苏天杰一般，不紧不慢地跟在郑祺身后，这让向来自负自傲的苏天杰更加地不爽了。

"你以为跟在队长身后就能破案？"苏天杰盯着马浩然的背影，满脸都是嘲讽的笑容，"队长是很厉害，没错，这是金陵市乃至江南省都知道的事情，可是，跟在队长身后，就算破了案，那也是你从队长那里获得了我们不知道的情报，倘若在这种前提下，我比你先破了这件案子，那么就可以证明我比你更强！"

苏天杰的声音并不太高，只是恰好让马浩然听见而已。

然而马浩然完全不为所动，甚至连眼皮都没抬，仍旧自顾自地朝着楼下走去。

这种最简单粗暴的无视，让苏天杰胸口一闷，脸色也顿时阴沉了下来。

打从一开始，马浩然就根本没正眼看过苏天杰，这说明什么？说明马浩然并没有将苏天杰当成对手，哪怕比之程稳露，苏天杰都要往后靠一靠。

这让向来心高气傲的苏天杰如何能忍？

可不忍，又能怎么样？

苏天杰现在也没有任何头绪来解开这件悬案，所以，对于马浩然的无视，苏天杰只能忍！

“等着吧！”苏天杰用力握紧了双拳，因为太过用力，导致他的双臂有些轻颤，“我会证明给所有人看，我苏天杰，比你马浩然更强！”

苏天杰的声音充满了怨恨与不甘，他是天之骄子，从来没有被人轻视过，除了马浩然！

当然了，苏天杰的反应，已经走回到了重案组办公室的郑祺和马浩然自然是不知道的，再退一步，就算知道了，二人也不会在意。

重案组的众人几乎都被郑祺派出去执行任务了，只有寥寥几名没有接到任务的警员在办公室里整理各类资料，一时间，重案组宽敞的办公区域倒是显得冷清许多。

郑祺回到了他的办公室，大大咧咧地坐到了椅子上，一边将双脚搭在桌沿上，一边为自己点燃了一支香烟，做完这些，还不忘朝站在门外的马浩然招了招手，示意他进来。

马浩然正准备迈步走进郑祺的办公室，另一边，苏叶却突然快步走进了重案组的办公区域，先是朝着郑祺的办公室方向看了一眼，当发现郑祺就在办公室里吞云吐雾，而马浩然也站在办公室的门口时，苏叶的脚步又加快了几分，高冷绝美的俏脸上还闪过了一抹震撼一般的惊诧！

苏叶三步并作两步地走到了郑祺的办公室门口，和马浩然一前一后走了进去。苏叶的突然到来，自然将郑祺和马浩然的注意力吸引了过去，尤其是她的脸色不太好，这就让二人不由得想了很多。“小叶，怎么回事？脸色这么差？”郑祺一边说着，一边朝马、苏二人招了招手，示意他们先坐下。随后，马浩然和苏叶便一起坐到了郑祺对面的两张椅子上，还没坐定，苏叶便迫不及待地开口了。

“队长，鉴定科的结果出来了，很让人意外，不对，不能说是意外，应该说是……震撼！”苏叶说完这句话，深深地吸了一口气，起伏不断的胸口似乎在预示着鉴定结果的不平凡。

听了苏叶的话之后，马浩然和郑祺的脸上立刻闪过了一抹异色，其中还夹杂着几分凝重。

苏叶虽然年轻，但她做法医这行已经很久了，尤其是苏家世代为医，什么大场面没见过？

可是，鉴定科给出的结果却偏偏让苏叶显露出了慌张之色，这很反常，所以，马浩然和郑祺也不得不重视起来！

“说说，什么结果？”郑祺沉默几秒之后，脸上的微笑不见了，取而代之的是凝重。

“先说浴巾吧！”苏叶定了定神，又缓了口气，似乎是在平复自己的心情，随后出言说道：“浴巾上，除了赵东家三人的指纹、皮屑和细胞纤维之外，并没有第四个人的残留物出现，而血液，则全部属于赵东，也就是说，凶手的指纹、皮屑和细胞，根本就没有在浴巾上出现过！“而且，因为浴巾是赵东家三口人共用之物，所以，上面的指纹有不少都是那种支离破碎的，就算凶手戴着手套拿起甚至是揉捏浴巾，鉴定科的同事也无法鉴定，因为，赵东家的三口人平时也一定会拿起或揉捏浴巾，这是一个死循环，帮助凶手掩盖证据的死循环！”

有关浴巾的问题，其实并不算太过意外，打从郑祺等人发现浴巾开始，就没有对浴巾的鉴定结果抱有太大的希望，因为这种鉴定结果早就在郑祺和马浩然的预料之中，包括苏叶，一定也不会太过意外。

那么，真正让苏叶意外的，便是另外一份鉴定结果，那一缕黑色的毛发了。

第十一章　疑云

“浴巾的鉴定结果，在我的意料之中。”郑祺轻声说道，“至于浴巾上的血迹，应该就是凶手用来擦拭地面而染上的，还有另外一种可能，凶手在行凶的时候，利用那条浴巾遮挡了喷溅的血液，防止血液溅到他的身上。”

郑祺话音刚落，马浩然也深有所感地点了点头，而后便对苏叶开口说道：“苏警官，说说那一缕黑色毛发的鉴定结果吧！”

苏叶看了马浩然一眼，并没有像以前一样出言反驳他，或者与他抬杠，而是很友善地直接说出了有关黑色毛发的鉴定结果，“关于那一缕黑色毛发的鉴定结果，鉴定科的同事确定了那是属于动物身上的毛，而且，所谓的动物，就是猫！”

苏叶此言一出，办公室内的几人，包括苏叶自己，也都倒吸了一口气，一时间，气氛变得无比压抑！

隐藏在尸体身下的那一缕黑色毛发，竟是黑猫的毛，最关键的是，赵东在临死之前还打死了一只黑猫！

再结合有关黑猫招邪的民间传说，这一鉴定结果顿时让赵东之死显得更加诡异神秘了！

足足过了半晌，郑祺狠狠地将香烟按灭在了烟灰缸之中，沉声说道：“也就是说，被尸体压在身下的黑色毛发，果真是黑猫的毛？”

“没错，队长！”苏叶郑重地点了点头，不过，她的下一句话却让郑祺和马浩然同时皱起了眉头，“可是，队长，我这边还得出了另外一种验尸结果，我不敢相信的验尸结果！”

这一次，郑祺没有说话，只是朝着苏叶摆了摆手，示意她继续说下去。

苏叶深吸了一口气，说道：“因为死者赵东的妻子李珍还没有来警局，也没有在解剖尸体的文案上签字，所以，我暂时不能解剖尸体，只能仔细地检验一下尸体颈部的致命伤，这一查，结果却让我不敢相信，也无法接受……死者颈部的伤口，有第二种血液和细胞纤维的存在！

“我立刻就将那些东西送去了鉴定科，鉴定科的同事也用最快的速度帮我检测出了那些血液和细胞纤维的所属生物。血液，经过鉴定，是属于猫类动物的，而细胞纤维，同样来自猫类动物！

“还有，尸体身下的猫毛、死者颈部的血液和细胞纤维，经过鉴定，都是来自同一只猫！”

说完这番话，苏叶重重地吐出了一口气，大有一种如释重负的感觉。

而另一边的马浩然和郑祺不仅震撼得瞪起了双眼，脸上更是现出了惊骇的表情！

郑祺是见过大风大浪的老警察，普通的事情根本不会引起他的重视，更不会让他露出这种表情。

马浩然则是天生的冷面男，对于任何事都是漠不关心的表情，很少有事情会让马浩然感到震撼和惊骇。

然而这次，苏叶说出的鉴定结果，却足以让马浩然和郑祺惊掉下巴！

死者赵东，在暴毙之前杀死过一只黑猫，而在赵东的死亡现场，警方找到了黑猫毛、猫的血液，以及猫身上的细胞纤维，再加上那处案发现场又是迷雾重重、疑点无数……这件案子到这里，已经变成了一件彻头彻尾的悬案，而且，还是充满了神秘诡异色彩的悬案！

郑祺和马浩然只是怔怔地望着苏叶，许久都不曾开口。

而这一次，打破沉默的人是苏叶。

“队长，鉴定科的同事也听说了这件案子，他们虽然没有明说，但暗地里都谈这是一起灵异案件，黑猫勾魂的灵异案件！”苏叶有些无奈地苦笑了一声。

莫名暴毙在家中的死者、案发现场无法解开的谜团、黑猫身上的毛，以及血液和细胞纤维，最关键的是，死者赵东在临死之前，的的确确杀死了一只黑猫！

毫无疑问，不论从任何一个角度来说，这件目前没有任何线索的悬案，的确很像是黑猫勾魂的案件！

“黑猫勾魂……”郑祺微微一愣，随后，突然扬起了嘴角，冷然一笑，道：“赵东打死了徐正飞的黑猫，然后那只黑猫在夜晚的子时，回来复仇，将赵东割喉，顺便勾了赵东的灵魂，不错，很符合大众的口味！”

“队长！”苏叶瞪了郑祺一眼，不满地说道，“这都什么时候了？你还有心情开玩笑？这件案子现在已经闹得满城风雨了，如果黑猫毛、血液和细胞纤维这件事再捅出去，那可真就到了人心惶惶的地步了！”

“那我们，也只能在事情没有传开之前，把这件案子给解决了！”郑祺无比轻松地耸了耸肩，仿佛他已经摆脱了鉴定科鉴定出的结果所带给他的阴影和压抑了！

“在事情传开之前把案件解决？”苏叶没好气地说道，“你说得也太简单了吧，这件案子，我们目前根本就没有掌握任何实质性的线索，甚至谜题还越来越多，尤其是鉴定科所鉴定出的，黑猫的血、黑猫的毛、黑猫的细胞纤维，这些事情我们要如何解释？如果不是黑猫行凶，那尸体的伤口处又怎么可能会有那些东西的残留体在？”

“我们会解开所有谜题的！”马浩然没有说太多，但他的语气却无比坚定，双眸之中也闪动着坚决的光芒。

苏叶深深看了马浩然一眼，正想开口再说什么，可就在这时，消失了半天的程稳露却风风火火地冲进了重案组，见郑祺等人坐在办公室里，她便马不停蹄地冲进了办公室。

见程稳露冲进了办公室，郑祺轻轻地皱了皱眉，沉声道：“小程，冉潇没联系你吗？你怎么不去和冉潇一起盯梢杜凡和齐悦？”

“队长！我有新发现！”程稳露根本就没注意到郑祺略微皱起的眉头，而是上气不接下气地说道，“我听说那四种指纹，分别来自徐正飞、钟志成、杜凡和齐悦，所以，我就留在了案发现场询问许多邻居，最终，我找到了各人所拥有的杀人动机！”

程稳露这番话，立刻将郑祺脸上的不悦冲散了，他的注意力下意识地集中在了程稳露的身上，连忙出言问道：“快说！”

“先说徐正飞，赵东打死了和他感情深厚的黑猫，二人之间的仇已经结下来了，而且，昨天赵东和徐正飞发生了冲突之后，还有几名邻居劝过徐正飞，按照那几名劝说过徐正飞的邻居所讲，徐正飞当时扬言，要给他的猫报仇，要让赵东偿命！

“还有齐悦和杜凡，这二人居住在赵东家的楼下准备攻读博士，而赵东家的孩子很调皮，整天在楼上又蹦又跳，有时候大半夜都不睡觉，各种折腾，赵东和李珍又是老来得子，自然宠溺得不行，也就没有管教孩子，为此，齐悦和杜凡经常与赵家发生口角和摩擦。

“几番冲突过后，赵家人非但没有让孩子收敛，反倒是愈演愈烈，搞得齐悦和杜凡根本无心学习，二人只能认倒霉，白天去金陵大学的图书馆学习了。

“我和居住在那里的街坊邻居打听过，齐悦和杜凡经常会在外面说赵家人的不是，而且，齐悦和杜凡还说过，如果这次二人没有顺利考取博士学位，就让赵家人好看，要给赵家人一点颜色瞧瞧！

“最后的钟志成，他就属于老好人一个，不过，街坊邻居对他的评价却是两面三刀，在赵家人那里，他会说齐悦和杜凡以及徐正飞的不是，而在其他邻居面前，他会数落赵家宠溺孩子，扰人生活，等等，而且，钟志成的许多言论还传到了赵家人的耳中，所以，赵家人与钟志成也就是表面和睦罢了。”

程稳露洋洋洒洒地说了这么一大番话，说完之后，也不管三七二十一，直接把郑祺办公桌上那瓶没有被打开过的矿泉水给拧开了，“咕噜咕噜”地猛喝了一大口。

话说回来，如果程稳露打探的情报属实，那么，除了钟志成杀人的嫌疑最小之外，其他三人都有足够的理由去谋划杀人。

表面上看，不论是徐正飞，还是齐悦和杜凡，他们与赵东家的恩怨，放到日常生活中都只是很普通的摩擦罢了，但是，在现代社会中，这些普通的摩擦却足以演变成杀人动机，进而，引发悲剧。

之前的“黄狼诡影”案和“头七回魂”案，哪一件案子不是由小摩擦引发的？

况且，如今社会上，还有这么一种怪现象。

有些人把宠物看得比人命都重要，这种新闻屡见不鲜，工作在社会最底层的清洁人员，他们是用最脏的手赚最干净的钱，可有不少清洁人员还没有富豪家的宠物生活得好，甚至在富豪眼中，人命不如宠物尊贵。

徐正飞虽然不是富豪，但不排除他拥有这种扭曲的心理！

还有齐悦和杜凡的问题，如今社会上，每家每户几乎都只有一个孩子，宠溺得不行，这样，也就让孩子养成了乖张的个性，变成了我们口中的熊孩子。

在这种家长眼里，孩子干什么都是对的，大人就应该谦让那些孩子，哪怕孩子真的犯了错，也不许责骂，更别说责打教训了。

有关熊孩子的新闻，同样也是屡见不鲜。

至于杜凡和齐悦，能否顺利成为博士，对二人来说非常重要，甚至可以称之为二人人生命运的转折点，赵家人的所作所为，自然会引起齐悦和杜凡的不满。

换言之，徐正飞、齐悦和杜凡都拥有充足的杀人动机。

“这件案子变得越来越有意思了！”郑祺微微一笑，手指不停地在办公桌上敲击着，汇聚成了一道完全没有任何章法的旋律。

“郑队，你们这边有什么新发现？”程稳露将矿泉水放到办公桌上，看了一眼苏叶，这才扭头对郑祺问道。

相比于苏天杰，程稳露想要第一个破获此案的心情丝毫不弱，甚至更甚，而现在，苏叶和马浩然都在郑祺的办公室，之前他们好像还在谈什么，那么，程稳露自然联想到了鉴定科的鉴定结果，所以她才会有此一问，因为，她不想错过任何线索，她要比马浩然和苏天杰都先一步破获此案。

郑祺倒是没有什么隐瞒，反正鉴定科的结果大家都要知道，只是早晚而已，于是，郑祺便将鉴定科的结果，一字不漏地转述给了程稳露听。

听了郑祺讲述的鉴定结果之后，程稳露整个人都愣住了！

鉴定科的结果，说实话，也大大出乎程稳露的意料。

“我的天，队长，这件案子要比我们之前遇到的案子更加复杂，更加神秘，更加诡异！”程稳露足足沉寂了半晌，这才连用了三个“更加”来形容鉴定科的结果，以及这件案子的难度。

“所以，小程，杜凡和齐悦已经正式进入我们怀疑的范围，你现在马上去找冉潇，和他一起盯梢二人，记住，要做到二十四小时盯梢！”郑祺低声说道。

“我知道了！”程稳露不由分说地应下了郑祺，言罢，便直接跑出了办公室。

对于盯梢齐悦和杜凡的工作，程稳露自然不会拒绝，这可是最接近嫌疑人的任务，如果可以的话，程稳露还想利用盯梢的机会，找到证据和犯案手法，并且解开案发现场的无数谜团，直接破获此案。

程稳露的小心思，郑祺自然知道，不然他也不会对程稳露说出刚才的那番话了，否则程稳露不会心甘情愿地去远离案发现场盯梢那两个人。

程稳露走后，苏叶便出言对郑祺说道：“队长，徐正飞、杜凡和齐悦的确都有杀人的动机和嫌疑，但钟志成我们也不能放松警惕！”

“影帝和拳王负责盯梢钟志成，所有嫌疑人都已经被我们的人盯上了，只要那些嫌疑人有任何的风吹草动，我们都可以在第一时间知晓！”郑祺说完这句话，突然沉默了片刻，数秒之后，郑祺敲击桌面的手指情不自禁地加快了节奏，“而我们现在要做的，就是解开案发现场的所有谜团，找到凶手杀人的手法！”

“队长！马浩然毫无征兆地出声，倒是将郑祺和苏叶的视线都吸引了过去，不过，马浩然没有表露出任何的异样，只是自顾自地说道，“我觉得，凶手必是那四人之一，或者之二。

“首先，那四个人可以毫无阻拦地走进赵家，只要他们敲门，或者给赵东打个电话，说他们要找赵东和解之类的话，赵东就会给他们开门，而且还是毫无防备地开门。

“这样也就可以解释，案发现场内没有任何被破坏的痕迹，包括那道防盗门。

“这件案子并非发生在绝对密室，而是死者自己为凶手打开了防盗门。

“包括之后的凶手行凶，毫无防备的赵东有可能被任意一名嫌疑人用凶器割断咽喉。

“然后是血迹和细胞纤维，以及猫毛的问题，我觉得，死者伤口上的血迹，一定与消失的凶器有关！”马浩然气定神闲地说道，“我并不相信黑猫勾魂这一说法，凶手一定用了某种技巧伪造了案发现场，而且，这种我们暂时还不知道的技巧，与消失的凶器也一定有着脱不开的关系！

“第三，案发现场的水迹，难道真的是雨水吗？如果凶手是四人之中的某些人，那么，他们不可能走出单元门，也就淋不到雨，那些水迹也自然不会是雨水干涸的痕迹，我想，应该是凶手刻意留下的水迹，至于凶手留下水迹的目的，我暂时还没想到。

“现在想想，从死者的尸体到进户门的那段距离所留下的拖痕，倒还真有些像猫尾巴的拖痕，我想，这应该是凶手为了借助‘黑猫亲邪’的民间传说，将案发现场伪造成黑猫勾魂的伏笔之一。”

马浩然话音刚落，郑祺便立刻拊掌轻笑了起来：“小马，你说的不错！我们之前在现场排查出的九大疑点，连同鉴定科给出的几大疑点，如果归纳到一起的话，就是你刚才所说的那些，水迹、血痕、猫毛和纤维，以及消失的凶器。”

“不过还有一点，那就是作案时间！”郑祺越说，脸上的冷笑就越浓，“这是一件表面上看起来查无可查的案子，因为所有的嫌疑人都有完美的不在场证明，并且完美地与死者死亡的时间错了开，这也是我们必须要解开的谜题之一，否则，我们对这件案子仍旧会处于极其被动甚至是无从下手的境地。”

马浩然没说话，只是点了点头，表示赞同郑祺的说法。

郑祺和马浩然二人你一言我一语地分析案情，而一旁的苏叶则是百般压抑地坐在自己的座位上，完全插不上话，没办法，对于推理破案，苏叶可一点都不擅长，她只擅长医学鉴定领域的事务。

就在这时，又有人冲进了重案组的办公区域，并且穿过办公区域，直接闯进了郑祺的办公室。

众人定睛一看，正是苏天杰。

“队长！钟志成的问话已经结束了，不过，并没有任何实质性的进展，我只是了解到，钟志成在案发时间已经睡着了，而他的妻子可以给他充当不在场证人，也就是说，钟志成也拥有完美的不在场证明。”苏天杰略微有些不甘地说道。

苏天杰这边刚刚说完，那边郑祺的电话便响了起来。

大家谁都没有说话，只是盯着郑祺。

而郑祺对着电话“嗯”了几声之后，便将其挂断了。

“老李打来的电话，他已经暗中询问过方旭了，对方交代的口供和徐正飞一模一样，而且，方旭也可以为徐正飞充当证人，这样一来，徐正飞也有了完美的不在场证明！”郑祺对众人轻声说了一句。

对于方旭的口供，苏天杰并没有任何的兴趣，他只是和程稳露一样，看了一眼他的姐姐苏叶，便对郑祺开口问道：“队长，你们这边……”

苏天杰的话还没说完，郑祺便打断了他的话，并且将鉴定科的结果，以及程稳露调查出的杀人动机，都说给了苏天杰听。

郑祺知道，苏天杰和程稳露一样，非常在意马浩然是否获得了他们所不知道的情报，也非常在意究竟是谁先破获这件案子。

所以，郑祺干脆就把情报全部公开，反正这些也都是必须要对内部公开的事情，只不过是早说晚说而已。

“这么说来，最有嫌疑的人变成了齐悦和杜凡了？”苏天杰若有所思地说道，“如果凶手真的是杜凡和齐悦，那么他们两个就可以相互为对方做假证，相互为对方制造完美的不在场证明，这样的话，我们警方所有的怀疑对象，也就都有了完美的不在场证明！”

诚然，正如苏天杰所言，警方所怀疑的所有人都拥有完美的不在场证明。

这件案子，越来越扑朔迷离了！

苏天杰说完，办公室内的几人都没有接话。

一时间，郑祺的办公室倒是寂静得可怕！

而这种气氛仿佛也感染到了外面整理资料的那些警员，导致外面的办公区域也鸦雀无声！

当然，办公区域内的警员并不知道办公室内郑祺等四人谈论的内容，一切的一切都只是巧合罢了，只不过，这种巧合却让气氛变得诡异无比！

足足过了半晌，忽地，郑祺发出了一道极其轻微的笑声，犹如嗤笑，其中，充满了无尽的鄙夷与不屑。

“完美的不在场证明？”郑祺的嘴角扬起了一抹邪异的弧度，仿佛话中有话般，轻声地自言自语了起来，“世界上没有完美的杀人手法，同样，也不可能有完美的不在场证明，如果凶手真的就是四人之中的某个人，那么凶手的完美不在场证明就一定存在漏洞，我们只要把漏洞找出来，这件案子差不多就可以结束了。”

郑祺说完这番话，马浩然便一言不发地站起了身，他甚至都没有去看郑祺、苏叶和苏天杰，而是自顾自地朝着办公室外走了去。

“马浩然！”苏叶鬼使神差般地出声，叫住了马浩然，问道，“你去哪里？”

被苏叶这么一叫，马浩然停下了脚步，微微侧过身体，面无表情地看着苏叶，语气坚决地说道：“我去找老李大哥他们，一起盯梢嫌疑人，队长说的没错，世界上根本就不存在完美的不在场证明，只要犯人犯下了罪行，那么就一定有漏洞可寻！”

“一起去吧！”郑祺深深地看了马浩然一眼，嘴角也浮现出了一抹不易察觉的微笑，而郑祺的笑容之中，包含着许多复杂的情绪，比如欣慰、满意，以及挑战。

说罢，郑祺也站起了身，当先朝着门外走去，而马浩然自然是紧随其后。

见马浩然和郑祺都走了，苏天杰也坐不住了，当即跟上了郑、马二人的脚步，一起走出了办公室。

只有苏叶仍旧坐在办公室里，透过办公室敞开的大门，复杂地注视着即将走出重案组办公区域的三人……

也就在这时，一名年轻警员慌慌张张地跑进了重案组的办公区域，差点和郑祺撞了一个满怀，还好郑祺反应快，不仅躲过了那名年轻警员，更是一把拉住了他，帮助他稳住了身形。

“怎么回事？这么慌张？”郑祺和善地朝着那年轻警员笑了笑，说道。

那年轻警员定了定神，这才将目光投向郑祺的身上，说道：“队长！两件事！”

“说！”郑祺拍了拍那年轻警员的肩膀以示安慰，好像害怕这小家伙因为太慌张，而把他所要说的两件事给瞬间忘记似的。

“第一件事是新时代广场对面小区爆发的命案，死者赵东的妻子李珍来了。”那年轻警员深吸了几口气，继续说道，“第二件事是市局大厅围满了记者！”

“李珍来了？而且还有不少记者？”郑祺狐疑地嘀咕了一声，便对那年轻警员问道，“是李珍找来的记者吗？”

年轻警员连忙摇头，道：“记者不是李珍找来的，好像是自己聚过来的，而且还说什么，要向警方了解一下‘勾魂邪猫’案的情况。”

“‘勾魂邪猫’？”郑祺哑然失笑，“这消息传得还真快，而且，连案件的名字，这帮记者都想好了？也真难为他们了！”

“队长，怎么办？市局正厅现在乱得不行！”年轻警员说到这里，好像又想起了刚才见到的那一幕，神色也不由得慌张了起来。

“让那些记者去五楼会议室等我，作为媒体，他们有权利了解这件案子的始末，而且，我也想通过这些记者安抚住民众，不能让这所谓的‘勾魂邪猫’引发民众恐慌。”郑祺很老练地对年轻警员说了一声，随后，那年轻警员便如释重负一般地跑出了重案组，同时，郑祺还朝着办公室那边喊道，“小叶，你去见一见李珍，女人之间比较好沟通，顺便和李珍说一下解剖尸体的事情，这件事是你负责，你去沟通比较好。”

“好！”坐在办公室里神色复杂的苏叶，听到了郑祺的喊声之后，立刻走出了办公室，去见李珍了。

“我们晚些再去盯梢嫌疑人吧，先把那些记者稳住！”郑祺微微一笑，一步踏出重案组，朝着五楼走去，并回身对马浩然和苏天杰说道，“信息网络化的现代社会，任何风吹草动都会第一时间公之于众，很头疼！”

言罢，郑祺便直奔五楼会议室而去，马浩然和苏天杰自然跟上了郑祺的脚步，与郑祺一起走向了会议室。

金陵市局，五楼，会议室。

一张巨大的椭圆形会议桌，占据着会议室的正中央，四周则整齐划一地摆满了椅子，粗略一扫，这间会议室最少能容纳六七十人，实在是不小。

而此时，偌大的会议室内只有郑祺、马浩然和苏天杰三人，分别坐在椭圆形会议桌的顶端，倒是显得空旷无比。

不过，这种空旷的感觉并没有持续多久，很快，一群携带着长枪短炮的记者便蜂拥而至，三十几名记者一下子涌入了会议室，倒是让这间会议室一瞬间变得人声鼎沸了起来。

“郑队长，有关这次‘勾魂邪猫’案件，警方是否已经掌握了实质性的线索？”

“郑队长，我们媒体人员对警方是很有信心的，虽然案件很诡异，但我们相信，在郑队长的带领下，重案组一定会再破奇案！”

“我想采访一下郑队长对于本案的看法，您是否认为，真的是那只死去的黑猫将死者赵东勾了魂？”

那群记者才刚刚冲进会议室，便开始叽叽喳喳地吵个没完，与之前那寂静无声的会议室倒是形成了极其强烈的反差。

马浩然和苏天杰有些愣神地望着那群争先恐后围过来的记者，一时间有些失神。

反观郑祺，却是很老练地站起了身，先是朝着那群记者向下压了压手掌，示意他们先安静下来，待到记者们的议论声小下去之后，郑祺这才笑吟吟地出言说道：“各位，先请坐，有问题可以一个一个问。”

郑祺的话，在金陵市还是很有分量的，尤其是发生了悬案之后。

当即，那群记者便纷纷落座于椭圆形会议桌的两侧，呈半圆形将会议桌包围了起来。

“我先回答之前你们提出来的三个问题吧！”郑祺一边说着，一边用手轻轻地敲击着桌面，“对于这次的案件，也就是你们所说的‘勾魂邪猫’案，我们警方目前并没有掌握实质性的线索，但是，我们警方差不多已经掌握了所有的疑点，估计用不了多久，我们警方就会将这件案子的真相公之于众！

“第二个问题，我，以及重案组全员，包括金陵市局全员，乃至整个警界，都会不遗余力地去破获所有案件，不论是大案还是小案，我们警方都会全力侦破，不仅这一次不例外，以后仍旧会如此！

“第三个问题，本案的死者赵东是死于利器割喉，而并非所谓邪猫勾魂，这些迷信的想法和信息，我希望大家不要再宣传了，我还是那句话，世界本无鬼怪，有的，只是隐藏在人心中的邪念，以及……原罪！”

简短的一番话，掷地有声，义正词严，而那群记者听了郑祺的话之后，一个个都不由得愣在了当场。

马浩然若有所思地盯着郑祺刀削一般的坚毅脸庞，不由得回想起了上一次在“黄狼诡影”案中，郑祺那番义正词严的宣言。这一刻，马浩然才真正体会到，郑祺为什么会得到所有人的尊敬与尊重，他，的确有与众不同的一面！

“郑队长！”有一名戴着眼镜的记者摸出了小型录音设备，满脸崇拜地对郑祺说道，“我本人对郑队长的能力是很有信心的，只不过，这件案子的神秘色彩太过浓重，现在，这件案子的热度已经引爆了网络，不仅金陵市的市民关注，整个江南省的民众也都在关注这件‘勾魂邪猫’案，民间已经闹得沸沸扬扬，所以，我想请郑队长做一番简短的讲话，我们也好把郑队长的态度发布到网上，安抚民众的情绪。”

“没问题！”郑祺悠然地为自己点燃了一支香烟，就像平时聊天一样，完全没有一丝一毫的紧张情绪。深吸了一口香烟之后，郑祺气定神闲地对着录音设备说道：“有关这件‘勾魂邪猫’案，我其实并没有太多想说的话，我只想通过媒体朋友转告大家，这件案子，我坚信是人为所致，所以，大家不要再宣扬黑猫索命的说法了，世界上根本不存在鬼神之说，虽然我们警方在侦破的过程中遇到了很大的阻力和困难，但是，我们警方一定会破获这件诡案，完美地解开所谓的黑猫勾魂之谜，这是我的承诺，而且，我绝对不会食言，因为，我叫郑祺，是一名人民警察！”

说完这番话，郑祺直接站起了身，将香烟狠狠地按在了烟灰缸中，随后，大步流星地迈出了会议室，而马浩然和苏天杰经过短暂的失神之后，也纷纷回过神来，快步追向了郑祺。

直到郑祺三人离开会议室，走到了五楼的楼梯处时，会议室内才突然爆发出了雷鸣一般的掌声，这掌声犹如绕梁之音，久久不曾散去，一直到郑祺带着马浩然和苏天杰走出市局的办公大楼，仍旧能够依稀听见那堪比惊雷般热烈的掌声！

掌声，是送给郑祺的，也是送给郑祺那颗正义、正直的为民之心的！

离开市局办公大楼之后，郑祺并没有选择开警车，而是直接走上街道旁拦了一辆出租车，然后便与马浩然和苏天杰一同坐上了那辆出租车。

其实，郑祺拦出租车的举动，也是在马浩然的意料之中，他们三人这次可是去盯梢嫌疑人，如果开警车的话，一定会引起不必要的麻烦和注意，悄无声息、化整为零地潜入案发现场四周去盯梢嫌疑人，这才是有经验的警察会采取的正确措施。

再说出租车内。

马浩然和苏天杰坐在了后排座位上，不过，二人都别过头去，望着自己一边的窗外风景，似乎谁都没有想要和对方说话的意思。

马浩然如此，是因为他早就无视了苏天杰，而苏天杰则是在控制自己不去看马浩然，更不去搭理马浩然，毕竟，心高气傲的苏天杰可是早就将马浩然当成自己的劲敌了。

而坐在副驾驶位置上的郑祺却是和出租车司机聊得热火朝天。

“你是重案组的郑祺队长吧？”司机问道。

“你认识我？”

“当然了！车里的广播电台经常会播放你的消息。”司机很健谈地继续问道，“郑队长，新时代广场那发生的命案，我听说是因为死者打死了一只黑猫，于是在午夜时分被黑猫勾了魂，是真的吗？”

“当然是假的！”郑祺轻笑一声，“如果因为死者杀了一只黑猫就被黑猫勾了魂，那屠宰场的屠夫还怎么工作？无稽之谈罢了！世界上怎么可能有鬼怪的存在呢？”

“那是人为的凶杀案？”

“当然！”

“警方已经掌握证据了？”

“暂时没有实质性的证据，不过，我有信心在最短的时间内破获这件案子，将真相公之于众！”

“郑队长说有信心，那就肯定没问题！”

郑祺与出租车司机你一言我一语地聊起了“勾魂邪猫”案，而郑祺，一如既往地贯彻着无神论的观点，否定了“黑猫勾魂”的民间说法。

没多久，出租车停在了新时代广场的停车场内，当郑祺和马浩然等人准备下车的时候，却发生了这样一个小插曲。

郑祺想付车费，但出租车司机死活不要，用司机的说法就是，郑祺为了金陵市民众，整日奔波在警界的最前线，这车费，他不能要！

最终，郑祺拗不过司机，只能坐一次霸王车了。

这个小插曲，却也引起了马浩然的深思：社会中，并不仅仅有负能量，以及那些负面新闻，好人其实远比坏人多，正能量也远比负能量浓。

这个小插曲并没有对郑祺和马浩然等人的查案产生任何的影响，三人顺利地穿过马路，走进案发现场的老旧小区之后，郑祺一眼便盯上了停靠在小区最边缘、最不起眼的位置上的一辆车窗紧闭的普通面包车。

随后，郑祺大步流星地引着马浩然和苏天杰走向了那辆面包车。

走到面包车之前，郑祺毫不犹豫地拉开了车门，当即，坐在驾驶位置的老李，以及负责盯梢钟志成和徐正飞的影帝与拳王，便出现在郑祺等人的视线之内。

郑祺二话不说，和马浩然还有苏天杰鱼贯地爬上了面包车，然后，将车门紧紧关上。

还好车内开了空调，温度适宜，不然的话，大夏天的，车里的三个人非得中暑不可。

“老李，这车是你开出来的吧？”郑祺坐上第二排座椅之后，便对坐在前面的老李随口一问。

“我们是暗中盯梢嫌疑人，自然不能开警车，影帝这小子要开他的越野车，太招摇，就被我拒绝了，还是开我们市局为特殊任务准备的车辆比较保险一些。”老李先是瞥了坐在最后排的苏天杰一眼，这才笑着回了郑祺一句。

“小程和小冉呢？”郑祺再问。

“程稳露和冉潇去了金陵大学，盯梢齐悦和杜凡去了，而徐正飞和钟志成在离开警局之后，都回了家，我们三个就走到一起了。”坐在副驾驶的影帝，一边说着，一边指了指三栋楼中最中央的那栋楼，说道。

“老大，你们那边有什么发现吗？”和苏天杰一同坐在第三排的拳王朝着坐在第二排的马浩然凑了过去。

“发现倒是有不少……”马浩然没说话，倒是郑祺出言说了起来。随后，郑祺便将警局内的线索，包括黑猫毛、血液和细胞，以及完美的不在场证明等娓娓道来。

听了郑祺的一番叙述之后，老李、影帝和拳王纷纷露出震撼的神色，很显然，这些最新的情报，对三人来说异常震撼，包括经验老到的老李都为之咋舌。

“说说你们这边吧！”郑祺为了缓解气氛，伸手拍了拍老李的肩膀，说道。

“我们这边就没有太大的突破了，徐正飞和钟志成离开警局之后，纷纷回到了各自的家中，我们一路尾随而来，在楼下蹲了差不多一个多小时了，二人也没下楼，而且在此过程中，也没有任何可疑的人走进三单元。”

“冉潇和小程那边也传回了消息，同样没什么进展，齐悦和杜凡离开了警局之后，始终都在金陵大学的图书馆内，根本没有离开过！”老李有些垂头丧气地说道。

“别灰心！”郑祺用力拍了拍老李的肩膀，笑着说道，“老李，你跟我这么多年，遇见的大案也不少了，最终我们不都是顺利地解决了吗？这次自然也不例外！”

被郑祺这么一说，老李的双瞳之中又立刻迸发出了充满信心的光芒：“有队长在，我们就不会让犯人逍遥法外！”

“这就对了！”郑祺心满意足地朝着老李笑了笑，“如果连身为警察的我们都没有信心破获这件案子，那民众岂不是更慌更乱了？”

老李不好意思地朝郑祺笑了笑，随后便全神贯注地盯着三单元的方向看了起来。

之后，无人再说话，众人只是坐在车里，时而紧盯三单元，时而朝着四周张望，安静的气氛不断发酵。

时间一点一滴地流逝着，直到两个小时之后，案发现场的三单元，终于有了新的情况。

只见三单元的楼口，徐正飞拎着一大包黑色塑料袋，看起来好像是垃圾袋，缓步走出了三单元，朝着楼旁的大型公共垃圾箱走了过去。

当徐正飞的身影进入郑祺等人的视线时，面包车内的所有人都下意识地屏住了呼吸，紧盯着徐正飞的举动，仿佛生怕错过了什么似的，这也导致车内的气氛比之前更加地寂静。

再说那徐正飞不紧不慢地走到了垃圾箱旁边，将手中的垃圾袋扔进了垃圾箱中，正准备反身走回去，忽地，一只黄白相间的野猫不知道从哪个角落蹿了出来，跑到了徐正飞的脚边，围着他转起了圈。

而徐正飞并没有做出任何举动，只是看了一眼那只野猫，便自顾自地走回了三单元。

“怎么回事？”影帝看了一眼空无一人的三单元门口，又找了找那只已经跑走了的野猫，颇为茫然地说了一声。

“怎么回事？还能怎么回事！”坐在面包车最后排的苏天杰嗤笑了一声，用一种嘲讽的语气说道，“徐正飞养过猫，这说明他很喜欢小动物，而他的出现引来了附近的野猫，又说明徐正飞平时一定经常给这些野猫喂食，所以野猫才会找他，围着他转，一般来说，这种野猫的警惕性是最高的，对于陌生人，根本不可能会露出这般模样。”

影帝自然听出了苏天杰口中的嘲讽之意，当即便出言反怼道：“你这么厉害，怎么没见你发现什么重要线索？”

“你……”苏天杰被影帝戳到了痛处，立刻瞪起了双眼，不过，他没法反驳影帝，因为，他真的没发现什么太过重要的线索。

就在这时，好像根本就没听见影帝和苏天杰争吵的马浩然，突然出声道：“老李大哥，车上有手套吗？”

“有！”老李不明所以地应了马浩然一声，随后，便从副驾驶的手箱里拿出一双麻线手套，递给了马浩然，“小马，你要干什么？”

对于马浩然这莫名其妙的要求，众人都非常地好奇，当即，便将视线尽数定格在了马浩然的身上。

“去看看徐正飞扔了什么东西！”马浩然接过手套，回了老李一声，接着便打开了面包车的车门，走下了面包车。

走下面包车之后，马浩然将身体紧贴住老楼的墙体，小心翼翼地朝着垃圾箱那边摸了过去。

马浩然的行走路线，卡住了楼上住户的视觉死角，让楼上的钟志成以及徐正飞无法看见他紧贴楼体行走的身影。

车内众人的视线则始终聚集在马浩然的身上，目不转睛，无比专注。

再说马浩然小心翼翼地走过了楼体之后，便快步地走到了垃圾箱那边。

炎炎夏日，装满了生活垃圾的垃圾箱所散发的味道，自然是让人难以忍受，而马浩然却好像完全屏蔽了那股难闻的异味，只是自顾自地戴上了手套，双眼更是全神贯注地盯着垃圾箱，根据记忆，寻找起了徐正飞刚才扔的那只黑色垃圾袋。

几秒之后，马浩然便锁定了目标，于是，他也顾不上味道和肮脏了，直接伸手将那只垃圾袋从垃圾箱中拎了出来。之后，马浩然便绕到了老楼的另一侧死角，一边躲避嫌疑人的视线，一边蹲在地上，解开了垃圾袋。

垃圾袋中的东西并不太多，就是一些啤酒瓶子和烧烤剩下的木签，还有咸菜和花生米的包装袋，以及一些满是油污、酒渍的面巾纸而已。

马浩然异常仔细地检查着垃圾袋中的东西，每一只酒瓶、每一张废弃的面巾纸，甚至每一根木签，马浩然都会拿起来，放在眼前，仔仔细细地观望一番，这才会将手中的垃圾重新装回垃圾袋中。

一只垃圾袋，马浩然足足检查了接近半个小时的时间，而另一边，坐在车内的众人，因为角度问题，可以清晰地看见马浩然的一举一动。

“小伙子，我们老大为了找线索，可以顶着烈日去翻垃圾箱，你能行吗？”影帝嘴角上扬，转过身，朝着坐在最后排的苏天杰鄙夷一笑。

“哼！”苏天杰冷哼一声，不服气地嘀咕了一句，“翻垃圾箱，就能找到线索了？那我们不如请几名清洁工人来破案算了！”

“一看你这家伙就是温室里生长的小花！”影帝脸上的鄙夷更加浓郁了，“一点苦都吃不得！”

苏天杰还想反驳影帝，只不过就在这时，不远处的马浩然突然动了。

马浩然这一动，自然而然将众人的视线和注意力吸引到了他的身上。

只见马浩然拎着那只垃圾袋，缓步走到了垃圾箱旁边，小心翼翼地将垃圾袋放入了垃圾箱中，随后，马浩然转过身，正准备朝着面包车这边迈出步子之际，忽地，马浩然那只抬起来的腿突然僵硬地悬在了半空之中！

紧接着，马浩然放下了抬起来的那条腿，猛地转过身，双手齐上，疯狂地在垃圾箱中翻找了起来。

马浩然的异常，立刻引来了车内众人的注意。

当即，郑祺出言说道：“你们几个不要动，我下去看看。”

话音未落，郑祺已经拉开了面包车的车门，跃出了面包车，并且学着马浩然的模样，身体贴在楼体上，快步朝着马浩然奔跑过去。

郑祺三步并作两步地跑到了马浩然的身边，而他也和马浩然一样，好像完全无视垃圾箱中散发出的那股让人作呕的异味，他的双眼只是牢牢地锁定了垃圾箱的某个角落。

那是一袋猫粮，原本被垃圾完全掩盖了，只不过，经过马浩然刚才的翻找之后，此时那袋猫粮露出了一半之多。

“是猫粮！”马浩然仿佛知道来的人是郑祺一般，头也不回地说道，“队长，徐正飞扔的垃圾袋我仔细地翻找过，没有任何可疑的痕迹，正当我准备转身离去的一瞬间，我的余光扫到了猫粮袋的边角，因为本案和猫有关，所以我对猫粮也比较敏感，就继续翻找了起来，然后发现了这东西。”

“这袋子猫粮，根据我的目测，里面最少还剩四分之三，还剩这么多就给扔了，除了徐正飞，也不可能会有第二个人了。”郑祺一边点头，一边说道，“他养的猫死了，把猫粮扔了也很正常。”

“说得不错，这猫粮，几乎可以肯定就是徐正飞丢弃的。”

“徐正飞丢弃猫粮并不算什么异常的举动，可不知道为什么，我总觉得有些不对劲！”郑祺揉着下巴，若有所思地说道。

“野猫围着徐正飞转……经常喂野猫……被扔了的猫粮……”马浩然一边嘀咕，一边沉思，好似木雕一般，静静地站在垃圾箱之前，哪怕有苍蝇落到了他的脸上，他都不为所动。

经过了三四秒的沉思，马浩然和郑祺几乎是在同一时间，异口同声地出了一道低呼声。

“继续翻！”

马浩然和郑祺的话音刚落，二人不由一愣，相视一笑之后，马浩然便毫不犹豫地继续翻找起了垃圾箱。

马浩然不断地用双手拨开一堆又一堆的生活垃圾，而整个过程中，他和郑祺的目光始终都定格在满是各色垃圾的垃圾箱之中，就好像生怕会错过什么似的。

忽地，马浩然那双插进了垃圾堆中的手停了下来，因为，他找到了意想不到的线索！

被马浩然掀起的垃圾之下，静静地躺着一只体型较大，黑白相间的流浪猫尸体。

“是猫的尸体！”郑祺盯着垃圾箱中已经开始腐烂，并且身体上还留下了一道明显的致命伤痕的猫尸，低吼了一声，“这只猫身上有黑色的毛，而且，如果仔细观察的话，可以发现，猫的肚子上还有一道明显的致命伤，内脏虽然腐烂，但依稀能辨别出，从猫的腹腔之中流出来的那些东西，就是这只猫的内脏。”

“被残忍杀死的猫……”马浩然好像完全不在乎那只流浪猫尸体的血污，以及腐烂的程度，他一边自言自语，一边将猫的尸体从垃圾箱中捧了出来，放到了之前他查看垃圾袋的位置。

“队长！”马浩然猛地抬起了头，双目如电般直视着郑祺，一字一顿道，“我好像接近谜底了！”

“很好！”郑祺别有深意地朝着马浩然笑了一声，话音刚落，他身上的电话便响了起来。

仿佛害怕惊动其他人一般，郑祺连忙摸出了电话，连看都不看显示屏便将电话接通了。

“队长！解剖验尸进行得很顺利，而且，我有了新突破！”电话中，传来了苏叶颇为激动的声音。

由于郑祺和马浩然的距离很近，所以，电话中苏叶的声音，马浩然也听得一清二楚，尤其是“新突破”这三个字，更是让马浩然的所有注意力都从那只被残忍杀死的流浪猫身上转移到了电话之上。

“新突破？”郑祺微微一笑，对着电话中的苏叶说道：“我们这边也有了新突破，你先说说你那边的新突破吧。”

第十二章　破局

“那我就从头说起吧。

“你们离开市局之后，我去见了李珍，和李珍聊了一些有关赵东之死的事情，李珍除了情绪低落悲伤之外，倒是没有提供任何实质性的线索，后来，我旁敲侧击地问了一下有关四名嫌疑人的事情，李珍话里话外倒是表达出了对钟志成、徐正飞、齐悦和杜凡四人的各种不满，大概情况，和小程打听出来的情况一致，几人之间的确有一些摩擦与冲突。

“最后，我和李珍商量了一下解剖赵东尸体的事情，李珍很配合，她也希望我们警方能尽快将杀死赵东的凶手抓获，哪怕真的是黑猫，她也想要一个交代。”

说到这里，苏叶又插了一句题外话，道：“队长，‘勾魂邪猫’的事情已经传开了，金陵市，甚至整个江南省都闹得沸沸扬扬！”

“接着说你的新突破。”郑祺没在“勾魂邪猫”的事情上与苏叶纠缠，而是开门见山，直奔主题。

“好！”苏叶顿了顿，继续说道，“得到了李珍的许可之后，我就立刻开始解剖尸体，然后，我得到了一份惊人的验尸报告。

“我利用局里最先进的设备，仔细地检查了死者的内脏，根据内脏衰竭老化的程度来分析，死者的死亡时间，与眼瞳、尸斑、体温等变化完全不一样。

“检查内脏而评估出的死亡时间是在昨天晚上深夜十一点至今天凌晨

十二点之间。

“就是说，赵东的尸体，有两个死亡时间，昨天晚上深夜十一点至今天凌晨十二点之间，以及今天凌晨十二点三十分至一点三十分，这两个截然不同的时间段。”

听完苏叶的汇报，马浩然和郑祺无比震撼地相互对视了起来。足足过了半晌，郑祺默默地挂断了和苏叶的通话，忽地，他出言对马浩然说道：“小马，你都听到了吧？”

“听见了！”马浩然点了点头，但他的眉头早在苏叶说出死者有两个死亡时间之后，便紧锁了起来，直到现在也没有松弛的迹象，“如果，死者的死亡时间出现了波动，那么，我们所做的所有推理，以及目前所发现的所有线索，就没有任何作用了。”

“所以，想要解开本案，最关键的地方还是要解开死者的死亡时间之谜，只要解开了这一点，那么其他问题也就迎刃而解了，这件‘勾魂邪猫’案，也就可以结案了！”郑祺深深地看了马浩然一眼，随后，他的目光便下意识地飘到了那只被残忍杀死的猫身上，若有所指地对马浩然说道，“小马，其实，当我们的推理被新的线索彻底推翻的时候，我们并不一定是错的，也许，错的是线索也说不定呢？”

“错的，是线索……”听了郑祺的话，马浩然猛地瞪起了双眼，漆黑的眼瞳也是情不自禁地缩了缩。

“走吧，先回车上！”郑祺用力拍了拍马浩然的肩膀，言罢，便独自朝着停靠在另一侧的面包车走去。

马浩然若有所思地看了一眼地上躺着的那只猫尸体，当即便摘下手套，扔进了垃圾箱中，至于那只猫的尸体，他并没有去动，因为，他觉得，他距离破获这件“勾魂邪猫”案已经很近了，这具猫尸，说不定以后能用得上。

扔完了手套，马浩然并没有跟上郑祺的脚步，而是迈着沉重的脚步，独自在垃圾箱四周转悠了起来，而他的头始终都没有抬起来过，双眼也是仔细地盯着地面，仿佛在找些什么。

最终，马浩然在垃圾箱后面四五米之外的草地上，发现了一小片呈暗黑色的草。

随后，马浩然轻轻地点了点头，又绕回到了垃圾箱的位置。

马浩然在垃圾箱范围之内足足转了五六分钟的光景，这才自言自语地轻声念叨了起来："没有！怎么会没有呢？"

嘀咕完这句话，马浩然也没有按照来时候的路线返回面包车上，而是走到了阳光之下，按照徐正飞刚才丢垃圾的路线，开始在垃圾箱和三单元之间不断地徘徊、搜索，由始至终，他都没有抬过一次头，双眼始终紧盯地面。

这一次，马浩然在三单元到垃圾箱的范围之内，足足转悠了二十几分钟，几乎将这片区域的地面，用眼神异常仔细地扫了个遍。

前前后后，马浩然共计耗时半个多小时，但他仿佛并没有找到他想找的东西。

"这是怎么回事？难道真的是我想的那样？"马浩然一边说着，一边停下了脚步，下意识地仰头望向了三单元三楼西户徐正飞家的窗户，继续自言自语地呢喃道，"难道被清洗掉了？时间应该来不及才对。"

言罢，马浩然微微皱起了眉头，随后快步走向了面包车。

"老大，有什么发现吗？"马浩然刚刚关上车门，还没坐稳，坐在副驾驶的影帝便急切地询问了起来。

"有一些发现……"马浩然心不在焉地回了影帝一句，而后便不再言语。

而另一边的郑祺则是将之前马浩然的所有发现，以及苏叶那边的新突破原原本本地说给了众人听，说完之后，郑祺还别有深意地回过头，看了坐在最后排的苏天杰一眼。

再说那苏天杰，听了郑祺的叙述之后，也陷入了沉思，甚至，连郑祺这种大幅度转身的动作，都没有注意到。

安静的面包车中，郑祺毫无征兆地出言说道："你们好好思考一下，这件案子，真的接近尾声了。"

郑祺这句话，好像是在对马浩然说，又好像是在对苏天杰说，总而言之，谁也不知道郑祺这句话，到底是说给谁听的。

当郑祺话音落地之际，众人便纷纷向他投去了好奇的目光，除了仿佛陷入沉思的马浩然和苏天杰。

“队长，你是不是已经知道了些什么事情？”老李眨着眼睛，好奇地问郑祺。

“我什么都不知道！”郑祺双手一摊，随后，自顾自地抽出了一支香烟，为自己点燃，悠然自在地吞云吐雾起来。

“思考案情这件事，我可不擅长！”影帝看了看郑祺，又看了看马浩然，说道，“我去给大家买雪糕吃，太热了！”

“对！买雪糕，顺便再给我买几瓶冰镇矿泉水，降降温！”拳王憨憨地朝着前排的影帝招了招手，示意影帝快去。

而另一边，影帝正想和拳王抬杠，马浩然却突然瞪起了双眼，猛地转过了身，望向坐在第三排的拳王，失声惊呼道：“你刚才说什么？”

拳王被马浩然突如其来的举动吓了一跳，甚至一时间竟然忘记回答马浩然的问题了。

而坐在拳王身边的苏天杰则是满脸疑惑地盯着马浩然，尤其是他那双眼瞳之中，更是散发着不爽的光芒，似乎在气恼马浩然突然发疯，打断了他的思绪。

“我刚才说，让影帝给我买几瓶冰镇的矿泉水，降降温……”拳王干涩地眨了眨眼睛，说完这番话，还重重地吞了吞口水。

不仅是拳王，包括影帝和老李，以及郑祺在内，大家都默不作声，只是无比安静地盯着马浩然。

对于拳王，或者说，对于大家而言，马浩然如此异常的举动很有可能是因为，他通过拳王的某句话，或者某个举动，想到了解开案子的关键点。

“我知道了！”马浩然如释重负般地吐出一口气，双瞳之中绽放出了自信的神采，“我想，我已经解开这件案子的所有谜题了！”

马浩然此言一出，车内众人无不惊骇，除了郑祺之外。

不论是影帝、拳王、老李，还是对马浩然抱有敌意的苏天杰，都怔怔地凝视着马浩然，只有郑祺，嘴角微微扬起，露出了一抹不易察觉的神秘微笑。

“你刚才说，你已经解开了‘勾魂邪猫’案的所有谜题？”苏天杰突然反应过来，陡然提高了几分声调，惊呼着问马浩然，听他的语气，好像不相信马浩然已经解开了所有谜题似的。

马浩然淡淡地瞥了苏天杰一眼，并没有回答苏天杰的问题，只是微微点了点头。

“不可能！”苏天杰的声音又提高了几分，满脸怀疑地叫嚷了起来，“我还没想通其中的关键点，你怎么可能会想明白？两个不同的死亡时间、黑猫的血液和纤维细胞残留在死者的致命伤之上、诡异而无解的水迹、染血的浴巾、完美的不在场证明，这些谜题，你怎么可能会在这么短的时间内解开？”

“小子，你想不通的事情，不代表老大想不通。”影帝冷冷地盯着苏天杰，鄙夷地说道：“你叫苏天杰，他叫马浩然，你们两个根本不是同一类人，懂吗？”

“你想和老大比？还差得远呢！”拳王抱着双臂，一脸嫌弃地瞥了坐在他身边的苏天杰一眼，毫不客气地出言嘲讽起了苏天杰。

毫无疑问，影帝和拳王不管在任何时候，对马浩然都是充满了十足的信心，既然马浩然说已经解开了“勾魂邪猫”案的所有谜题，那么，影帝和拳王就会无条件地选择相信。

苏天杰很不爽，从小到大，他从来没被人如此这般地质疑和嫌弃，但是，苏天杰并没有立刻爆发，而是怒极反笑，冷嘲热讽道：“好！既然你解开了‘勾魂邪猫’案的所有谜题，那就把凶手找出来，拿出让凶手哑口无言的铁证！记住，你可是代表了重案组，可别给重案组丢脸，也别给人民警察抹黑！”

影帝和拳王还想反驳苏天杰，却被马浩然突然发声打断了。

马浩然并没有与苏天杰争论，而是对老李问道：“李哥，徐正飞离开警局之后，你便一路尾随他，并且始终在楼下盯梢他，对吧？”

“没错！”老李不明所以地点了点头。

“那徐正飞除了刚才丢垃圾之外，是不是没走出过三单元？”马浩然继续发问。

老李重重地点了点头，说道：“徐正飞第一次出现在我们的视线之内，是他和方旭一起走出他家的时候，然后他们就去吃饭了，饭还没吃完，就被请到了警局，离开警局，这家伙就直接回了家……我敢保证，他没有离开过三单元，除了刚才丢垃圾的那次，而且，这段时间，也没有人去过他家。”

说完这些，老李缓了一口气，无比好奇地朝着后面的马浩然探了探身子，“小马，你该不会是想说，徐正飞就是杀人凶手吧？他可有完美的不在场证明啊！”

“完美的不在场证明？”马浩然突然笑了起来，这种笑容就像是之前几次他进入到推理状态的时候，所露出的那种笑容，“所谓完美，是一种根本不存在的形容词罢了！”

说完这句话，马浩然便当先拉开了面包车的车门，径直走下了面包车，而后，郑祺、影帝、拳王、苏天杰和老李，纷纷紧随马浩然之后，鱼贯走下了面包车。

“我们现在可以去徐正飞家里了！”马浩然站在那栋老旧楼房之下，嘴角噙着一抹玩味的笑容，目光遥望三楼西户，随后，突然将目光转移到了垃圾桶那边，对影帝说道，“家辉，那边的猫尸，你去守好，虽然最后未必会派得上用场，但是，有备无患，总是没错的。”

“我知道了！”影帝似懂非懂地朝着马浩然点了点头，言罢，快步朝着垃圾箱那边奔了过去。

而其余人则是快步走进了三单元，一刻不停地上了三楼。

站在三楼西户徐正飞家的门前，马浩然轻轻敲响了徐正飞家的防盗门。

“嘭嘭嘭！”

几道轻微的敲门声随之响起，在这寂静的楼道里显得那般突兀，那般刺耳，甚至，众人的心也情不自禁地随着这几道敲门声而加快跳动的速度。

“吱呀！”

防盗门发出一道痛苦的哀嚎声，最终，被房内的徐正飞打开了。

徐正飞穿着一身运动背心和短裤，手里还拿着扇子，一边为自己扇风，一边狐疑地打量起了门外的马浩然众人。

“各位警官，大热天的不在办公室里吹空调，跑到我家来做什么？”徐正飞说罢，嘴角还露出了一抹鄙夷嘲讽的微笑，仿佛所有吃公粮的人都应该躲在办公室里避暑一般。

“徐先生，不请我们进去坐坐吗？”马浩然没有回答徐正飞充满针对的问题，而是避重就轻地岔开了话题。

“进来吧。”徐正飞的脸上闪过了一抹不情愿的神色，不过，最终他还是选择后退，为众人让出了一条走进他家的路。

马浩然没有说什么，只是带着众人鱼贯走进了徐正飞的家里。

徐正飞的家布置得很简单，客厅里只有一台挂在墙上的大电视、一套老旧的沙发和茶几，以及一组衣柜、一台旧式冰箱，除此之外，再无他物。

值得一提的是，在这炎炎夏日，屋里就连电风扇都没有，看得出来，徐正飞的生活应该是比较拮据。

很快，马浩然等人便分别坐到了徐正飞家的沙发上。

与四处张望打量的众人不同，马浩然并没有像其他人那般左顾右看，什么卧室和卫生间，大家都伸着脖子张望，只有马浩然，由始至终都没有去看一眼，他的目光始终定格在茶几上摆满的没有开启瓶盖的啤酒瓶上……当然，不止马浩然在看茶几上的东西，还有郑祺也在看。

“徐先生，天这么热，不知道你家里有没有雪糕之类的东西，让我们降降温？”马浩然突然说道。

马浩然竟然厚着脸皮，和徐正飞讨要雪糕之类的降暑食品，这一番话，倒是直接将众人的注意力拉回到了他的身上。

尤其是拳王，那双眼珠子几乎都快要瞪出来了，要知道，拳王认识马浩然这么久，可从来没见过这样的马浩然，别说主动和陌生人要东西了，就算是影帝给马浩然东西，马浩然都未必会接受。

不过，拳王的眼神很快便恢复了平静，因为拳王知道，马浩然此举必有他的意思，也许，和解开这件悬案有直接关系也说不定呢！

“我不吃那种东西！”徐正飞瞪了马浩然一眼，似乎是在责怪马浩然不懂礼貌，下一刻，徐正飞便不耐烦地说道，“各位警官来我家，到底想干什么？该说的，我在警局都已经说过了！”

“我们来徐先生的家，其实也没什么事，就是想和徐先生聊一聊，有关赵东之死的事情……”马浩然一边说着，一边冷笑，“聊一聊，徐先生杀死赵东的全过程！”

马浩然此言一出，屋内众人立刻倒吸了一口凉气，就仿佛这炎炎夏日似乎也不是那么热了，因为，大家的注意力都被马浩然吸引了过去，自然也就无暇关注气温和热量这些客观环境因素了。

而徐正飞在听了马浩然的这番话之后，脸上的表情先是一滞，随后，突然放声狂笑了起来。

“哈哈哈！”徐正飞肆意地大笑着，笑够之后，他眯着双眼，好像没有从马浩然所说的这番话中走出来似的，还夸张地捂起了肚子，断断续续地说道，“你在开玩笑？我杀死了赵东？我不是已经告诉过你们，我有不在场证明了吗？方旭可以为我做证，案发之时，我就在我家，而且和方旭在一起！”

“是吗？”马浩然不为所动，仿佛完全无视了徐正飞夸张的表情一般，站起了身，在众人不解的目光注视下，他缓步走到了冰箱跟前，指着冰箱下层的冷冻层，对徐正飞问道，“徐先生，不介意我打开冰箱看一看吧？”

马浩然话音刚落，徐正飞脸上的笑容突然变得僵硬起来，就像是被工匠雕刻在他的脸上一般，完全失去了应有的生机与活力。

马浩然盯着徐正飞，见他不说话，便开口说道：“徐先生不说话，那我可就当徐先生默认我的请求了。”

说罢，马浩然猛地一抬手，直接拉开了冰箱下部冷冻层的门。

啪的一声轻响，伴随着一阵细微的“吱呀”声传来，马浩然快速打开了冷冻层的冰箱门，而后，马浩然动作不停地分别将冷冻层之中的三只冷冻盒陆续抽了出来。

值得一提的是，马浩然抽出三只冷冻盒的时候，没有受到一丝的阻力，简直比抽拉带滑道的抽屉还要轻松。

再说那三只冷冻盒，其外表已经布满了冰霜，这是所有老式冰箱都会出现的通病，可是，还有一个问题，老式冰箱的冷冻层由于经常装在冰箱里，所以想要抽出来是异常困难的，这是家里有老式冰箱的人都知道的常识，想要将冷冻层抽出来，需要费力地铲掉四周的冰块，或者简单粗暴地将其拉出来，而第二种方法很容易将冷冻层弄坏！

而徐正飞家的冷冻盒却是完好无损的，并且还被马浩然轻而易举地从冰箱中拉了出来，这有些不太符合常理！

不过，众人并没有在这个问题上纠结，包括马浩然也没有提及这处疑点，众人和马浩然只是将视线定格在了被抽出来的冷冻盒之内。

这三只冷冻盒放在冰箱里的时候，外人根本不知道里面装了什么，因为人的视线会被冷冻盒外围布上的冰霜所阻隔，可如果将冷冻盒全都抽出来，那里面的场景可就一目了然了。

当三只冷冻盒被马浩然完全从冰箱中抽离出来之后，映入众人眼中的画面是这样的——冷冻盒中空空如也，只有极少部分的细微冰碴残留在冷冻盒内。

“徐先生家的冰箱，真的很干净！”马浩然瞥了一眼三只空空如也的冷冻盒，随即，转移目光，紧盯徐正飞，冷冷地说道。

沉默了一会，徐正飞僵硬的表情已经融化了，便见他微微皱起了眉头，有些不满地对马浩然说道：“我一个月工资才那么点钱，连电风扇都舍不得买，又怎么会塞满冰箱呢？我家里的东西基本放在冰箱上层的保鲜层里面了。”

“是吗？”马浩然并没有去打开保鲜层，而是继续说道，“徐先生家的冷冻层之所以是空的，恐怕是因为里面的东西都留在对门赵东的家里了吧！”

马浩然此言一出，众人脸上的表情立刻变成了沉思状，似乎都在思索，冰箱里究竟装了什么东西，会让徐正飞放到赵东的家里。

而且，赵东的家里可是被他们里里外外地搜了好几遍，他们怎么也想不出，还有什么地方是他们遗漏的。

只有郑祺由始至终都保持着微笑状态，直到马浩然说完这番话之后，郑祺还大大咧咧地从茶几上拿起了一瓶啤酒，朝着徐正飞晃了晃，道：“徐先生，我能喝一瓶吗？”

徐正飞瞪了郑祺一眼，没说话，郑祺又把啤酒放回到了茶几上，笑吟吟地说道：“现在是工作时间，我可不能喝酒，等解决了这件案子，下班之后，我请重案组全员喝酒！”

说罢，郑祺便将啤酒放回茶几上，气定神闲地为自己点燃了一支香烟，摆出了一副看好戏的姿态。

郑祺的举动，并没有打断马浩然的推理秀，当即，马浩然继续说道：“徐先生，现在你也许会嘴硬，但等我的推理结束之后，你就不会再嘴硬了！”

说完，马浩然扬起了手，做出了一个手掌向下压的动作，示意众人先听他说。

“我先说说凶手行凶的过程。

“我们警方已经锁定了嫌疑人，徐正飞、钟志成、杜凡与齐悦四人，而这四人中的任何一个人去赵东家叫门，赵东都会没有防备地开门，进而放凶手进入案发现场，这是不争的事实，所以，也就不存在什么绝对密室的说法，而凶手也正是用这种方法，进入了赵东的家中。

“凶手进入赵东的家中之后，可能会与赵东闲谈一番，然后凶手会找借口去赵东家的洗手间，找到那条被我们警方发现的浴巾，再离开卫生间，用特殊的利刃将赵东割喉，而那条浴巾便是凶手用来阻挡血液喷溅的工具，这样，就可以避免凶手身上沾上死者的血液，而且那条浴巾事后也可以用来擦拭地上的血迹，迷惑我们警方。”

“你的推理，并不全面！”马浩然刚刚说完，苏天杰便从沙发上站了起来，好像故意找碴似的，对马浩然举起了一根手指，趾高气扬地说道，“凶手进入卫生间之后，你忘记了一个环节——戴上手套的环节，不然的话，凶手的指纹，岂不是留在浴巾上了吗？要知道，我们并没有在浴巾上发现赵家三口人之外第四人的指纹！”

说完，苏天杰还得意扬扬地朝着马浩然挑了挑眉毛，看这架势，苏天杰是打算在这里和马浩然来一场推理战争了，而苏天杰的角色，就是找毛病的角色。

然而，马浩然这一次却是出人意料地搭理了苏天杰。

“你说的不对！”马浩然盯着苏天杰，微微摇头，说道，“凶手早在敲响赵东家房门的时候，就已经戴上了手套，因为，凶手拿了一件犯案工具，而这件工具，又可以完美地掩饰住凶手戴手套准备行凶的意图！”

“你说什么？”苏天杰微瞪双眼，不服气地说道，“那你说说，到底是怎么回事？”

马浩然瞥了苏天杰一眼，无比淡定地继续说道：“我之前已经说过，冷冻盒里的东西，被凶手遗留在了案发现场，自然而然，凶手带进死者家中的东西，就是冷冻层里的东西，也就是——冰块！

“凶手先用毛巾，铺垫在冷冻盒的内部，包括底部，紧接着，往冷冻盒里面加水，在冰箱里冻上一段时间之后，等到案发之时，凶手可以通过毛巾轻而易举地将冷冻盒里面的冰块兜出来，过程中，虽然会发出一些声音，但并不大，因为凶手在做这些事的时候，将冷冻盒拿到了卫生间，或者是卧室，并且关上门进行的，所以，这点声音，并不足以吵醒因为喝醉酒而在客厅里沉睡的证人。

“在这段准备的过程中，凶手事先还耍了一些小手段：凶手事先将冷冻层清理干净，保证冷冻盒可以畅通无阻地从冰箱中抽出来，就像我刚才所做的那般，我抽出冷冻盒的时候，并没有发出任何的声音，这就说明，冰箱内部被清理过。

“我家里的老式冰箱根本无法将冷冻盒抽出来，因为经过长年累月的冰冻，冷冻盒已经与冰箱通过冰连接在了一起，想要抽出来，肯定会耗费很长的时间，或者弄出不小的声音，这样，既耽误凶手行凶，也会吵醒凶手的不在场证人，所以，凶手事先就处理好了这一切，我猜，这应该是昨天白天的事情吧？

“徐先生，我想问你，你既然不在冷冻层里放东西，那你为什么要平白无故地清理冷冻层，以及冷冻盒呢？”

马浩然一脸微笑地盯着徐正飞。

足足过了半晌，徐正飞都没有开口回答马浩然的问题。

当然，徐正飞的哑口无言，并不能影响马浩然的推理。便听马浩然继续推理道：“你之所以要清理冷冻层，那是因为，你需要在案发之时，用最短的时间和最小的声音，将冷冻层里的冰块拿出来，然后用毛巾兜着，将其带进赵东的家里！“而你在这段时间之内，就已经事先戴好了手套，敲响赵东家房门的时候，你会对赵东说，因为一些不愉快的事情，你来道歉或者和解之类的话，并且说，送给赵东几块你特意冻出来的冰块，留着给赵东降暑用，这样，你就可以戴着手套堂而皇之地走进赵东的家里了，而赵东也不会对你戴手套的举动产生任何的疑惑，也许，赵东是认为你不想让手沾上水或者冰，或者是你怕把手冰坏了，总而言之，你戴着手套，兜着冰，走进了赵东的家里。

“然后，你按照我的推理所示，将赵东杀死，并清理了现场，让案发现场看起来像是被凶手刻意布置过一般！”

马浩然说到这里，略微缓了一口气，停顿了片刻，其间，他并没有理会脸色无比难看的苏天杰，别忘了，马浩然刚才的推理，已经打了苏天杰的脸。

随后，马浩然继续说道：“案件进行到这里，最关键的，并不是你带进赵家的冰，而是凶器！

“我们警方在案发现场并没有找到凶器，因为那件凶器太特殊，你不能留在案发现场，不然的话，你的勾魂邪猫之设想也就落空了。

“你的凶器应该是一柄短刀、匕首，或者干脆就是常见的水果刀，只不过，你在杀死赵东之前杀死过一只流浪猫，并且将流浪猫身上的黑色毛发割了下来，收起来……我在楼下的垃圾箱中，发现了你丢弃的猫粮，以及一具生着黑白相间的流浪猫尸体，那只猫，被残忍地划开身体而死。

“之前你下楼扔垃圾，有流浪猫围着你转，恐怕，你应该是经常去喂那些流浪猫，而被你杀死的流浪猫，应该就是你在案发之前，特意用猫粮引去的其中一只，然后你将其残忍杀死！

“我在离垃圾箱不远处的草地上发现了一些乌黑的血迹，应该就是你杀猫所致。

“你将猫的尸体埋进了垃圾箱中，用一些垃圾挡住了猫的尸体，反正垃圾箱里的垃圾太多，异味也会将死猫的尸臭掩盖住，更加不会有人去翻垃圾箱，你只要静静地等待垃圾车来收垃圾就可以了。

“再说这件案子，你用那柄杀过猫的凶器，出其不意地割开了赵东的喉咙，因为担心他不会立刻死亡，怕他发出声音，你又在赵东的咽喉处补了一刀，至此，死者的致命伤口处为什么会出现黑猫的血液，以及细胞纤维的谜题便解开了，因为，杀人和杀猫的刀是同一柄！

“完成了行凶之后，你将事先准备好的黑猫毛放到了尸体的身下，直到此时，你准备的冰块终于派上了用场。

“你不仅在尸体下面放了黑猫毛，更是将一同带进赵家的冰块也放在了尸体的下面！

“因为有了冰块的缘故，尸体的湿度和温度、腐烂程度、痉挛程度、血液凝固的进程等体征，都会受到一定程度的影响，就和我们将食物水果放进冰箱里，或者是将尸体冷冻以推延腐烂时间，是一个道理，只不过，你的这种手法只能对尸体产生略微的影响，并不能做到完全改变尸体的死亡时间，只是误导我们警方判断死亡时间而已。

“至于尸体的眼瞳变化，我想，你应该是在死者的眼中滴了一些含有酒精成分的液体，导致尸体的眼瞳发生了变化，误导了法医对于尸体死亡时间的判断。

“这也是你所谓的完美不在场证明的最大破绽，而尸体的两个死亡时间之谜也顺理成章地解开了。

“你的瞒天过海之计很好，可惜你忽略了一点，你只是改变了尸体外部的因素，尸体的内脏器官，你没有能力让其改变。

“我们的法医苏警官刚刚解剖了赵东的尸体，根据死者的内脏器官衰竭程度来判断，死者的死亡时间是在昨天深夜十一点至今天凌晨十二点之间，也就是你和方旭都睡着了的那段时间，不对，是方旭睡着了，而你开始行凶的那段时间！

“还有案发现场的水痕，其实也很简单。

“水杯是你故意打碎的，故意让里面的水流淌到地上，形成水痕，这样，也就能给尸体身下因冰块化掉而形成的水痕打掩护，包括浴巾，也是你刻意遗留在案发现场的，目的是想让我们警方先注意到与现场格格不入的破碎水杯所产生的水痕，再注意到浴巾，顺便联想一下，你用浴巾蘸水擦拭清理地上喷溅的血迹，所以我们才会在案发现场，发现那么多可疑的水痕。

“从你收拾案发现场，再到你刻意打碎水杯留下水痕，一切的一切，都是为了误导我们警方，让我们警方认为，尸体身下的水痕是你清理痕迹之时所留下的。

“包括案发现场那三道好像毛笔一样的水痕，也是你为了配合伤口上的猫血和细胞纤维而弄出来的痕迹，目的就是让我们将死者的死与黑猫联系上，仔细想一想，那三道水痕，不正是猫尾巴沾了水之后留下的拖痕吗？

“你的计划很周密，许多细节处理得也很好，环环相扣，称得上是一件棘手的案子，最关键的是，深夜的那场雨，也帮你的水痕做了很好的掩饰，让尸体身下的水痕有了更完美的解释，这不仅误导了我们警方，更是差点帮你脱罪。

“老天帮你撒了一个谎，让雨水降临到了世界，但正义，却始终站在我们人民警察的身后，雨水，也洗刷不掉你留下的破绽！

“我说的对吗？凶手先生，徐正飞！”马浩然的最后一句话，掷地有声，正气凛然。

“你的推理很有想象力！”徐正飞冷冷地笑出了声，“可是，证据呢？你凭什么说，是我杀死了赵东？我想，齐悦和杜凡同样可以完成你刚才所说的推理吧？哪怕他们两个不喜欢猫，不喂流浪猫，但是，想要找到并杀死一只流浪猫，对于二人而言，应该是很简单的一件事情。

“至于你所说的猫粮，的确是我扔的，我不想看见那东西，因为，一看见猫粮，我就会想起它。

“这位警官，你还有什么想说的吗？”

徐正飞摆出了一副“与我无关”的架势，简单几句话便全盘否定了马浩然的推理！

而马浩然却是不紧不慢、不急不缓地继续说道：“其实，你昨天找方旭来喝酒，目的就是想让他成为你的不在场证人，并且拼命灌他酒，为了劝解你，方旭自然酒到必干，而你，则用简单的说辞，说什么心情不好导致酒量变差，和方旭一起醉倒，利用时间差来完成你的杀人计划。

“十一点到十二点之间，不正是你和方旭昏睡的那段时间吗？

“等方旭睡着了之后，你再利用这段时间，杀猫，拿冰块，去赵家杀人，处理现场，回到家中，故意设定闹铃，将方旭吵醒，然后你们一起看球，一起聊天，就像什么也没发生过那样，到了今天早上，你和方旭走出家门，吃饭，被我们请回警局，再回家，至此，你没有再出过家门，自然，也无法去处理外面的痕迹。

“不巧的是，外面的痕迹被我发现了，而且，我还发现了一处有意思的地方。”马浩然笑了笑，继续说道，“垃圾箱到三单元的这段距离并没有一滴血液，连疑似血液的痕迹都没有，这说明，你杀了猫之后，应该是用某种东西将凶器包了起来，不然的话，那段距离不可能没有任何的血迹出现。

“包括你之前扔的垃圾袋，我也翻过了，没有我想要的东西，我猜，那件包着凶器的东西，可能是纸，也可能是塑料袋之类的东西，应该就在你的家里吧？还有杀人的凶器，也肯定还在你的家里，因为，时间太紧，你根本没时间去处理凶器和痕迹，最多也就是清洗一下凶器上的血迹而已。

“不过，哪怕你已经将凶器清理干净，甚至是用特殊的药水清理干净，但那件包着凶器的工具应该是无法清理的。

“我想，那东西，就在你的家里，只要找到那东西，拿到鉴定科化验一下，看看是否与死者伤口上的猫血与细胞纤维一致，这些，就足以定你的罪了，更何况，我的兄弟现在就守在那只猫的尸体旁边，想要定你的罪，我还可以通过那只你没来得及处理的死猫来实现……”

就在马浩然话音尚未落地之际，拳王毫无征兆地动了。

拳王就像是一头猎豹，直接扑到了徐正飞的身后，一把按住了徐正飞的双肩。

电光石火之间，徐正飞挣开拳王那双铁钳一般的双手，夺门而逃，可是，拳王岂是徐正飞能轻易摆脱的？

只见拳王双手一翻，身体一侧，直接绕到了徐正飞的身前，同时，脚下猛地发力，直接扫在了徐正飞的脚踝之上。

嘭！

徐正飞的整个身体应声而倒，直接趴在了地上，而拳王则是稳稳地压在了徐正飞的身上，让徐正飞无法移动分毫。

毫无疑问，徐正飞的表现，已经证明马浩然的所有推理，以及最后的证据都是对的！

“老李，联系同事们过来，开始全方位地搜寻徐正飞的家，把那件包着凶器的工具找出来！”郑祺气定神闲地坐在沙发上，一边安排老李的工作，一边吞云吐雾，对于马浩然的推理和最后的结果，郑祺没有任何的感叹，仿佛早就猜到了结果和过程似的。

这时候，马浩然走到了徐正飞的身前，蹲下身体，盯着他，一字一顿道：“赵东打死了你的黑猫，而你却用一条人命去祭奠你的宠物，徐正飞，在你心中，人命还不如一只猫吗？”

“赵东的命，就是不如我的猫！”徐正飞趴在地上，一边剧烈地挣扎，一边歇斯底里地咆哮了起来，“没有人看得起我，学校里，工作中，邻里之间，连我的亲戚朋友都看不起我，整个社会都在歧视我，只有我的猫，对我不离不弃！”

“所以，你认为你的猫，比一条活生生的人命，一个幸福的家庭，更加重要吗？”马浩然厉声大喝道，“徐正飞，你的心已经扭曲了，你的行为完全是在报复社会！”

“我就是要报复社会！”徐正飞不知悔改地继续咆哮着。

忽地，郑祺从沙发上站了起来，缓步走到了徐正飞的身前，双眼紧盯徐正飞，大喝一声道：“大家并不是真的看不起你，就算是真的看不起你，那也是有原因的，从主观方面来说，是你自己做得不够好，不够优秀，你只是将你自己的缺点隐藏了起来，把你内心中的扭曲和病态不断地放大，这才会产生这种怨天尤人、报复社会的心理，因为，你不敢正视你自己，你害怕你自己的缺点，连你自己都无法接受！”

郑祺说完这番话，徐正飞的家中，突然陷入死一般的沉寂之中，连徐正飞本人都怔怔地凝视着郑祺，他的眼中隐有泪花闪动……

马浩然看了徐正飞一眼，微微叹了一口气，走出了徐正飞的家。

那本从不离身的笔记本又被马浩然摸了出来，这一次，马浩然在那本泛黄的笔记本上，流畅地写下了这样一句话：

“一个可悲的人，一个郁郁不得志，或者说，一个根本没有什么实际能力，却怨天尤人的人，因为对四周的人和生活产生了严重的不满，导致内心扭曲，产生了报复社会的情绪，进而，因为一只猫的死，而将怒火发泄到了无辜的人身上……”

徐正飞的犯案手段，在马浩然的精彩推理之下无所遁形，同时，这也宣告“勾魂邪猫案”结束了。

没多久，重案组的一众警员，包括正在盯梢杜凡和齐悦的程稳露、冉潇，以及在楼下看守猫尸的影帝，还有法医苏叶，都纷纷赶到了徐正飞家。

第一个冲进来的，正是负责盯梢齐悦和杜凡的程稳露。

“案子解决了？徐正飞是凶手？”程稳露瞪大双眼，目光不断地在马浩然、郑祺、苏天杰的身上游离着，“是谁解决的？队长，是你吗？”

程稳露最关心的问题，仍旧是最后破获“勾魂邪猫案”的人，其实，她非常想听见郑祺承认的声音，哪怕是点点头也好。可惜的是，结果总是事与愿违。

郑祺看了程稳露一眼，笑吟吟地朝着已经走回了徐正飞家中、此时正站在角落中发呆的马浩然扬了扬下巴，道：“是他。”

郑祺话音刚落，走在程稳露后面的苏叶和冉潇以及一众警员，恰好鱼贯地走进了徐正飞的家中，自然而然，郑祺和程稳露的对话，大家都清晰地听见了。

当即，所有人都朝着面无表情、只是静静站在原地、抬头望着天花板的马浩然，投去了极其震撼的目光。而这些人中，并不包括苏天杰和程稳露。

苏天杰和程稳露的目光中，并没有惊诧和震撼等情绪，二人的目光中只有不服。

毫无疑问，单从推理斗争这方面来说，程稳露也好，苏天杰也罢，他们都输了，完完全全输给了马浩然。

只不过，苏天杰和程稳露并不服气。

可不服气又能怎样？

“勾魂邪猫”一案，的的确确是马浩然破获的，在这种场合下，二人就算再不服气，也只能忍着。

故而，苏天杰和程稳露才都没有开口说话，事实胜于雄辩，说得再多，也无法改变马浩然破获此案的事实。

徐正飞的家中，没有人再开口说话，仿佛大家的眼中只剩下了马浩然似的。

从“血腥玛丽”开始，一直到这次的“勾魂邪猫”，所有案件，几乎都是马浩然凭借天马行空般的思维逻辑和缜密的推理分析来破获的，虽然在各个案件中，众人也各自发挥了独有的作用，但主导者绝对是马浩然，这是毋庸置疑的。

不知不觉间，马浩然在众人心目中的形象似乎又高大了很多。

“行了！”场中唯一没有发愣的人便是郑祺，只见他摆了摆手，故意提高了声调，将众人的注意力从马浩然的身上吸引到他的身上，“老李，带几个弟兄，把凶手带回局里，其他人赶紧处理完各自手上的工作，今天晚上，我请大家喝酒！”

郑祺的话，让凝重的气氛瞬间变得轻松了起来，众人也是很配合地欢呼着，忙碌着。

老李亮出了手铐，将徐正飞的双手铐了起来，然后带着几名警员，押着徐正飞走了出去。最终等待徐正飞的，将会是法律的制裁！

收拾现场的工作进展得很顺利，其实也没有什么东西需要收拾，众人只需采集一下指纹，搜查一下徐正飞的家，找一找物证之类的东西就可以了。

反正这些事情不用马浩然来做，索性，他干脆迈着步子走出徐正飞的家，离开了三单元。

与马浩然一起离开的还有影帝、拳王和郑祺等人，因为这里已经不需要他们了。

待到众人走后，同样没有什么工作需要做的苏叶却走到了独自站在室内一角发愣的苏天杰身边。

苏叶抬起手轻轻地拍了拍苏天杰的肩膀，柔声说道：“怎么样？服气吗？”

苏天杰闻言回过了神，他的脸上已经没有了之前的呆滞和茫然，取而代之的是那股仿佛天生一般的高傲：“不服！”

苏天杰的话很坚决，也很不甘，语气中，充满了愤怒。

苏叶深深地看了苏天杰一眼，没有出言劝阻，反倒是说出了这么一句话：“不服？那你就用实际行动证明，你比他强！”

“我会证明给你看，证明给大家看的！”苏天杰狠狠地咬着牙，说罢，猛地一转身，直接离开了徐正飞的家。

苏天杰走后，程稳露好奇地凑到了苏叶的身边，轻声问道：“叶子姐，我怎么感觉你是在刻意激怒你弟弟？”

苏叶回过头，望向了一脸好奇的程稳露，恬然一笑，别有深意地说道：“天杰从小就争强好胜，不服输，也不认输。我就是想故意激怒他，让他继续针对马浩然，因为我希望马浩然可以帮助我改变他的性格。”

“你希望马浩然来帮助你改变苏天杰的性格？”程稳露瞪起了美目，眨了眨眼睛，无比惊讶地望着苏叶，“叶子姐，你是不是病了？怎么突然这么看重马浩然了？”

曾几何时，程稳露可是和苏叶站在同一战壕一起抵制马浩然的战友，可现在，苏叶的转变一下子让程稳露有些难以接受，也不敢相信。

“小程！”苏叶缓缓地摇了摇头，耐心地对程稳露说道，“经过了这么多案件，马浩然展露出的超强推理能力和缜密的逻辑思维，难道还没有得到你的认可吗？”

“认可？”程稳露好像看陌生人一样盯着苏叶，足足沉默了半晌，这才一边摇头一边说道，“我不认可他，也不会认可他，我会打败他的！”

从某种意义上来讲，程稳露和苏天杰属于同一类人，只不过，程稳露没有苏天杰的高傲和自负，她始终在用实际行动来证明自己比马浩然强。

说完这句话，程稳露也离开了现场。

而苏叶则望着程稳露消失的方向，呢喃自语道：“还真是一个认死理的倔姑娘！”

之后，苏叶继续自言自语，只不过，这一次的语气却变得无比复杂：“希望，你会继续带给我惊喜！”

苏叶口中的“你”字，到底是在说程稳露还是苏天杰，恐怕除了苏叶本人之外，没有人知晓，说不准，她口中的那个“你”字说的是马浩然呢？

闹得满城风雨的“勾魂邪猫”一案，最终被重案组众人齐心破获，金陵市，又恢复了往昔的宁静。

值得一提的是，破获“勾魂邪猫”一案的当天下午，郑祺答应重案组全员的那顿庆功宴，到底是没有摆成。

马浩然对这种场合没有任何兴趣，自然而然，影帝和拳王也不会参加。

苏天杰和程稳露，对马浩然破解了“勾魂邪猫”一案的所有谜题而大出风头，自然心生不满，也根本就没打算出席主角是马浩然的庆功宴。

至于苏叶，她还有很多事情要做，如学习、听课等，亦是没有参加。

绝大多数的人都选择不参加，那郑祺的好心自然也就得不到回应，这顿庆功宴也就不了了之了。